Escrever de ouvido

Clarice Lispector e os romances da escuta

Escrever de ouvido

Clarice Lispector e os romances da escuta

Marília Librandi

TRADUÇÃO
Jamille Pinheiro Dias e Sheyla Miranda

Relicário

Para minha mãe, Maria Luiza Librandi (1940–2015), que no momento de sua morte me ensinou: "Deixa nascer!".

Para minha avó Maria e minha bisavó Hakime, que veio da Síria para o Brasil.

Este livro também é dedicado às crianças (e aos meus filhos), que (re)nascem a cada dia.

NOTA À EDIÇÃO BRASILEIRA

Vela leva a seta, tesa
rema na maré...
Caetano Veloso, "Zera a reza"

Este livro foi escrito originalmente em inglês, para uma audiência do norte das Américas. Na volta para casa, a tradução e revisão em minha língua materna foi feita por Jamille Pinheiro Dias e Sheyla Miranda, a quem agradeço de coração pela beleza e elegância do texto final. Escrito nos anos em que eu lecionei na Universidade de Stanford, na costa oeste dos Estados Unidos, o livro foi publicado em 2018 pela University of Toronto Press, no momento em que eu estava de mudança para a Universidade de Princeton, na costa leste.

Agradeço a receptividade de meus queridos colegas Pedro Meira Monteiro, Nicola Cooney, Andrea de Castro Melloni, Luis Gonçalves e Daiane Tamanaha de Quadros; a João Biehl e Miqueias Mugge, do Brazil Lab, por tantos projetos conjuntos, em especial a colaboração com o podcast *Clarice 100 Ears*, e o evento em homenagem ao centenário de Clarice Lispector, criado junto com a escritora Jhumpa Lahiri, *nuova cara amica* clariceana. Nesse centenário, as canções e os poemas de Beatriz Azevedo performados com Moreno Veloso no show *A.G.O.R.A* selaram a chegada do livro no Brasil via *live*. No lançamento do livro em Princeton, agradeço a participação de Michael Wood, e a escuta sensível do violão arguto de Marcelo Noah, tocando lindamente as Bachianas, assim como os estudantes do seminário *Clarice 100 Years*, oferecido na primavera de 2020. Graças ao fundo de pesquisa do Departamento de Espanhol e Português, essa publicação se fez possível.

A Paulo Gurgel Valente, filho de Clarice, um agradecimento muito especial por ter se tornado um amigo, um colaborador e incentivador. Agradeço a Alexandre Nodari pela bonita tradução do capítulo 6, publicado em 2019 na Revista da Universidade Federal do Paraná, no dossiê "As muitas coisas de Clarice Lispector", editado por ele e por João Camillo Penna. A ambos, e aos colegas-feras do mesmo dossiê, mando nosso "eco das vibrações silentes e selvagens".

Livro escrito de ouvido, assim como o tema de que fala, a versão que agora se publica em português brasileiro mantém a forma original, que já era, pois, estrangeira; voltando à casa, pode soar estrangeiro, risco que faz parte de uma escrita de ouvido, sua travessia e sua errática, nas entrelinhas entre lá e cá. Tivesse escrito no Brasil, seríamos outros, o livro e eu – e este, certamente, contaria com uma bibliografia em português muito mais extensa. Como registrei nos agradecimentos, muito pouco da teoria literária escrita em português está disponível em inglês, o que dificultou um maior diálogo com meus pares, que, agora poderá, finalmente, acontecer.

Ofereço meu mais sincero agradecimento a Maíra Nassif e a toda a equipe da Relicário Edições pelo acolhimento. A José Miguel Wisnik, o carinho por escrever a orelha deste livro sobre orelhas, ampliando a sua escuta com tanto som e sentido.

Feliz, afinal, por chegar de volta aonde, de onde no fundo nunca saí; ao *soul* do sul, ao sol do sul, nosso solo, meu chão.

NOTA SOBRE DIREITOS AUTORAIS

Agradecimentos

Dá-me a tua mão
Clarice Lispector, "A Paixão Segundo G.H."

Este livro jamais teria saído de seu estado de escuta infinita para o estado efetivo de escrita se não fosse pelas mãos de colegas e estudantes que me emprestaram seus próprios ouvidos atentos à literatura. Nos Estados Unidos, Vincent Barletta foi mais do que um interlocutor e tradutor; ele foi precisamente o transcriador poético deste livro, um *irmão-de-ouvido* que emprestou generosamente seu inglês impecável ao projeto e me ajudou a encontrar o *ritmo* final do manuscrito. O corpus da literatura crítica sobre a obra de Clarice Lispector é, para dizer o mínimo, intenso e extenso, e muito pouco desse material (e, infelizmente, muito pouco da teoria e crítica literária escritas em português, em geral) está disponível em inglês, o que limitou o número de citações pretendidas. Das muitas soluções poéticas que Vincent encontrou, gostaria de citar sua interpretação da declaração inicial de Oswald de Andrade sobre a escrita de ouvido: "A gente escreve o que ouve, não o que houve" ["*We write what we hear, not what was here*"]. Isso é escrever de ouvido em seu nível mais puro e essencial. Um dos muitos presentes que a mudança para a Califórnia me trouxe foi meu novo irmão; e irmãos oferecem suas mãos.

Outras mãos cotraduziram este projeto na sua versão em inglês: Karen Sherwood Sotelino, tradutora especializada em Machado de Assis, Raul Brandão e Raduan Nassar, foi a primeira a oferecer ajuda. Helga Wild também ajudou imensamente nos estágios iniciais do processo de escrita. Jamille Pinheiro Dias foi, desde o início, uma colaboradora dos sonhos, uma maravilhosa coeditora – e minha irmã amazônica. Adam Morris e Rachel Lee também emprestaram suas ideias em diferentes momentos do projeto. O processo de revisão do manuscrito inicial deve muito à colaboração de Thales Augusto Barretto de Castro e Tom Winterbottom, a quem agradeço de todo o coração.

Também agradeço imensamente a muitos estudantes, tanto da graduação quanto da pós, que me ajudaram com suas perguntas, suas próprias pesquisas e sua atenção nos meus anos de ensino na Universidade de Stanford, entre eles: Atticus Bergman, Robert Casas Roigé, Christopher Kark, Victoria Troianowski Saramago, Ami Schiess, Gabriela Andicoechea Fischmann, Gabriela Badica, Mackenzie Barnes, Miguel Bota Burgués, Alessandra Carneiro, Cynthia Casas, Anna Castillo, Caroline Egan, Serena Ferrando, Cuauhtémoc García-García, Samuel Blue Gibson, Mariana de Heredia, Daniel Hernández, Sebastião Macedo, Alexis Marie Pearce, Juan Esteban Plaza Parrochia, Virginia Ramos, Luis Rodríguez-Rincón, Sarah Sadlier, Fatoumata Seck, Lena Tahmassian, Kiah Thorn, Cristóbal Trujillo, Monica VanBladel, Elizabeth Ward e André Zollinger, entre outros. Mais tarde, a chegada de Bruno H. Castro trouxe nova energia ao projeto, além de conexões cinematográficas e auditivas imprevistas.

Este livro também pertence às maravilhosas alunas da Universidade de Berkeley que com regularidade viajavam por uma hora até Stanford para assistir aos meus seminários. Ashley Brock, Alexandra Gila Brostoff, Nathalia Saliba e Yael Segalovitz ajudaram a criar uma ponte literal para o pensamento. Graças à excelente tese de Segalovitz sobre as literaturas hebraica e brasileira, também pude ter interações muito produtivas com Judith Butler, Dorothy J. Hale e Chana Kronfeld, professoras de Berkeley. Natalia Brizuela e Candace Slater também foram uma fonte amigável e consistente de interação e diálogo durante a escrita deste livro.

Um agradecimento especial aos muitos colegas e amigos da Universidade de Stanford. Agradeço a Joan Ramon Resina, cujo trabalho para expandir nosso campo tem sido tão inspirador para minha vida acadêmica. Os professores do programa de língua portuguesa de Stanford, principalmente Lyris Wiedemann, também foram uma fonte de constante entusiasmo e companheirismo. Também me beneficiei enormemente de leituras e discussões derivadas de dois grupos de pesquisa: "Sense and Sound" [Sentido e Som], codirigido por Vincent Barletta, e "Materia: Latin American and Comparative Post-Anthropocentrisms" [Materia: América Latina e pós-antropocentrismos comparados], dirigido pelos meus queridos colegas Héctor Hoyos e Ximena Briceño.

Partes significativas deste *Escrever de ouvido* foram redigidas durante meu período como pesquisadora associada do Centro de Humanidades de Stanford (2013-14). O apoio me ofereceu tempo, espaço e um convívio interdisciplinar que foram fundamentais para o avanço da minha pesquisa. Este período foi e continuará sendo um sonho que se tornou realidade. Lembro-me com alegria dos nossos almoços e das conversas animadas com Lilla Balint, Daniel Heller, Dorinne Kondo, Yi-Ping Ong (e do seu *The Art of Being)*, Benjamin Paloff, Ugur Pece, Jean Petitot e Daniel Rosenberg, entre todos os outros colegas. Meu agradecimento especial a Robert Barrick, Roland Hsu, Patricia Terrazas e Caroline Winterer. Agradeço também a Rania Sanford, por sempre encontrar um lugar para mim no Programa de Escrita para os Professores, uma excelente iniciativa organizada pelo Centro Hume de Escrita e Oratória e pelo escritório do Vice-reitor de Desenvolvimento e Diversidade Docente.

O Centro de Estudos Latino-Americanos de Stanford, a adorável Casa Bolívar, logo se tornou meu segundo lar, e não tenho palavras para expressar o quanto aprendi com as conferências, palestrantes convidados e eventos semanais com professores visitantes e de Stanford. Meus agradecimentos a Alberto Diaz-Cayeros, Rodolfo Dirzo, Herbert S. Klein e Elizabeth Saenz-Ackermann, assim como a toda equipe do Centro, incluindo Jessica Barajas, Angela Doria-La e Laura Quirarte, por esse espaço de acolhimento e solidariedade. Por fim, gostaria de agradecer à minha colega Beatriz Magaloni, que compartilhou comigo uma brilhante esperança para o futuro do Brasil por meio de duas de suas maravilhosas alunas e assistentes de pesquisa, Veriene Melo e Vanessa Mello. Sua inteligência, beleza e perseverança sempre foram inspiradoras.

Este livro se beneficiou enormemente de diálogos com colegas e de eventos como o *Writing/Listening* [Escrita/Escuta], com James Clifford, Stewart Feld, Paul Robinson e Miyaki Inoue no Centro de Humanidades de Stanford; o Grupo de Estudos do Romance de Stanford, com Roland Greene; e o Grupo de Leitura de Filosofia, com Hans Ulrich Gumbrecht e Robert Pogue Harrison. Agradeço a Michael Taussig por ter aceitado meu convite para falar sobre "murmúrios" em Stanford.

As versões preliminares deste livro foram apresentadas em encontros de diversas associações e em eventos. Sou grata aos organizadores que me convidaram para apresentar minha pesquisa em curso: Eduardo Sterzi e Mario Santana, da Unicamp; meus colegas do espaço A Curva, no Rio de Janeiro; Maria de Fátima do Nascimento, Thomas Fairchild e Mayara Ribeiro Guimarães, da Universidade Federal do Pará; Adriana X. Jacobs e Claire Williams, da Universidade de Oxford; Susanne Klengel, na Freie Universität de Berlim; Ana Paulina Lee, Ana Maria Ochoa e Graciela Montaldo, da Universidade de Columbia, e Piero Scaruffi, diretor dos *Leonardo Art Science Evening Rendezvous* (LASERS). Também sou grata a Christopher T. Lewis, Rex Nielson e James Krause, na Universidade de Utah e na Universidade Brigham Young. Na Universidade de Chicago, com Lúcia Sá, Gabriel Giorgi e outros, também pude compartilhar meu trabalho sobre ecopoética num debate revigorante sobre o pós-humanismo.

Recebi uma calorosa recepção e expressão de amizade de Pedro Meira Monteiro, que me ajudou a navegar no meu exílio na América do Norte com seu trabalho intelectual e sua delicadeza pessoal. Ele e muitos membros da American Portuguese Studies Association (APSA) se tornaram minha família acadêmica ao longo dos últimos anos. Correndo o risco de não citar alguns nomes, agradeço a muitos amigos e colegas: Luiz Fernando Valente, Severino Albuquerque, Vivaldo Andrade dos Santos, Fernando Arenas, Rebecca Atencio, Idelber Avelar, Sophia Beal, Leopoldo Bernucci, Kátia Bezerra, Paulo Blikstein, Dain Borges, César Braga-Pinto, Bruno Carvalho, Alfredo César Melo, Odile Cisneros, Kimberley da Costa-Holton, Paul Dixon, Katrina Dodson, Christopher Dunn, Rubén Gallo, Nicola Gavioli, Adam Joseph Shellhorse, Maristite Harrison, Janet Hendrickson, Victor K. Mendes, Jeremy Lehnen, Leila Lehnen, Anna M. Klobucka, Malcolm McNee, Ana Maria Martinho, Carlos Minchillo, Paulo de Medeiros, Andréa Melloni, Mari Luci Moreira, Robert Moser, João Nemi Neto, Robert Patrick Newcomb, José Luiz Passos, Charles Perrone, Mark Sabine, Marília Scaff Rocha Ribeiro, Pedro Schacht Pereira, Miguel Tamen, Luciano Tosta, Rachel Price, Sonia Roncador, Phillip Rothwell, Claire Varin, Ricardo Vasconcelos, Nelson Vieira, Patricia Vieira, Eddie Wolfe e Mariano Siskind.

A oportunidade de conhecer Earl E. Fitz e Marta Peixoto e receber deles um feedback sobre meu trabalho é um presente que levarei para sempre. Também aprendi muito com meus queridos amigos italianos, Ettore Finazzi-Agrò e Luca Bacchini. Em Portugal, Abel Barros Baptista, Carlos Mendes de Sousa e Clara Rowland estiveram sempre presentes em meus escritos e nas minhas aulas.

No Brasil, agradeço a recepção que meu trabalho obteve de professores e estudantes do Núcleo Diversitas da Universidade de São Paulo (USP). Meus colegas da Faculdade de Filosofia, Letras e Ciência Humanas da USP, Álvaro Faleiros e Roberto Zular, são sempre amigos em minhas viagens, pensamentos e palavras. Por diferentes momentos de diálogo, agradeço a Dau Bastos, Vagner Camilo, Alessandra Carneiro, João Cezar de Castro Rocha,

Sueli Cavendish, Regina Dalcastagné, Jaime Ginzburg, Hélio Guimarães, André Goldfeder, Lucia Helena, Marcelo Jasmin e José Luís Jobim, Stelio Marras, Pedro Mandagará, Anita Moraes, Marcello Moreira, Maria de Fátima do Nascimento, Anderson Luís Nunes da Mata, Fernando Paixão, Godofredo de Oliveira Neto, Anélia Pietrani, Lúcia Ricotta, Eliane Robert Moraes, Yudith Rosenbaum, Mario Santana, Marta de Senna, Deonísio da Silva, Lynn Mario de Souza, Eduardo Sterzi, Leopoldo Waizbort e Tazio Zambi.

Graças aos organizadores do projeto "Variações do Corpo Selvagem", no Sesc Ipiranga, em São Paulo, pude discutir meu trabalho sobre ecopoética com Cecília Cavalieri, Flavia Cêra, Déborah Danowski, Pedro de Niemeyer Cesarino, Alexandre Nodari, João Camillo Penna, Eduardo Sterzi, Tania Stolze Lima, Roberto Taddei, André Vallias, Eduardo Viveiros de Castro e José Miguel Wisnik. O grupo de pesquisa "Performar a Literatura" ampliou essa discussão em nossos encontros no Rio e Curitiba. Nesta última ocasião, um dos momentos mais bonitos do meu processo de pesquisa veio de uma pergunta e comentário de Camila de Caux e de nossa conversa posterior sobre ouvir as sutilezas da perda auditiva e suas ideias para uma etnografia do ouvido. Obrigada, Frederico Coelho, pelas perguntas e pelo brilhante artigo "Por uma escuta fabuladora".

Este livro não teria sido possível sem a enorme ajuda que recebi para conseguir permissão de reproduzir materiais protegidos por direitos autorais. Meus sinceros agradecimentos a Paulo Gurgel Valente, filho de Clarice, por sua resposta imediata; a Ana Paz, da agência literária Carmen Balcells; e Augusto de Campos, Ivan Pérsio de Arruda Campos, Marepe, Alice Ruiz,

Diemut Strebe e Luisa Strina por me permitirem usar seus trabalhos. Meus agradecimentos especiais a Alessandra Santos e Jason Stanyek, editores do número especial da *Critical Studies in Improvisation*, "Brazilian Improvisations", no qual, em 2011, publiquei meu primeiro artigo sobre a escrita de ouvido, traduzido por Camille Sutton.

Agradeço a Niklas Damiris por nossas muitas conversas e por um maravilhoso brunch no Dia das Mães. Agradeço também ao meu colega de Stanford, Russell Berman, por sua solidariedade, apoio e amizade. Aos meus professores e amigos, João Adolfo Hansen e Luiz Costa Lima, só posso oferecer minha mais sincera, calorosa e infindável gratidão. Agradeço também a Jacob Pinheiro Goldberg, por sempre estar lá para nós. Sou grata a Mariá Portugal e sua invenção do "Livrofonia", e a Arrigo Barnabé – e seu programa de rádio "Supertônica" – por nossas conversas. Sempre serei grata a Ewa Domanska e Pola Oloixarac por seus comentários estimulantes e por seu amor pelas *teorías salvajes*. Minhas amigas, *las chicas poderosas*, Claudia Quiroga, Elizabeth Sáenz-Ackerman, Teresa Bousa e Rachel Dickins, estão por todos os lados neste livro: os planos de escrita com Claudia, sábados com Elizabeth, muitos passeios com Teresa, as histórias da Rachel… Sim, conseguimos! O "Friday Pagode" na casa da Kit Miller, com Eugenia, Eric, Diana, Megha e Mestre Beiçola (entre muitos outros) fez tocar a música que balançou este livro. Graças a eles, descobri que posso cantar.

Meu profundo reconhecimento aos escritores e tradutores que mostraram para mim seu próprio "escrever de ouvido": Júlia de Carvalho Hansen, João Paulo Cuenca, Ana Miranda, Nuno Ramos e Veronica Stigger. Agradeço também aos meus amigos próximos do Brasil e da Califórnia: Inês Cardoso, Isabel de Lorenzo, Maitê Filizola, Luciana Gama (a Shlo), Rachel Gutiérrez, Paul Little, Chung Liu, Beta Macedo, Nadejda Marques, Renata Martino, Júlio Minoz, Carolina Moraes-Liu, Adega Olmos, Gheu Sousa Teixeira, Nikko S. da Paz, Thaicia Stona, Guga Stroeter e Denise Zmekhol.

O capítulo 4, que liga a obra de Clarice Lispector à de Vincent van Gogh, é dedicado a Pascal Rochette, cujas pinturas ouvem e reflorestam o mundo. Agradeço a ele por tudo e por todo o tempo.

Meu obrigada ao Gabriel, meu filho, pelos muitos anos de paciência e por seu senso de humor afiado. Quando comecei a escrever este livro, você tinha quatro anos; agora, quando termino, você já é bem mais alto que eu. Agradeço também a Alice, minha filha, por sua beleza e sua sabedoria juvenil, muito parecida com a de sua avó (e que me fez agora avó da linda Eloise Flor). Um sincero agradecimento ao meu pai, Louremberg Nunes Rocha, e às minhas irmãs, Anasha, Fernanda e Loureana. Também à minha família nos Estados Unidos: Evan, Eleanor, Karen Wigen e Martin Lewis. Os amigos de Gabriel, Sam, Sophia, Ashvin e Richie, trouxeram enorme alegria a tantos dias da Califórnia com suas brincadeiras e festas do pijama. No Brasil, Pedro e Mel se juntaram ao grupo.

Sérgio Bairon estava lá quando a escrita deste livro atingiu seu grau máximo de dificuldade, suavizando os momentos de dúvida e confusão e me ajudando a resolvê-los com seu ouvido, sua calma e sua presença, sempre junto.

Gratidão e amor.

Prefácio

Este livro é resultado de um trabalho coletivo. Minha assinatura abraça todos aqueles que sofreram e desfrutaram do processo de ouvir/escrever junto comigo. Esse processo começou para mim e para minha família no dia 25 de dezembro de 2008, quando desembarcamos, por assim dizer, nos Estados Unidos. *Sofrer* talvez não seja o termo mais preciso, mas vou usá-lo aqui no lugar de algo que é sentido profundamente. Não é exagero dizer que este livro começou com um ato de sacrifício para mim e para os mais próximos a mim: deixar o próprio lar e a própria língua é uma ruptura, e exige que a pessoa se submeta a um segundo nascimento, às vezes doloroso (e sempre estranho) em outra língua e lugar. A escuta, descobri ao longo do processo de escrita deste livro, é inseparável do nascimento e da morte.

Este livro é resultado de muitas experiências de ouvir e *de não ouvir bem*, de escutar e de não compreender, de me perder na tradução e de me reencontrar em transcriações imprevistas. É também resultado de considerar as nuances sutis que existem entre, abaixo e acima das línguas (e de outros sons significativos) e que moldam continuamente as diversas formas de ser, de comunicar, e de literalmente fazer sentido.

Eu pontuei meu deslocamento do Brasil para os Estados Unidos no meu primeiro livro, *Maranhão-Manhattan* (2009), com o hífen, que funciona como uma ponte e uma passagem não apenas de uma palavra a outra, mas também do Sul para o Norte. Desde o primeiro momento da minha chegada nos Estados Unidos, comecei a habitar um país estrangeiro e um hemisfério distante; troquei o Cruzeiro do Sul pela Ursa Maior, e minha casa se tornou um lugar do qual sentir saudade, muito distante, no Sul que gradualmente se tornou meu novo Norte. Também descobri nesse processo que é preciso deixar de fato o Brasil para reencontrá-lo (um tópico recorrente na literatura e na história brasileiras). Não existe itinerário, mas existem placas de sinalização e paradas importantes nessa trajetória externa que passa por e inclui a América Latina, a cultura latina/chicana, a cultura afro-americana, a Orla do Pacífico, os Estados Unidos e o Canadá em toda a sua imensidão selvagem e diversa. No fim, chega-se a imaginar ou a antever uma América antes das divisões continentais ou nacionais: ameríndios, asiáticos e além, todos ecoando por esses espaços e em nosso tempo.

Ao ouvir e produzir num idioma estrangeiro, comecei a notar os vastos cânions a ecoar as diferenças entre o inglês e o meu português nativo. Neste ponto, não é o significado de cada palavra que importa. O problema é muscular e sensorial, manifestando-se na maneira como se deve mover a língua para enunciar certos fonemas ou encontros consonantais difíceis. Um exemplo (que se tornou o preferido dos meus filhos, nascidos no Brasil, mas educados nos Estados Unidos) é a palavra "*world*" – ela continua a ser para mim uma palavra-mundo ("*word-world*") que minha língua se recusa a circunavegar. Tal como fez Fernão de Magalhães antes de mim, morro na praia (é o que dizem meus filhos), terminando minha jornada-palavra em alguma ilha tropical, longe de casa, naufragada.

Também existem vantagens, caso haja o desejo de sustentar a atenção a elas. A presença quase constante do inglês nos meus ouvidos me fez notar uma certa singularidade presente em obras escritas no português do Brasil, uma produção que gira em torno de uma determinada perspectiva de *escuta*. Essa observação, para a qual eu inicialmente não tinha palavras ou meios de expressão formal, serve para explicar meu entusiasmo ao redescobrir – na primavera de 2010 e no contexto de um curso que eu estava dando – a seguinte passagem do último romance de Clarice Lispector, *A Hora da Estrela*: "E a pergunta é: como escrevo? Verifico que escrevo de ouvido assim como aprendi inglês e francês de ouvido". Desde sua primeira inscrição, a *escrita de ouvido* encontra-se, portanto, conectada à presença de várias línguas e paisagens sonoras, um mundo sonoro que nutre e possibilita uma certa prática de escrita baseada principalmente na acústica e na escuta.

Olhando para trás, fica claro para mim que vivi minha chegada na América do Norte como um movimento duplo. Movendo-me em um sentido, me vi imersa em uma paisagem sonora estrangeira, que muitas vezes se caracterizou mais por silêncios inexplicáveis do que por sons em si. Ao mesmo tempo, fui convidada para ir aos Estados Unidos para ensinar e refletir sobre literatura e expressão cultural na minha própria língua, para contemplar e de alguma forma *viver* o Brasil a partir das minhas novas e californianas circunstâncias. Ao interagir em inglês, português e espanhol, nasci de novo como ouvinte. O resultado dessa *escuta* prolongada é um estudo que tenta mapear e operar nessa passagem, na qual a escrita encontra o ouvido e o ouvido encontra a escrita.

Escuta: eu te deixo ser, deixa-me ser então

Clarice Lispector, "Água Viva"

1. Introdução:
um certo sentido íntimo

...aprofundando-se o que nela havia de doçura e de escuta – pois esta era a sua natureza.

Clarice Lispector, "A Cidade Sitiada"

Se ouvirmos de perto, podemos escutar o pulsar de uma escrita auditiva singular na obra de vários autores do período moderno, e em especial no coração da literatura brasileira. Neste livro, eu analiso o significado mais amplo da articulação explícita de um *escrever de ouvido* encontrado na obra da romancista brasileira Clarice Lispector (1920-1977). Se a escuta, e a audição de maneira mais geral, podem ser examinadas em campos tão diversos quanto ética, direito, medicina, fisiologia, antropologia, estudos folclóricos, filosofia, política, retórica, música e psicanálise, eu defendo neste estudo que existe um *escutar no escrever*. O que está em jogo, em primeiro lugar, é um modo de escrita que tem como imagem fundante a "orelha à escuta, grande, cor-de-rosa e morta" que aparece no começo do primeiro romance de Clarice, *Perto do Coração Selvagem*, publicado em 1943 (Lispector, 1998a, p. 13). Essa imagem voltaria com uma ligeira alteração no último romance que ela publicou em vida, *A Hora da Estrela* (1977), sob o disfarce de um narrador masculino, que afirma distraidamente "escrevo de ouvido" (Lispector, 1998e, p. 18). Essa é uma ideia que sugere uma ressignificação da autoria como um modo ativo e fértil de recepção *auditiva*. Também reformula o texto escrito como um signo mudo que, apesar disso, ressoa e ecoa na mente (e nos corpos) dos leitores. Ao longo deste livro, li a orelha de Lispector, "morta" e separada de qualquer corpo e ainda assim ativa e ouvindo, como uma teoria figurativa e expressamente moderna de escrita. Meu objetivo é chegar a uma abordagem teórica consistente do que significa "escrever de ouvido" e como essa ressonância, formada no silêncio da escrita (e da leitura) de ficção, passa a ter presença e a produzir efeitos. Clarice é um ponto de partida na medida em que propôs, de modo reiterado ao longo de sua obra, uma concepção de um escrever de ouvido e abriu um caminho para esse tipo de escrita e crítica, que está representada no trabalho de outros escritores, dentro e fora do Brasil. Defendo que a "orelha" de Clarice está conectada a sua experiência com uma série de línguas (por exemplo, o português do Brasil, inglês, francês, hebraico e iídiche). Essa orelha também nos situa em um terceiro espaço para além dos binômios tradicionais de fala/escrita, oralidade/letramento, atividade/passividade e som/silêncio. Tal postura tem implicações de amplo alcance na América Latina; no entanto, também é de grande importância para textos produzidos em uma ampla variedade de contextos e estruturas culturais. Clarice era, afinal, uma escritora profundamente sintonizada com as formas de escuta e com as práticas verbais/estéticas do Brasil e do mundo, em geral. É esse "escutar" do mundo que, em última instância, constitui o foco central deste livro.

A seguir, desdobro a noção de escuta na escrita, uma ideia que envolve as noções de: 1) escrever de ouvido; 2) romance da escuta; e 3) ecopoética. Além disso, destaco alguns elementos auditivos da biografia de Clarice e, por fim, descrevo a estrutura do livro, seu estilo e seu escopo.

A escuta na escrita: entre a oralidade e o letramento

Há algum tempo, estudos históricos, filosóficos, literários, linguísticos e antropológicos discutem a relação entre letramento e oralidade, sobretudo no contexto da literatura latino-americana. São exemplos importantes os trabalhos de Ángel Rama (1982; 1998), Antonio Cornejo Polar (1994), Carlos Pacheco (1992) e Martin Lienhard (1991), dentre outros. Com frequência esses estudos chamam a atenção para a relação, às vezes conflituosa e às vezes complementar ou até magnética, entre esses dois polos. Nessa linha de pesquisa, a proposta de divisão entre fala e escrita equivale a um "dispositivo retórico" usado não para inscrever uma oralidade essencializada, mas para criar um *efeito* de oralidade que ajuda a deslocar o próprio sistema escrito (Millay, 2005, p. 19). No fim, serve para contestar a ideologia e o poder atribuídos ao letramento e, nesse contexto, escritores de fato se posicionam como mediadores transculturais. Nesses estudos fundantes, pode-se dizer que o foco repousa, sobretudo, na maneira pela qual as formas literárias europeias foram adaptadas e transformadas no contexto colonial e pós-colonial. *Escrever de ouvido* se insere na tradição desses estudos, mas propõe que a crítica inclua um terceiro conceito entre escrita e oralidade: a escuta na escrita. A presença da audição na escrita exige que os leitores contemplem um sentido que foi amplamente (ainda que paradoxalmente) inexplorado em discussões anteriores sobre a relação entre oralidade e escrita. Minha intenção é mostrar que a inclusão do ouvido muda o panorama da discussão.

Apesar das diferenças entre fala e escrita, ambas são manifestações da linguagem. Mas o que significa pensar na relação entre o ouvido e o processo de escrita? O ouvido não produz linguagem: o ouvido é mudo, não fala e não tem voz. Embora ocupe uma posição fundamental no ciclo da linguagem falada, o ouvido é basicamente um órgão receptor, o canal e o labirinto através dos quais os sons do mundo exterior entram e se comunicam dentro do nosso corpo. Ao contrário da voz e da escrita, que produzem fala e textos, a escuta é silenciosa e receptiva. Dessa receptividade, surgem as seguintes perguntas: Qual é a estética específica que a escuta na escrita convoca? Qual é a relação que a escuta na escrita estabelece com o silêncio, o eco e os sons do mundo? Como devemos entender a autoria quando escritores se apresentam como objetos de recepção e não como sujeitos de produção? Qual é a relação que existe entre o livro – um texto mudo – e a prática verbal do mundo que o cerca? Qual a relação entre a literatura produzida no Brasil e a porcentagem significativa da população brasileira com pouco acesso à leitura? De que maneira a sólida cultura oral e auditiva do Brasil molda formas e gêneros literários?

Ao longo deste *Escrever de ouvido*, me ocupo principalmente com elucidar a representação narrativa da escuta e com uma reconceituação mais ampla da ficção por meio da escuta, considerando-a uma prática auditiva que transcende a dicotomia entre a fala e a escrita. O principal ponto do argumento é que a escuta, como um terceiro elemento, participa de ambos os polos:

a escuta faz parte da dimensão oral da fala e também integra a dimensão silenciosa das palavras escritas. O escutar, como vamos ver (ou *ouvir*), não é meramente sonoro, mas também é mergulhado em silêncio. A princípio, pode-se pensar que a dimensão auditiva seria apenas outra maneira de vincular a escrita à oralidade, já que *audição* significaria audição de vozes. Levando em conta o trabalho de Clarice, porém, fica claro que teorizar a relação entre a escuta e a escrita exige uma abordagem diferente: a escuta na escrita faz referência, necessariamente, não apenas a sons audíveis, mas também ao silêncio. Não se trata de uma oposição entre silêncio escrito e oralidade, ou entre texto e fala, ou entre silêncio e som; ao contrário, trata-se da conjugação desses dois momentos – de sua fricção. É um escrever de ouvido; isto é, o texto se forma com a escuta dos sons que restam na escrita, como silêncio.

A virada da escuta nos estudos literários

Este *Escrever de ouvido* se aproxima da obra de Clarice a partir da noção de escuta na escrita. Nesse sentido, não se trata apenas de uma leitura crítica de sua obra; meu objetivo é mostrar aos leitores de que modo se pode usar a autora como *fonte teórica* capaz de nos ajudar a repensar a ficção, em termos gerais, como uma prática de escuta. Por isso, parto da ficção de Clarice para teorizar a escuta na escrita por meio de suas próprias palavras, fato que explica por que as citações diretas de sua obra são parte importante da argumentação principal e de minhas leituras mais atentas. O que significa escrever de ouvido? Essa é a questão central deste livro. Para respondê-la, procuro "ouvir de perto" (Bernstein, 1998) a voz de Clarice, que emerge do silêncio dos seus escritos. Nos interstícios entre a voz e o silêncio, encontramos a escuta: lugar da fala a partir da mudez, lugar da escrita a partir da voz, e que faz ouvir o silêncio, vibração última da palavra. Clarice é a um só tempo a escritora e a principal teórica do que ela chamou de um "escrever de ouvido". Que seja uma teoria da linguagem e da literatura de autoria de uma mulher faz parte do apelo feminista deste livro. Além disso, Clarice é uma escritora que incorpora em si uma série de sotaques do entrelugar do Rio de Janeiro do século XX, e que também absorve aqueles assimilados em suas longas temporadas fora do Brasil – e que tornam sua escrita tão plural e multiversa.

O estudo seminal de José Américo Mota Pessanha sobre *A Paixão Segundo G.H.*, escrito em 1965, já apontava para o potencial teórico da obra de Clarice. Como ele pontua, a escrita dela "tem a força iconoclasta de um começo de filosofia" (Pessanha, 1965, p. 184). Pessanha também aponta que a ficção de Clarice conduz ao silêncio como uma "fonte de linguagem" (idem, p. 186). Benedito Nunes, autor fundamental da leitura filosófica de Clarice, sublinha o fracasso da linguagem como um de seus temas, e aponta para o vínculo com a improvisaçao musical e com "[u]m modo esquizoide de escrever" (Nunes, 1989, p. 68), aspectos importantes na discussão sobre uma escrita de ouvido, como mostro no desenvolvimento deste livro. Mas é o estudo de Plínio W. Prado Jr, "O impronunciável. Notas sobre um fracasso sublime", de 1989, que indica, de modo muito pontual, a importância da escuta para o entendimento de sua escrita: "Escrever segundo C.L. é antes *escutar*, é procurar captar isto que fala através do que se diz" (Prado, 1989, p. 26). Esta é uma observação fundamentalmente importante; o estudo de Prado, no entanto, não teoriza a escuta, mas se concentra no que o autor chama de "inominável". Este, ele argumenta, seria alcançado pelo fracasso da linguagem, uma "vertigem ou falência" (idem). Como um texto que atua pela subtração (e pela amputação, como discutiremos no capítulo 4), o inexprimível é expresso negativamente, como se fosse pronunciado pela mudez. Essa formulação é crucial para este livro, que relaciona escuta e escrita através da mudez e do silêncio. Earl E. Fitz, um brasilianista pioneiro nos Estados Unidos, também apontou a importância do silêncio no trabalho de Clarice e no desenvolvimento do "romance lírico", conceito que adapto e reformulo como "romance da escuta".[1]

1. Para uma abordagem psicanalítica do silêncio na obra de Clarice, ver Maria Homem (2012). Já *À escuta de Clarice Lispector* (2003), de Dany Al-Behy Kanaan, estabelece um vínculo entre a biografia da autora e os temas bíblicos em sua obra. Nos últimos dez anos, as traduções dos livros de Clarice fizeram muito sucesso, e este livro é resultado desse momento novo e empolgante de sua trajetória internacional. Outros livros em inglês dedicados ao trabalho de Clarice contribuíram muito para a ampliação dessa área de pesquisa, entre eles *Examining Whiteness: Reading Clarice Lispector Through Bessie Head and Toni Morrison* (2011), de Lucia Villares, *Encounter Between Opposites in the Works of Clarice Lispector* (2006), de Claire Williams, *Closer to the Wild Heart: Essays on Clarice Lispector* (2002), coeditado por Claire Williams e Cláudia Pazos Alonso. Todas as outras monografias sobre Clarice em inglês (não mais que um punhado) foram publicadas há mais de uma década, e as mais importantes entre elas são: *Passionate Fictions: Gender, Narrative, and Violence in Clarice Lispector* (1994), de Marta Peixoto, e *Sexuality and Being in the Poststructuralist Universe of Clarice Lispector: The Différance of Desire* (2001), de Earl E. Fitz. Sobre o escopo da fortuna crítica da obra de Clarice Lispector, ver Marting (1993), Montero (2002) e Gotlib (2002). A bibliografia crítica em português é extensa, lembro apenas alguns dos livros que me ajudaram a ouvir a arte da escrita de Clarice mais de perto: Sá (1979), Oliveira (1985), Helena (1997), Rosenbaum (1999), Arêas (2005), Nascimento (2012), além dos demais estudos citados no decorrer dos capítulos..

Assim, considerando a ficção de Clarice como um estudo de caso e uma fonte de teoria, *Escrever de ouvido* apresenta uma teoria do romance derivada da escuta e baseada nas leituras de *Perto do Coração Selvagem* (1943), *A Cidade Sitiada* (1949), *A Paixão Segundo G.H.* (1964), *Água Viva* (1973), *A Hora da Estrela* (1977) e *Um Sopro de Vida* (1978), assim como nas crônicas reunidas em *A Descoberta do Mundo* (1984). Com os conceitos "escrever de ouvido", "romance da escuta" e "ecopoética", o objetivo mais amplo é oferecer novos vocabulários para o estudo da literatura centrado no gesto da escuta na escrita.

Um texto escrito ancorado na escuta é, antes, um *texto que recebe* em vez de um de *texto que produz*. Com "ecopoética", refiro-me a essa capacidade receptiva como uma abertura incondicional ao exterior, e como consequência de estar completamente integrado ao sentido de pertencer, de fazer parte de algo que pode ser o útero, o mundo, e/ou o próprio planeta, como Clarice o articula. "Ecopoética" é, pois, um conceito que alude a uma poética de ressonâncias capaz de englobar reverberações estéticas, éticas e ecológicas do imaginário. É através de uma ecopoética que podemos começar a observar melhor o espírito semântico das palavras como ecos da presença material das vozes, rumores e ruídos que rodeiam os escritores em seu tempo e em sua vida, e que ressoam em cada leitura.

Em diálogo com as noções filosóficas de escuta articuladas por Jean-Luc Nancy, Jean-François Lyotard, Peter Sloterdijk, Wai Chee Dimock e Adriana Cavarero, e em paralelo ao campo dos estudos sobre o som e o sentido (para aludir ao magnífico livro de José Miguel Wisnik, *O som e o sentido*, de 1989), da voz e da poesia, pode-se dizer que este livro faz parte de uma "virada da escuta" nos estudos literários. Essa virada se aproxima do que Ana María Ochoa Gautier descreve em seu estudo *Aurality. Listening and Knowledge in Nineteenth-Century Colombia* [Auralidade. Escuta e conhecimento na Colômbia do século XIX], de 2014:

> Quando falamos de "virada aural", não é como se a escuta tivesse necessariamente entrado em cena agora, de modo repentino. Como nos mostram cada vez mais os historiadores do som, o arquivo por um lado nos diz que muitas práticas e áreas de estudo centrais da modernidade têm a ver com a escuta e, por outro, que a história da globalização precisa levar em conta histórias e compreensões da escuta derivadas de regiões radicalmente diferentes, que apontam para diferentes ontologias e políticas de vida e que não podem ser submetidas às formações epistêmicas da modernidade ocidental. Em vez disso, o que é crucial é que a mudança de relação entre natureza e cultura – no que tange às questões de escuta – implica uma reorganização de nossas próprias perguntas e fronteiras acadêmicas em relação ao som. (Ochoa Gautier, 2014, p. 213)

Se o termo "aural" remete, sobretudo, à performance vocal de um texto,[2] no caso de meu estudo o foco repousa na escrita e na escuta do silêncio, da mudez, da ressonância e do eco. Se a escrita é silenciosa, escutar o que está escrito não implica apenas uma habilidade que tem a ver com o som. Além dos sons do

2. Como explicita Bosshard (2012), "Auralidade distingue-se de 'oralidade' – i.e., a partir de uma tradição com base no desempenho oral de bardos ou menestréis – por sua dependência de um texto escrito como a fonte da leitura pública".

mundo para os quais ela aponta, há sons na mente do leitor, que emergem quando repetimos as palavras que lemos em silêncio. Garret Stewart, em *Reading Voices* [Vozes de leitura], de 1990, mostrou o efeito desse ruído interno que tanto afeta o nosso corpo enquanto lemos em silêncio. Tendo em conta o "corpo que lê", Stewart argumenta: "Esse lócus somático de recepção sem som inclui, é claro, o cérebro, mas é preciso dizer que abrange também os órgãos da produção vocal, do diafragma à garganta, à língua e ao palato. Isto é, o ato de ler em silêncio se dá na atividade cerebral conjunta à ação muscular suprimida de uma enunciação convocada e ao mesmo tempo silenciada" (Stewart, 1990, p. 1). A prática do que Stewart define como *leitura fonêmica* (processada em silêncio pelo "leitor que escuta" [idem, p. 278]) "tem a ver não com a leitura oral, mas com a leitura aural" (idem, p. 2). Essa leitura ressoa internamente no nosso corpo, pois o som interno e mudo nunca deixa totalmente de ser ouvido, mesmo que nunca seja mais alto que o mais ligeiro sussurro. Escrever de ouvido pressupõe essas duas dimensões: som e silêncio. Se, por um lado, a acústica tem importância nessa discussão, a presença da escuta na escrita pressupõe a escuta de sons não sonoros – em outras palavras, sons que não são audíveis. Nós os chamamos de "silêncio" por falta de um termo melhor, já que tendemos a pensar no silêncio em oposição ao som, ainda que tenhamos a consciência de que o som é audível, e o silêncio vibra. A própria Clarice apresentou essa ideia em seu romance mais conhecido, *A Paixão Segundo G.H.*: "a respiração contínua do mundo é o que ouvimos e chamamos de silêncio" (Lispector, 1998c, p. 98). Essa abordagem se relaciona a uma das questões críticas propostas por Jean-Luc Nancy: "Seria a própria escuta sonora?" (2014, p. 15). Não necessariamente, como se vê. A surdez, parcial ou não, é um aspecto importante a ser considerado em uma teoria da escuta na escrita.

Trata-se também de uma forma de escapar do destino dos estudos do som e de seu esquecimento do "ouvido não coclear", para resgatar a expressão de Seth Kim-Cohen (2009). O livro de Kim-Cohen conceitua sons não sonoros, a fim de pensar um campo expandido de experimentos artísticos a partir da década de 1950: "A situação expandida do som é a ideia que tenho tentado trazer à tona – [...] para que as implicações de pensar o som – som-além e/ou som-sem-som – possam criar raízes" (Kim-Cohen, 2009, p. xix). As artes desse som-sem-som que Kim-Cohen estuda são contemporâneas aos primeiros romances de Clarice: "As experiências iniciais de Pierre Schaeffer com *musique concrète*, a primeira composição silenciosa de John Cage, e as gravações eletrônicas pioneiras de Muddy Waters – são do mesmo ano: 1948" (idem, p. xix).[3]

Ao mesmo tempo, é importante afirmar que o foco na escuta não significa que a visão seja colocada de lado. Nesta abordagem, uso amplamente as artes visuais – especialmente a pintura e a fotografia – para falar da arte sonora. Ao privilegiar uma abordagem verbivocovisual para me aproximar dos textos literários, evito a "ladainha audiovisual" (Sterne, 2003, p. 15), ou seja, a clara divisão que coloca o som e a visão como polos opostos (semelhante à divisão entre discurso oral e textos escritos discutida acima). Em *The Audible Past: Cultural Origins*

3. Vou discutir a relação entre escultura e escuta em *A Paixão Segundo G.H.* (ver capítulo 6).

of Sound Reproduction [O passado audível: Origens culturais da reprodução do som], Sterne mostra que o som, a audição e a escuta são aspectos centrais da modernidade, mas, semelhante à crítica de Nancy ao caráter oculocêntrico da filosofia, Sterne aponta a predominância de uma terminologia visual no campo teórico. Se a cultura da audição/da escuta é tão predominante quanto a cultura do olhar na modernidade, o conhecimento filosófico é predominantemente ocular. Como afirmado por Sterne, existe "uma disjunção entre a auralidade de uma prática e a linguagem oculocêntrica usada para descrevê-la" (idem, p. 12). O estudo de Carlos Mendes de Sousa publicado em 2012, baseado nos usos do conceito "figural" (conforme definição de Jean-François Lyotard), se preocupa predominantemente com imagens, isto é, com a visão, mas também com a cegueira.[4] Mas as "figurações" de Sousa também incluem a escuta, e podem ser adaptadas à noção de reverberação que adoto em minha própria leitura, como um estudo que segue as *figurações da escuta* na obra de Clarice.

Desse modo, uma escuta na escrita (e seu silêncio ressoante, seus gritos mudos, sua mudez vibrante) é o tema central deste livro. Como disse, concentro-me na *escuta* e no *ouvido* como sinônimos processuais que constituem uma terceira via para além da convencional dicotomia entre fala e escrita. De fato, a escuta produz uma afinidade entre a escrita e a oralidade, e nos ajuda a pensar em uma nova distribuição e mobilização dos sentidos: a escuta na escrita; o aural visual; a leitura silenciosa,

4. Dentre os estudos que se concentram no olho e na poética do ver em Clarice, pode-se consultar as importantes leituras de Wisnik (1988) e Pontieri (1999).

mas ressoante; a escrita muda, mas falante; e assim por diante. Defendo que o resultado (seguindo a concepção de Clarice) é uma escrita de ouvido, o romance como um espaço eminentemente de escuta e a autoria como um lócus de recepção mais do que de produção.

O *ouvido ultrassensível* de Clarice

Em um momento no qual a maior parte dos leitores europeus ainda conhecia muito pouco da obra de Clarice, Hélène Cixous propôs uma série de comparações surpreendentes:

> Se Kafka tivesse sido uma mulher. Se Rilke tivesse sido um judeu brasileiro nascido na Ucrânia. Se Rimbaud tivesse sido mãe, se tivesse chegado aos cinquenta anos. Se Heidegger tivesse sido capaz de deixar de ser alemão, se tivesse escrito o Romance da Terra. Por que citei esses nomes? Para tentar esboçar as imediações. É por ali que Clarice Lispector escreve. Ali, onde os trabalhos mais exigentes respiram, ela faz o seu caminho. (Cixous, 1991a, p. 133)

Ainda mais sugestivo do que o genuíno pathos e entusiasmo desta passagem, no entanto, é o que Cixous afirma logo na sequência: "E então, no ponto em que o filósofo fica sem fôlego, ela continua, vai ainda mais longe, vai além de todo o conhecimento. Depois da compreensão, passo a passo, ela mergulha trêmula na incompreensível profundidade do mundo, *o ouvido ultrassensível*, tensionado para captar até o som das estrelas, até a mínima fricção entre os átomos, até o silêncio entre dois batimentos cardíacos" (Cixous, 1991a, p. 133, grifo meu). Neste ponto, pode-se dizer que Cixous está sintonizada com a escrita de Clarice; Cixous a ecoa e Clarice ressoa nela.[5] E não se deve perder de vista o fato de que, embora pontue as similaridades entre Clarice e Kafka, Rilke, Rimbaud e Heidegger, Cixous também acena para a diferença da obra de Clarice, uma ficção que avança quando a filosofia se cala para escutar aquilo que está além do alcance da razão.

O "ouvido ultrassensível" de Clarice é a mais precisa unidade de análise deste livro. É através desta orelha que trabalho para entender (ouvir) a teoria da escuta que Clarice desenvolve em sua obra. Neste ponto, é útil recorrer a um argumento de Jean-Luc Nancy, o de que para criar uma filosofia de escuta é necessário aprender com poetas e escritores de ficção. Para Nancy (2014), e para a tradição filosófica à qual ele pertence, a escuta representa uma fuga do domínio da linguagem e da significação e, para pensar isso, é preciso dobrar um pouco a linguagem de modo a escutar e dar sentido às formas extrassemânticas de significação, àquilo que faz sentido antes como som, timbre e tom.[6] Lembrando aos leitores de que é possível haver "mais

5. A "descoberta" de Clarice na década de 1980 na França, e de lá para o resto do mundo, aconteceu em grande parte graças a Cixous. Mais tarde, sua leitura da "escrita feminina" ("écriture feminine") sofreu algumas críticas. Para uma leitura densa e equilibrada dessas posições, ver Peixoto (1994) e Klobucka (1994). De minha parte, defendi a leitura de Cixous em um momento no qual, no Brasil, ela foi mais violentamente atacada. Ver Librandi (1999).

6. Jean-Luc Nancy e Philippe Lacoue-Labarthe, na esteira de Nietzsche e Heidegger, pertencem a uma tradição filosófica que tenta deixar de lado o "aparato especulativo", "que, de Platão a Lacan, é um instrumento especular" (Lacoue-Labarthe, 1998, p. 145). Sobre essa tradição, veja o excelente relato de Adrienne Janus (2011).

isomorfismo entre o visual e o conceitual", Nancy critica o caráter visuocêntrico da filosofia, de Platão a Lacan (2014, p. 12). Em vez de conceitos (metáforas) como *acento*, *tom*, *timbre*, *ressonância*, *som*, *amplitude*, *densidade*, *vibração* ou *ondulação*, o conhecimento filosófico tem em seu lugar conceitos associados ao domínio visual: *forma*, *ideia*, *representação*, *aspecto* e *fenômeno* – todos eles trabalham para manter a predominância do visual em vez da "penetração acústica" (p. 13). Se a escuta é o que escapa à teorização, é porque também é o que naturalmente escapa do olhar. Nancy nos lembra de que não se pode *ver* o que se *escuta* e é por isso que se faz necessário passar de uma fenomenologia centrada no visual para uma ontologia centrada na escuta, o que também implica "superar, gorar ou deslocar a 'impossibilidade de circunscrever a essência da escuta' ao interior de um dispositivo teórico" (p. 56). E se, como um experimento mental, imaginarmos a caverna alegórica de *A República*, de Platão, como um espaço de ecos em vez de sombras? Pode-se fazer isso? Alguém poderia, por exemplo, teorizar a escuta (e o timbre) desfazendo o "primado da linguagem e da significação" (p. 54)? A "semântica negativa ou de hermenêutica paradoxal" forneceria uma base suficiente sobre a qual construir essa ontologia (p. 59)?

Segundo Nancy, uma filosofia da escuta deve satisfazer três premissas. Primeiro, precisa considerar a ressonância como uma particularidade singular da escuta que pode servir como base de todos os sentidos. Segundo, deve colocar em primeiro plano o "corpo ouvinte" como uma câmara ressoante: desde o primeiro choro de um recém-nascido até o último murmúrio, um corpo ouvinte libera "um efeito de garganta, um borborigmo, um estalido, uma estridência onde sopra uma murmurante matéria pensante, aberta na divisão da sua ressonância" (p. 58). Terceiro, deve considerar o sujeito como um "sujeito como diapasão" (p. 34), o que para Nancy significa uma presença que ocorre não "em vista de", mas em um processo de referência constante, um eco (p. 16). Esse enquadramento transcende efetivamente a distinção sujeito-objeto e ultrapassa o "sujeito fenomenológico, ponto de visada intencional", passando a "um sujeito ressoante, espaçamento intensivo de um ressalto que não se consuma em nenhum retorno a si sem imediatamente relançar em eco um apelo a este mesmo si" (p. 41). O ponto aqui é a própria reverberação.

Escrever de ouvido e multilinguismo: "Vivo de ouvido"

A expressão "eu escrevo de ouvido", que aparece em *A Hora da Estrela*, é a versão ficcional de uma anotação pessoal que Claire Varin encontrou em um dos cadernos de Clarice, e que se tornou um ponto de partida de seu estudo *Línguas de fogo*: "Vivo de ouvido. Vivo de ter ouvido falar" (Varin, 2002, p. 26). Talvez não tenha sido por acaso. É de fato curioso que o ouvido estrangeiro de Varin, escritora canadense que veio ao Brasil para estudar a obra de Clarice e aprender português, captasse a importância da voz e da escuta na escrita de Clarice, ou, segundo a bela expressão de Varin, a "volúpia da voz antes de toda apreensão" (idem). Seu estudo abriu assim as portas para novos trabalhos na mesma direção, como este devotado especificamente à compreensão do termo "escrever de ouvido" (ao qual Varin não se dedica) e seus usos possíveis em sentido amplo.

Para definirmos a escrita de ouvido, é fundamental considerar a questão das línguas que, adquiridas posteriormente, afetam a língua materna. Ao entrevistar a irmã mais velha de Clarice, Varin descobre que seus pais falavam iídiche em casa, língua que Clarice ouvia, mas que nunca aprendeu ou falou formalmente: "Verdade final, ou primeira verdade oculta: o iídiche, uma língua errante entre outras línguas" (idem, p. 61). Outra autora, Grace Paley (1989), fez uma observação afiada e aguda a esse respeito: "Clarice Lispector passou os dois primeiros meses de sua vida na cidade de Chechelnik, na Ucrânia. Este é um pequeno e breve fato. A pergunta interessante, não respondia nos lugares em que procurei, é: com que idade ela entrou em contato com a língua portuguesa? E quanto do russo ela trouxe com ela? Algo do iídiche? Às vezes penso que é sobre isso que se trata o trabalho dela [...] uma língua tentando se sentir em casa em outra. Às vezes há hospitalidade, às vezes discussão" (Paley, 1989, p. ix).

Filha de imigrantes judeus falantes de iídiche, Clarice nasceu em 10 de dezembro de 1920 e morreu um dia antes de completar 57 anos, em 9 de dezembro de 1977, de um câncer diagnosticado tão tarde que não pôde ser tratado. Ela nasceu na Ucrânia, no povoado de Chechelnik, exatamente quando seus pais estavam deixando a Rússia para escapar da crescente perseguição aos judeus.[7] Depois de um longo processo, seus

7. Benjamin Moser fala sobre a família de Clarice na Ucrânia em sua biografia da autora (2017; 2009).

pais, com Clarice e suas duas irmãs mais velhas, conseguiram embarcar em um navio em Hamburgo com destino ao Brasil. Chegaram em 1922, quando Clarice tinha por volta de um ano. Eles desembarcaram no Nordeste, em Maceió, onde o pai dela tinha família. A princípio o pai trabalhou como mascate. A experiência de Clarice no Nordeste se expandiu quando a família se mudou para Recife. Além de ouvir o iídiche em casa, Clarice frequentou uma escola de hebraico em Pernambuco, o Colégio Hebreu-Iídiche-Brasileiro:

> Na terceira série, antes de sua mãe morrer, ela foi para uma nova escola, o Colégio Hebreu-Iídiche-Brasileiro, na Rua da Glória, a cerca de uma quadra da Praça Maciel Pinheiro. Como o nome indica, a escola ensinava o hebraico e o iídiche, além das disciplinas habituais [...] Não há referências ao hebraico em sua obra, mas parece que a menina com o dom de palavras tirou o atraso rapidamente, pois foi escolhida para fazer um dos três discursos de fim de ano que os alunos apresentavam aos professores e pais, em hebraico, iídiche e português. A pequena Clarice fez o discurso em hebraico, ou seja, estava entre os primeiros da classe. (Moser, 2017, p. 91)

Quando ela tinha quinze anos, a família se mudou para o Rio de Janeiro. A mãe de Clarice, que sofria de uma paralisia crônica, morreu em 1930.[8] Depois de estudar direito, obter a cidadania brasileira, iniciar uma carreira como jornalista e

8. As circunstâncias acerca da doença da mãe de Clarice são controversas. Para uma crítica à hipótese de Moser, ver Abdala Júnior (2010).

publicar seu primeiro romance (1943), Clarice se casou com o jovem diplomata brasileiro Maurício Gurgel Valente e fez uma série de viagens que a manteriam fora do Brasil por dezesseis anos. Foi então que outras línguas, especialmente o inglês e o francês, se insinuaram em seus ouvidos. Como argumenta Varin sobre o bilinguismo e mesmo o multilinguismo da ficção de Lispector:

> O iídiche permanece nela quase como clandestino, já que ela nunca aprenderia a se expressar na língua de sua mãe, que morrera quando Clarice tinha apenas nove anos. Nascida sob o iídiche da mãe, assimilaria o português da terra escolhida pelos pais. Ela cultivaria com frequência uma estrutura mental binária por conta da aquisição de outras línguas (francês, inglês e italiano, durante sua residência na Itália (1944-1946), Suíça (1946-1949), Inglaterra (1951) e Estados Unidos (1952-1959) e devido às atividades como tradutora nos seus últimos quinze anos de vida). [...] Criada com a instabilidade de um bilinguismo limitado, ela produzia, naturalmente, nas margens. Sua sintaxe, que sub-repticiamente traduz uma mistura singular de línguas, emerge como uma espécie de sotaque estrangeiro. (Varin, 2002, p. 27)

Essa "mistura de línguas" singular faz de Clarice um caso emblemático de alguém que escreve em uma espécie de língua estrangeira, o que a deixou especialmente sensível à escuta de nuances, timbres e entonações (instâncias que precedem a compreensão semântica):[9]

9. Ver o comentário de Deleuze (1997), baseado em uma frase de Marcel Proust em *Against Saint-Beuve*: "Os belos livros estão escritos em uma espécie de língua estrangeira" (Deleuze, 1997, p. 93).

> Pois como eu disse a palavra tem que se parecer com a palavra, instrumento meu. Ou não sou um escritor? Na verdade sou mais ator porque, com apenas um modo de pontuar, faço malabarismos de entonação, obrigo o respirar alheio a me acompanhar o texto. (Lispector, 1998e, pp. 29-30)

"Fazer malabarismos de entonação" é escrever de ouvido como uma estrangeira que repete mentalmente a sonoridade da língua que ouve para aprender a brincar com ela, manipulá-la em formas idiossincráticas e significativas. Disso decorre que a pontuação do texto de Clarice procure captar uma entonação singular, o que faz com que seja muito difícil para ela aceitar a escrita como seu modo principal de expressão, como a autora deixa claro constantemente nas obras de ficção e não ficção. Como escritora, Clarice não se satisfaz com o seu material, as palavras que são escolhidas e usadas; como escritora, ela quer que seu leitor observe a palavra escrita e seja capaz de ler – ou, melhor ainda, de ouvir – todas as palavras que não foram escolhidas, que permanecem como virtualidades não realizadas, como se fosse possível escrever não de acordo com eixos sintagmáticos, mas segundo os eixos paradigmáticos (para retomar a terminologia semiótica de Ferdinand de Saussure e Roman Jakobson). É por isso que as cores (visão) e o som (audição) são seus principais paradigmas. Em sua escrita, encontramos uma tentativa persistente de capturar uma vibração – um *dito* que se esforça para inscrever o não dito. É também por isso que ler Clarice pode ser uma experiência tão difícil quanto prazerosa. Suas palavras nos chegam primeiro como sons, com o corpo, e tocam regiões inesperadas. Katrina Dodson, tradutora dos contos dela para o inglês, expressa suas impressões sobre a obra de Clarice: "Ler Clarice Lispector é uma experiência desorientadora" (Dodson, 2015, p. 629). Ela continua:

> O que permanece constante é a fisicalidade íntima da voz de Clarice – seus ritmos fortes e a forma como ela parece sussurrar no seu ouvido como uma irmã, mãe, e uma amante, de alguma forma tocando você de longe. Uma parte do seu ritmo vem de uma preferência pela repetição: refrões que produzem uma sensação encantadora ou um *crescendo* temático, estruturas anafóricas que emprestam um tom bíblico, o impacto cômico de uma frase de efeito que se repete ou as repetições compulsivas de uma mente obsessiva, como a de Laura em "A imitação da rosa". Suas palavras mantêm uma coerência sensorial, mesmo quando a lógica semântica ameaça se desfazer [...] Ela nos assombra em diferentes direções. Apresentei a vocês a Clarice que ouço melhor. (Dodson, 2015, p. 635)

A forma e os capítulos

Apresento a forma deste livro por meio de duas observações específicas. Desde o início, explico que este trabalho carrega em si uma estrutura retórica que se assemelha à teoria que desejo desenvolver. Nesse sentido, esse texto não apenas fala *sobre* a escrita de ouvido, mas também a *mostra* através da própria forma da argumentação. O livro tem uma estrutura abertamente parafrástica, fragmentada ou mesmo caleidoscópica, que opera em muitos momentos através de repetições, saltos e *insights*. Como se torna evidente ao longo da argumentação, a teoria da escrita de ouvido pressupõe uma retórica que questiona e problematiza as formas convencionais da razão (escrita). Tal retórica está presente em toda a obra de Clarice, assim como na evolução mais ampla do romance no Brasil.

A segunda observação refere-se a uma dicção entre-línguas, digamos assim. Este livro em grande medida foi escrito nos interstícios ricos e difíceis do inglês americano e do português brasileiro, e com a intenção explícita de produzir ressonâncias mútuas. Como dito no prefácio, *Escrever de ouvido* veio da experiência (estranha e estrangeira) de dar aulas de literatura brasileira em inglês e nos Estados Unidos. Desse modo, o livro se originou em certas observações, interações com a minha docência e com a minha pesquisa que deram corpo a investigações teóricas em torno do deslocamento espacial e linguístico.

Os dois capítulos seguintes situam o "Escrever de ouvido" e "O romance da escuta" no contexto mais amplo da literatura brasileira. Os demais capítulos se concentram na leitura exclusiva dos romances de Clarice. Abro o capítulo "Escrever de ouvido" com uma comparação entre a escrita de ouvido de Clarice e a noção poética de "pulsação" de Augusto de Campos, a fim de destacar o aspecto auditivo da prosa e da poesia. O principal objetivo é sugerir uma história da escuta na literatura brasileira e, ao mesmo tempo, refinar questões de interesse de pesquisadores de literatura latino-americana relacionadas à semântica das bordas e das margens, a uma semiótica da corporalidade e a uma performatividade guiada pelo sentido da audição. Neste capítulo, também é importante sublinhar que a escrita de ouvido, como uma estrutura ficcional, tem especial relevância para as literaturas que tendem a manter uma conexão ética, poética e política com comunidades profundamente moldadas por formas de comunicação verbal que não dependem da mediação da escrita. Não é segredo que essas comunidades, tanto nas ciências sociais quanto para além delas, foram pejorativamente consideradas "analfabetas" ou "iletradas". Conceitualmente, este "escrever de ouvido" ressoa de modo intenso e viaja ao lado de comunidades marginalizadas na América Latina, no Caribe e na África – e isso mesmo que deixemos de lado o amplo leque de maneiras pelas quais essa ideia reverbera o pensamento e as escutas ameríndios[10].

Apresentado como uma ferramenta teórica, uma espécie de conceito de bolso, o *escrever de ouvido* – bem como seu desdobramento no *romance da escuta* e na *ecopoética* – me permite revelar uma configuração singular que o campo literário internacional descobre no e através do Brasil; ao mesmo tempo, torna-se evidente o caráter cosmopolita da literatura brasileira

10. A esse respeito, ver o livro de Dylan Robinson. *Hungry Listening. Resonant Theory for Indigenous Sound Studies.* Minneapolis: University of Minnesota Press, 2020.

e a relação onívora e continuamente atenta que sempre teve com outras literaturas e línguas.[11]

No capítulo 3, traço os contornos do "romance da escuta" de Clarice, uma rubrica que traz à tona um aspecto negligenciado da polifonia na prosa ficcional. Primeiro, estabeleço o conceito em consonância a romancistas como Mia Couto e Toni Morrison, para então apresentar uma leitura de *A Hora da Estrela* (1977), obra na qual a noção de "escrever de ouvido" tem sua primeira expressão explícita. Dou atenção especial à forma do romance da escuta no Brasil, em uma genealogia que remonta ao trabalho pioneiro de Machado de Assis no final do século XIX; discuto também o trabalho de Oswald de Andrade e de João Guimarães Rosa como figuras importantes para a formação do "romance da escuta". Como este é um livro focado na obra de Clarice, quando falo de outros escritores tendo a me concentrar na mesma tradição literária de que ela participou: a do romance brasileiro moderno. Minha hipótese mais ampla, não desenvolvida aqui, é que os trabalhos de outros escritores brasileiros modernos, como Mário de Andrade (1893-1945) e Graciliano Ramos (1892-1953), além de autores mais recentes, como Hilda Hilst (1930-2004) e Paulo Leminski (1944-1989), e até romancistas contemporâneos como Veronica Stigger, Nuno Ramos, Evandro Afonso Ferreira, Ana Miranda, entre muitos outros e outras, podem ser lidos proveitosamente por meio das lentes (ou, mais precisamente, no espaço ecoante) de uma

11. Com *cosmopolita* aludo ao que diz Abel Barros Baptista: "abertura dum espaço de hospitalidade incondicional". Com *campo literário*, refiro-me a um espaço que "se abstém de limitar e impor condições à entrada e estada do estrangeiro" (Baptista, 2009, p. 67).

escrita de ouvido, formando assim uma linhagem inteira de obras auditivas.

No capítulo 4, faço uma análise detalhada do primeiro romance de Clarice, *Perto do Coração Selvagem*, de 1943. O objetivo é apresentar o primeiro desenvolvimento de uma escrita de ouvido, a partir da análise da imagem da "orelha morta" que aparece no primeiro parágrafo de seu primeiro livro. Minha hipótese é ler essa imagem em conexão com o ato de Vincent van Gogh de cortar a própria orelha, gesto este que marca a arte moderna. Essa comparação incomum exigiu o desenvolvimento de uma argumentação sinuosa, que segue o fluxo de conexões inconscientes. A "orelha morta" abre caminho para entender uma série de temas de Clarice que vão reaparecer em *Água Viva*, publicado trinta anos depois de seu romance de estreia, e narrado por uma personagem que é também pintora. Descrevo esses temas nos textos de Clarice e, também, nas pinturas que ela produziu na década de 1970. Nessa interpretação, o tema do sacrifício da orelha corresponderia ao sacrifício da voz na escrita silenciosa. Ao mesmo tempo, dado que é uma orelha separada do corpo individual, a imagem apontaria para um sentido expandido de escuta do mundo. Seguindo a leitura de Georges Bataille sobre o sacrifício de Van Gogh a partir de suas pinturas de girassóis e flores murchas, também exploro outros temas importantes neste capítulo: a "mulher da voz" a partir da figura da mãe, o elo entre a orelha e o útero, entre a escuta e a infância, entre a escuta e o luto. A apresentação de Clarice da sua protagonista como um claro "retrato d(a) artista quando jovem" relaciona a força da criação a uma radiação, e as imagens solares aparecem tanto em Clarice quanto em Van Gogh. Nascido de um sacrifício, o processo de escrita é descrito através da imagem da amputação, da imagem do inaudível, da linguagem "it", "das coisas", e de suas ecolalias. Por fim, no final do primeiro romance de Clarice, o corpo da protagonista se expande para o mundo selvagem e renasce como cavalo, figuração que aparece outras vezes nos capítulos seguintes deste livro.

No capítulo 5, volto minha atenção para *Água Viva* (1973), que inicialmente tinha como título "Objeto gritante". Traço a imagem desse "objeto gritante" como a junção entre a orelha e a máquina de escrever. A discussão de Friedrich Kittler sobre Nietzsche e a máquina de escrever (1999) abre o precedente para relacionar a obra de Clarice com a forma da modernidade segundo a qual o sacrifício da voz dá origem a uma escuta atenta e (des)autoral.

No capítulo 6, concentro-me no livro mais conhecido de Clarice, *A Paixão Segundo G.H.*, publicado em 1964. Defendo que o romance, tomado como um estudo da metamorfose, funda sua estrutura na reverberação do eco e através dele. Uma arte verbal ancorada na figura mitológica de Eco, a "ecopoética" conceitua e expressa as reverberações tanto do som quanto do silêncio na obra-prima da prosa de Clarice, assim como o faz no que se refere à noção de autoria como uma postura receptiva (e sensível). Uma comparação com o mito de Eco (tal como apresentado por Ovídio) também nos ajuda a entender o desenvolvimento de uma poética da escuta no romance de Clarice que, em última instância, se move em uma direção extra-humana e assume uma dimensão planetária.

Começo o capítulo final com um encontro fortuito, um produtivo *trompe l'oreille*. Está ligado à minha confusão sonora entre "*horse*" e "Horácio" em uma apresentação acadêmica, o que acabou dando forma ao projeto deste livro e trouxe para mais perto a compreensão da poética de Clarice. Existe uma considerável diferença poética entre Horácio e Ovídio, e este era claramente o preferido de Clarice. Em vez de coerência e verossimilhança (premissas de Horácio), escrever de ouvido – e toda a *ouvre* de Clarice – produz metamorfoses literárias, um continente inteiro de monstros fecundos e belos. O que encontramos em Clarice são textos plurivocais, formas em fluxo e numerosas bestas – algumas mitológicas, como centauros e sereias, e outras configuradas a partir de justaposições e coexistências. Para Clarice, acontece de ser o cavalo a figura mais importante de seu extenso bestiário. Portanto, é de suma importância que o evento central de *A Cidade Sitiada*, de 1949, seja a transformação – aos modos da personagem Ocyrhoe – de uma mulher suburbana em um cavalo. Filosoficamente, o cavalo de Clarice/Lucrécia está relacionado (como em uma genealogia) a outros cavalos da história do pensamento, em particular ao "filósofo Centauro" Friedrich Nietzsche, segundo a imagem desenvolvida por Peter Sloterdijk (1986). Nietzsche, o pensador cujo gesto para proteger um cavalo teria sido o último antes que adentrasse na loucura que nublou seus últimos anos de vida, estabeleceu o texto híbrido entre filosofia e ficção como a forma moderna da literatura. O que Clarice também é: uma ficcionista-filósofa, uma escritora-centaura. Clarice tenta unir forma e movimento, superando o binômio tradicional entre forma e tema ou conteúdo. Contra a rigidez do texto escrito, seu principal (e até obsessivo) propósito era criar textos capazes de capturar o instante do tempo em movimento. Seguindo o signo do cavalo, comparo a forma e o movimento de Clarice com o que Eadweard Muybridge conseguiu fazer, no final do século XIX, por meio do uso de fotografias em *stop-motion*. O ouvido na escrita tem, portanto, uma relação com o mundo não humano, com as tecnologias modernas de som e imagem e, sobretudo, com o modo como a atenção dedicada a ambos moldou a produção da prosa ficcional no Brasil.

Um certo sentido íntimo

Em um famoso ensaio, "Notícia da atual literatura brasileira – Instinto de Nacionalidade" (1994; 1873), Machado de Assis rejeita a representação do caráter pitoresco ou da "cor local" nos romances, e defende a ideia de que os escritores devem mostrar sua conexão com um determinado tempo e/ou país por meio da expressão de um "certo sentimento íntimo" (Machado de Assis, 1994, p. 804). Machado escreveu o ensaio com a intenção de publicá-lo primeiro nos Estados Unidos, o que traz à tona um confronto entre o estrangeiro e o local – entre um *aqui* e um *lá* – como parte de qualquer definição de "literatura nacional". Ou seja, para Machado, o que diferencia um autor brasileiro (ou de qualquer outra nacionalidade) de todos os outros é um pertencimento *instintivo* a um certo tempo, a uma certa língua e a um certo território. Uma espécie de *habitus* literário. A questão para nós é, além das aproximações imperfeitas emprestadas das ciências sociais, como devemos entender o "instinto", nessa expressão a um só tempo concreta e vaga de um "certo sentimento íntimo"? Minha hipótese é traduzir esse *sentimento* ou *sensação* como *sentido*, especificamente o sentido da audição, que é tão recorrente nos autores brasileiros que se poderia falar de modo comprometido e fecundo sobre uma "filosofia do ouvido" na literatura brasileira.

Por fim, *Escrever de ouvido* apresenta escritores de ficção como teóricos literários. Trata-se, basicamente, de um convite para incluí-los nos atuais debates teóricos e especulativos sobre conceitos específicos da literatura-mundo com origem nas práticas de escrita dos romancistas brasileiros modernos, e articulados principalmente no português do Brasil. Nesse sentido, trata-se de um estudo que responde diretamente a uma afirmação de Eduardo Viveiros de Castro:

> Já o disse alhures, repito aqui: Oswald de Andrade, Guimarães Rosa e Clarice Lispector, depois de Machado de Assis, são os verdadeiros autores de uma reflexão filosófica propriamente brasileira, os inventores de uma linguagem estética, metafísica e política original, capaz de trazer à luz as obscuras potências conceituais da(s) línguas(s) que falamos em nosso país, como Borges ou Lezama Lima o fizeram para o espanhol americano. (Viveiros de Castro, 2016, p. 12)

Quando escolho traduzir o(s) sentido(s) íntimo(s) da literatura brasileira através da noção de "escrever de ouvido", o que estou performando é um ato de invenção, no sentido dado à palavra pelo antropólogo norte-americano Roy Wagner: não como um teste de algo novo, ao modo de um experimento científico, mas no antigo sentido retórico de produzir analogias. Se uma etnógrafa traduz uma cultura estrangeira de acordo com os termos de sua cultura de origem, o que faço, de modo semelhante, é criar o conceito "escrever de ouvido" como uma forma de descrever e traduzir uma cultura e uma língua de origem depois de ter sido afetada pelos efeitos de outras culturas e de outras línguas. Como se sabe, é quando estamos fora de um lugar que reconhecemos sua singularidade, enquanto nos (des) familiarizamos em um processo de nos tornarmos estrangeiros e funcionarmos através de barbarismos, traduções e equívocos de tradução. Roy Wagner traz uma excelente descrição desse processo complexo de audição/escuta interlinguística, que tende a ser esquecido em uma "civilização altamente letrada", mas que é reavivado sempre que se precisa aprender uma língua estrangeira de ouvido:

> Consideremos o que acontece quando falamos. Muitas vezes me parece que os membros de uma civilização altamente letrada como a nossa imaginam espaços entre as palavras que usam quando falam, quase como aqueles espaços que aparecem entre as palavras em uma página impressa [...]. Na verdade, o que produzimos ao falar é uma espécie de música indistinta e murmurada, e a pessoa tem de aprender como decompor essa orquestração em formas e unidades convencionais se quiser compreendê-la – mais ou menos como um músico treinado aprende a decompor um rumor de tonalidades sensoriais em notas, acordes, harmonia, linha melódica e forma estrutural. [...] No que se refere à comunicação, o que importa é se o falante (que evidentemente está escutando sua própria música) e o ouvinte fazem as mesmas decomposições. (Wagner, 2010, p. 97)

Por fim, gostaria de citar James Clifford (2013), que destaca as maneiras pelas quais a cultura costuma ser pensada como sendo "local, ligada ao sangue e à linguagem, em vez de emergente, multidimensional ou fundamentada em coalizões" (Clifford, 2013, p. 147-8). Para Clifford, a tendência de igualar "linguagem com cultura simplifica demais afiliações mais complexas" (idem, p. 149). Essas afiliações podem incluir grupos provisórios estabelecidos pelo comércio, pelo conflito, pelo parentesco ou através do multilinguismo e de dialetos. Para mim, a questão do ouvido é fundamental em um processo de encontrar, inventar e produzir um campo de relações "emergente, multidimensional e fundamentada em coalizões", com base no multilinguismo, sotaques e dialetos, pois o ouvido abre a possibilidade de receber todas as línguas como sons, mesmo que não sejam semanticamente compreensíveis; isto é, o ouvido estabelece conexões que vão além do vínculo linguístico para acentuar o aspecto musical e sonoro da linguagem. É assim que o ouvido compreende a esfera musical de tons e sotaques que nos permitem entender a intenção de um discurso, mesmo que não entendamos seus significados. Além disso, o ouvido traz o aspecto vibratório, a textura sonora (Bairon, 2005) de um texto quando leio em silêncio (Stewart, 1990) ou vocalizado e performado em voz alta (Bernstein, 1998). A noção de escrita de ouvido visa, assim, a contribuir para "a existência de múltiplas afiliações", baseadas especificamente na escuta, ou seja, em uma área pré-linguística de murmúrios e rumores, sussurros e trocadilhos, traduções e equívocos de tradução que povoam a zona de contato entre as relações locais-regionais-mundiais-universais e as relações entre os povos extra-humanos e a Terra. Muito semelhante a um ato de diplomacia literária e filosófica, um dos principais objetivos é que este livro sirva de ponto de partida para outras conversas.

2. Escrever de ouvido

"Ouço a música antiga de palavras e palavras, sim, é assim"

Clarice Lispector, "A Hora da Estrela"

A aproximação complexa entre as palavras escritas e o sentido da audição foi sugerida por Clarice Lispector sob o disfarce de um narrador masculino, na novela *A Hora da Estrela*, publicada dois meses antes de sua morte, em 1977: "E a pergunta é: como escrevo? Verifico que escrevo de ouvido assim como aprendi inglês e francês de ouvido" (p. 25). Por volta do mesmo período, em 1975, Augusto de Campos escreve "O Pulsar", um poema que toma a forma de um telegrama estrelar, como explicita o título da série da qual faz parte, "Stelegramas" (1975-8), publicada na coleção *VIVA VAIA*, de 1979.

Nele lemos: "onde quer que você esteja/ em marte ou eldorado/ abra a janela e veja/ o pulsar quase mudo/ abraço de anos luz/ que nenhum sol aquece/ e o o(e)co escuro esquece". Visualmente, notamos que as palavras do poema aparecem em branco sobre um fundo preto com duas letras que adquirem forma de desenho: a vogal "o" é projetada como um pequeno círculo solar, e a vogal "e" é substituída pela imagem de uma estrela, de modo que as letras atuam como *punti luminosi*. No poema, as estrelas ameaçam se extinguir à medida que se tornam cada vez menores em cada linha. Apesar de o poema pedir ao observador/leitor que "abra a janela" e "*veja* o pulsar quase mudo", como uma mensagem exposta no céu da página, o pulso do pulsar foi ouvido por Caetano Veloso, que transformou o poema em música em 1978, traçando a conexão entre escrita, visão e audição, como parte do programa "verbivocovisual" dos "poetas de campos e espaços" concretos (como cantou Veloso em "Sampa"). No contexto do presente livro, *A Hora da Estrela*, de Clarice, romance escrito de ouvido, e as estrelas do poema de Augusto de Campos, com seu "pulsar quase mudo", ressoam juntas como um recado a ser decifrado.

As estrelas pulsantes do poema, assim como a morte da protagonista, Macabéa, no final do romance de Clarice, convergem numa escuridão que, de alguma forma, brilha, como a palavra escrita que, ainda que silenciosa, pulsa. Em entrevista a Jorge Luis Borges, Augusto de Campos (2013) explica que a palavra "pulsar", em português, existe como verbo e substantivo para designar o batimento cardíaco. Ela também se tornou um neologismo originário da expressão inglesa "pulsating radio source" ["fonte de rádio pulsante"], transformada na abreviatura "pulsar", o que fez com que Augusto pensasse em *estrela pulsante*. Dessa maneira, o pulsar do coração corresponde ao pulsar luminoso das estrelas. Anos depois, na contracapa de sua antologia *Despoesia* (1994), Augusto reafirma seu uso do pulsar e sua relação com o ato poético: "A flor flore/ A aranha tece/ o poeta poeta/ quer o vejam, quer não/ ele pulsa/ o pulsar quase mudo". Este mesmo "pulsar quase mudo" aparece na escrita de Clarice por meio de Macabéa, a heroína semiletrada de *A Hora da Estrela*: "Morta, os sinos badalavam mas sem que seus bronzes lhes dessem som. Agora entendo essa história. Ela é a

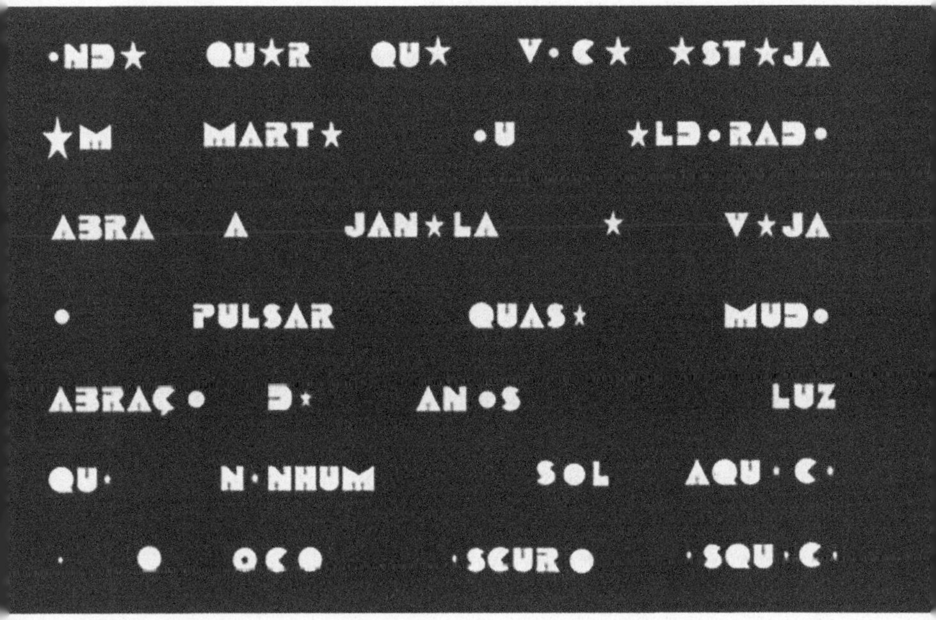

Figura 2.1
"O Pulsar", de Augusto de Campos.
Reproduzido com a permissão do autor.

iminência que há nos sinos que quase-quase badalam" (p. 86). A mesma qualidade de um "pulsar quase mudo" aparece na descrição de outra personagem clariceana: "Ângela é o tremor vibrante de uma corda tensa de harpa depois que é tocada: ela fica no ar ainda se dizendo, dizendo – até que a vibração morra espraiando-se em espumas pelas areias. Depois – silêncio e estrelas" (*Um Sopro de Vida*, 1978, p. 45).

Aproximar a *escrita de ouvido* de Clarice do *pulsar quase mudo* de Augusto de Campos faz parte de um estudo destinado a descrever uma qualidade distintiva dos textos literários[1] e sua especificidade na ficção brasileira moderna: seu ouvido aguçado, ou seja, a forma como a escrita ficcional capta timbres e nuances, acentuados em uma cultura em que a oralidade e a musicalidade predominam[2]. Ainda que a poesia concreta tenha sido predominantemente estimada como forma de produção artística orientada pela visualidade, centrada na criação de poemas que apelem aos olhos, Augusto de Campos, em uma entrevista concedida em 1992, defende a intensa ligação de sua poesia com a audição, um argumento apresentado como resposta à seguinte pergunta:

1. O uso que faço aqui do termo "qualidade" segue o de Roland Barthes em "Música, Voz, Linguagem": "Então o que é música?... Uma qualidade de linguagem. Mas essa qualidade da linguagem não deriva de forma alguma das ciências da linguagem (poética, retórica, semiologia), pois ao se tornar uma qualidade, o que se promove na linguagem é o que ela não diz, não articula" (Barthes, 1985, p. 284).
2. Na vasta e importante bibliografia sobre música e literatura no Brasil, destaco os estudos de José Miguel Wisnik (2004), Luiz Tatit (2004) e Charles Perrone (1989, 2010).

> Costuma-se também argumentar, é claro, que a CP [Poesia Concreta] distorce ou nega a oralidade do discurso lírico. O poeta e crítico norte-americano John Hollander, por exemplo, diz que "como um verdadeiro poema concreto não pode ser lido em voz alta, ele não tem dimensão linguística plena, não existe na dimensão do ouvido". Haroldo de Campos tem um poema, "o pavilhão da orelha", que mostra (ironicamente) não só o uso comum em português de uma frase como a de Hollander, mas é também um poema crítico, de um tipo no qual os concretistas brasileiros parecem se especializar, revela a auralidade que é própria dele e de outros poemas afins. (Greene, 1992, p. 25)

A resposta de Augusto de Campos a este argumento é extremamente reveladora:

> Em nossa experiência, sempre vimos a CP como uma proposta "verbivocovisual" que não excluía "o domínio do ouvido", mas o integrava em uma nova concepção de concretude, da materialidade da linguagem poética... E muitos dos poemas concretos envolveram ou enfatizaram o nível auditivo, de uma forma ainda não investigada até mesmo pela lírica tradicional... Poderíamos ainda lembrar das muitas obras musicais que surgem como adaptações de textos da CP. Tudo isso é evidência empírica de que a concepção geral da CP nunca excluiu implicitamente a dimensão aural... Na grande maioria dos casos, porém, podemos dizer que a ênfase no elemento visual, por meio de repetição ou paronomásia, sustenta uma ênfase paralela no nível auditivo. O que se requer, nesse esquema, é uma ruptura comparativa com a linearidade de uma leitura tradicional: uma convocação de

> várias vozes, uma simultaneidade ou multiplicidade de leituras, a introdução da pausa ou do silêncio como elemento estrutural. (Campos *apud* Greene, 1992, p. 26-7)

Em outra entrevista, Augusto de Campos relaciona não apenas a criação de poemas, mas também o ato da transcriação, intensamente praticado pelos poetas concretos, a uma escuta aguçada:

> A tradução-arte tensiona-se em relação ao original como as intervenções do intérprete musical em relação ao compositor. Nesse sentido reivindico a liberdade que têm, por exemplo, os cantores e instrumentistas de jazz para darem a "sua" versão de clássicos como Gershwin ou Cole Porter. Há muita diferença entre ouvir "Summertime" interpretada por Billie Holiday ou Janis Joplin, que fazem uma leitura pessoal e única da canção, e por uma cantora lírica como Barbara Hendricks, que a segue ortodoxamente. Ou por alguém que apenas canta com afinação correta. Por isso mesmo, embora procure estar atento o mais possível à literalidade do original, não tenho interesse em manter essa literalidade quando sinto que me tolha a recriação, no sentido de "make it new", fazer do texto vertido para o meu idioma uma interpretação regenerativa, diferenciada, que o faça reviver em português como algo "que se quer decorar". Não há regras absolutas quanto a isso, embora a técnica seja "o teste da sinceridade", como dizia Pound. É, acima de tudo, uma questão de ouvido. (Jackson, 2010, p. 142)

A poética de Clarice, conforme argumento ao longo deste livro, é resultado de uma "questão de ouvido" análoga. Podemos dizer que ambos os autores, Clarice Lispector e Augusto de Campos (e a poética de cada um, posta em relação), convidam os leitores a perceber as vibrações ou a iminência de sons e imagens em palavras impressas-mudas, para que possam encontrar o texto como um objeto a ser visto e ouvido. Os dois autores, nesse sentido, escrevem para escapar do destino outrora anunciado por Marshall McLuhan: o letramento teria nos dado "um olho por um ouvido" (1997, p. 154). Segundo a famosa expressão de McLuhan, o letramento leva a quatrocentos anos de leitura em silêncio. Como explica Michael A. Moos, organizador de um livro de McLuhan, "o alfabeto fonético inaugura o pensamento puramente visual porque começa a desconsiderar o ouvido... a tipografia silencia totalmente o ouvido ao tornar possível a leitura em silêncio" (Moos, 1997, p. 154). Distinta do letramento e da "sua ênfase na fragmentação e especialização", a era eletrônica nos devolveria a um sentido tribalizado coletivo de audição, pois "o que ouvimos vem de todas as direções ao mesmo tempo; isso cria um espaço único, impossível de visualizar" (McLuhan, 1997, p. 123). Para McLuhan, esse *espaço auditivo* é "uma espécie de unidade orquestral, ressonante" (p. 124). De acordo com McLuhan, mas em defesa da leitura em silêncio, este estudo argumenta que a oposição entre as formas oral/escrita e aural/visual não pode ser aplicada a textos ficcionais como objetos ressonantes. A poesia impressa e a prosa de ficção são, ao mesmo tempo, oral/escrita/aural/visual, como produtos verbivocovisuais. Se não se deve prescindir da análise dos sons na interpretação de poemas, os textos nos quais meu estudo se concentra pertencem ao gênero da prosa ficcional. No entanto, o que quero frisar é que quando passamos a abordar um texto como unidade ressonante, as linhas ou os limites entre os gêneros não são tão importantes quanto o hibridismo que o constitui, com a prosa ficcional atuando como poemas ou poemas em prosa. O que tem importância central neste livro é a ficção, ou seja, o foco são textos escritos que criam e estabelecem uma relação imaginária com o mundo, que se constituem de forma mais ou menos deliberada como objetos que inventam ou se tornam um mundo em si mesmos.

Ressonâncias

Seguindo as batidas do "Pulsar", quero comparar um texto ficcional a uma caixa de música fechada: cada vez que um livro é aberto, é possível ouvir o pulso de suas palavras reverberando experiências passadas em uma forma escrita, ao mesmo tempo em que transmite novas ressonâncias para o futuro a cada releitura. A "teoria da ressonância" de Wai Chee Dimock (1997) desenvolve um argumento semelhante. Ela defende a prevalência da audição e da escuta para redefinir o texto literário (impresso) como um "objeto auricular", que muda semanticamente com o passar do tempo. A ressonância, entendida por Dimock como constituída pelas "frequências itinerantes do som", é para ela o conceito chave a ser aplicado aos textos literários. A autora inverte a resposta tradicional à pergunta quanto ao motivo pelo qual um texto literário impresso perdura. Não porque seja um objeto estilístico fixo e completo, mas porque é incompleto e tem uma "ontologia instável". Isto significa que um texto literário (impresso) é afetado pelas leituras interpretativas que recebe ao longo do tempo, incorporando novos significados em sua materialidade. Este processo de absorção é um efeito ressonante. Um significado literário, portanto, é não apenas múltiplo, mas também mutável e maleável. Para Dimock, "o literário não é um atributo que habita um texto, mas uma relação, uma forma de engajamento, entre um objeto que se modifica e um destinatário que se modifica, entre uma presença tonal e a forma como ela é ouvida de maneiras diferentes ao longo do tempo" (Dimock, 1997, p. 1064). A autora também afirma que nossa audição se tornou insensível à percepção de tais nuances, e que precisamos reintroduzir a importância dos ouvidos, que foram silenciados pela supremacia do olho no pensamento ocidental.

De modo semelhante, Jean-Luc Nancy (2014), em seu pequeno mas fundamental livro *À escuta*, propõe que se considere a ressonância como o fundamento de todos os sentidos. Ao fazer uma distinção entre os termos "ouvir" e "escutar" (*entendre* e *écouter* em francês), o texto de Nancy nos ajuda a pensar a transferência do campo auditivo/musical para o literário. Por um lado, "ouvir" significa entender o significado da mensagem, entender o que está sendo dito por meio do intelecto. Por outro lado, "escutar" denota concentração intensa e específica naquilo que é recebido em termos de ressonância corporal, e que se preste atenção sobretudo à entoação, aos timbres, aos ruídos e aos silêncios. Pensar em escutar significa pensar no que vem *antes* da linguagem articulada, como uma infralíngua (ruídos, balbucios, murmúrios, sussurros), e o que vem *depois*, o ultrassom que vai além da linguagem e a transcende, como um ritmo estendido ou um eco que ricocheteia. O silêncio é um caso especial, pois é tanto infra quanto ultra, podendo ser facilmente considerado como precedendo e sucedendo a linguagem semântica.

Na expressão "escrever de ouvido", que se assemelha a uma autodescoberta, Clarice abre as portas para um mundo ainda pouco explorado no universo literário impresso: o estudo das propriedades auditivas e acústicas da escrita, presentes não só no momento da criação ficcional, quando a escritora "ouve" vozes e as inscreve, mas também quando se lê em silêncio, quando um mundo imaginário desperta por meio das vibrações dos sons e imagens das palavras. Tomando literalmente a expressão "escrever de ouvido", e desdobrando a teia de suas metáforas musicais e auditivas, o objetivo deste estudo é descrever a forma que ela assume em prosa ficcional. As metáforas duplamente implícitas "tocar de ouvido" e "aprender de ouvido" sugerem que "escrever de ouvido" funciona como uma alegoria (uma metáfora de terceiro grau) da produção e da interpretação de textos ficcionais baseados em práticas acústicas musicais não escritas. Escrever de ouvido também pede leitores capazes de "escutar" um texto escrito, a fim de capturar precisamente aquilo que passa entre as linhas, como a forma e o desenho de uma entonação, de um tom ou de um timbre.

Considerando a forte plurivocalidade que tem caracterizado a literatura no Brasil desde seu início colonial, e a postura eminentemente (e explicitamente) receptiva adotada por muitos de seus autores modernos, estruturei meu argumento no presente capítulo para seguir dois caminhos que se articulam. Em primeira instância, a maneira como Clarice concebe a sua "escrita de ouvido" serve como fundamento de uma história renovada da literatura brasileira, formulada como uma história de escuta ativa, tendo como foco principal a escuta e atos específicos de audição. Em segundo lugar, a intenção é oferecer uma contribuição luso-afro-ameríndio-brasileira à crítica literária internacional, direcionando o campo semântico de termos relacionados a bordas, margens e fronteiras para uma semiótica mais explícita da corporeidade e da performatividade, atenta aos ouvidos e ao som, de maneira mais geral.

Notas para uma história literária auditiva

A literatura produzida no Brasil é tanto o resultado de desencontros coloniais quanto a escrita de uma língua que emerge continuamente do contato entre o português europeu e das línguas ameríndias, especialmente a *língua geral* crioulizada falada no Brasil meridional por quase dois séculos, juntamente com o nheengatu na região amazônica, o guarani e o espanhol latino-americano no Sul, o bantu e tantas outras línguas da África e as línguas faladas pelos espanhóis, catalães, judeus, sírios, libaneses, italianos e japoneses (dentre muitos outros) que se estabeleceram no Brasil pós-colonial. Quando se trabalha com literatura escrita em português brasileiro, trabalha-se sempre com múltiplas culturas, entextualizadas e recontextualizadas por escritores que buscam desenvolver um modo de expressão (um fenômeno sempre singular e contingente) capaz de revelar as múltiplas culturas e línguas que estão em jogo simultaneamente dentro do conceito necessariamente ficcional de *nação*, e sempre contra qualquer descrição ou autodesignação baseada no monolinguismo.

Na história brasileira da conquista, em vez de uma subjetividade, observa-se o que Roland Greene (1999) definiu como uma "objetidade" [*objecthood*] generalizada. Greene aborda a fase inicial do período colonial, na qual o nome do Brasil surge do pau-brasil, um objeto mercantilizado exportado para a Europa, e a própria terra é transformada em objeto de desejo (e de extração e exploração) pelo fascínio produzido pelo vermelho do pau-brasil, ligado tanto à paixão e ao amor quanto à violência e ao derramamento de sangue. Como diz Greene, o Brasil tem uma singularidade como *objeto* nas Américas. Em vez de questionar essa imagem de "objetidade", gostaria de aproveitá-la para indagar: que tipo de sujeito autoral seria aquele/a que é predominantemente informado/a pelos ouvidos? Minha pesquisa sugere que, mais do que um sujeito orientado pela fala, um autor orientado pela escuta atua menos como sujeito do que como *objeto* de recepção (como uma antena); ao mesmo tempo em que lida concomitantemente com as contingências históricas e sociopolíticas do objeto de exploração chamado Brasil, e que encontra ampla expressão moderna na "poesia do pau-brasil" de Oswald de Andrade nos anos 1920 e na poesia "concreta" dos anos 1950, nos exemplos de Greene. Do mesmo modo, uma autoria orientada pelo ouvido é aquela (des)orientada por línguas estrangeiras, pelos balbucios e rumores, eroticamente e inconscientemente movida por aquilo que ouve. Nesse sentido, em uma autoria orientada pelo ouvido, a mensagem do texto é menos o resultado de uma busca individual e mais o *pulsar* de uma voz coletiva (que de outra forma permaneceria inconsciente ou inaudível).

Padre Antonio Vieira e os línguas

A presença e a importância da audição no Brasil têm uma longa história que remonta aos *línguas* (intérpretes), pessoas assim chamadas porque personificavam o papel dos tradutores que viviam entre as línguas indígenas e o português falado pela igreja. Fossem os línguas indígenas treinados por padres ou padres que estavam aprendendo línguas indígenas, eles aprendiam de ouvido antes de se tornarem capazes de produzir ou de ajudar a produzir as primeiras gramáticas da *língua geral*.[3] Durante o período colonial, como é sabido, a atenção se centrava na incorporação do cristianismo nas línguas indígenas, com a ideia de eliminar os "bárbaros", seu modo de vida, sua língua e seu modo de pensar, e transformá-los em convertidos ao catolicismo; mais tarde, com o início do tráfico de escravos, um princípio semelhante foi aplicado aos africanos considerados "boçais", incapazes de pronunciar corretamente a língua portuguesa.

No que diz respeito às línguas indígenas, o seguinte comentário do Padre Antonio Vieira, em seu Sermão do Espírito Santo, de 1657, é muito indicativo dessa relação colonizadora orientada pelos ouvidos:

> Por vezes me aconteceu estar com o ouvido aplicado à boca do bárbaro, e ainda do intérprete, sem poder distinguir as sílabas,

3. Ver, por exemplo, Moreira (2013) e Dahrer (2012). Marcello Moreira chama atenção para uma "audição dominante" na colônia dentro de "um regime pragmático de forte oralidade", ao mesmo tempo em que aponta para um "emudecimento crescente de uma oralidade domesticada pela ação escritural" através da produção de livros de gramática pelos jesuítas.

> nem perceber as vogais ou consoantes de que se formavam, equivocando-se a mesma letra com duas e três semelhantes... outras tão interiores e escuras, e mais afogadas na garganta que pronunciadas na língua; outras tão curtas e subidas, outras tão estendidas e multiplicadas, que não percebem os ouvidos mais que a confusão, sendo certo, em todo rigor, que as tais línguas não se ouvem, pois se não ouve delas mais que o sonido, e não palavras desarticuladas e humanas. (Vieira, 2000, p. 428-9)

Os ouvidos missionários não podem entender os significados das palavras pronunciadas, mas apenas a "confusão" sonora de "línguas escuras" às quais faltaria a luz da razão divina. Usado para incentivar a catequese, o argumento no entanto revela mais da incapacidade dos missionários em ouvir, isto é, sua dificuldade em fazer sentido de línguas estrangeiras. Como argumentou Alcir Pécora ao comentar essa conhecida passagem do extenso acervo de sermões de Vieira, os missionários jesuítas eram os principais responsáveis por treinar (*reduzir*) a língua indígena a um "audível inteligível" para o ouvido cristão (Pécora, 2008, p. 70).

Oswald de Andrade e o mundo "orecular"

A reversão ético-político-estética do projeto colonial europeu será a ponta de lança da batalha do escritor que vai explicitamente situar-se "contra o Padre Vieira" ao denunciar a sua "lábia".[4]

4. A passagem pode ser encontrada no "Manifesto antropófago" de Oswald de Andrade: "Contra o Padre Vieira. Autor do nosso primeiro empréstimo, para ganhar comissão. O rei analfabeto dissera-lhe: ponha isso no papel

Com os ouvidos atentos para a "contribuição milionária de todos os erros" (Andrade, 2011, p. 61), Oswald chama a atenção, por meio de sua filosofia da antropofagia, para uma ética/estética da audição: ao invés de "civilizar" os ameríndios, deve-se ouvi-los: "O homem europeu falou demais... É preciso ouvir o homem nu" (Andrade, 1990, p. 285). Em uma de suas crônicas, parte de uma série não por acaso intitulada "Telefonema", Oswald enfatiza a relação entre a boca antropofágica e a audição: "O movimento aqui em São Paulo desenvolvido com o nome de 'Antropofagia' nunca excluiu as conquistas técnicas da civilização nem os sonhos do momento social. Mas fazia escutar a voz bárbara dos trópicos" (Andrade, 1993, p. 159). Assim, o projeto de Oswald trabalha diretamente contra o silenciamento sistemático de "vozes bárbaras" na escrita.

De fato, Oswald chama a atenção para uma ética/estética da audição, fundamental para entender sua filosofia devoradora da antropofagia, um aspecto que ainda não foi plenamente analisado em comparação com a dimensão oral da antropofagia. Ele sugere que a posição brasileira na arena cultural internacional, bem como a incorporação brasileira da tradição europeia, deve ser abordada com um jogo de sons que seja ao mesmo tempo jocoso, satírico e paródico. Foi esse jogo de palavras e sons que Oswald colocou em prática quando anunciou, no "Manifesto antropófago", o princípio filosófico-ameríndio-brasileiro, "Tupi or not tupi: that is the question" (Andrade, 2011, p. 67), a partir de uma recriação sonora do verso de Shakespeare, "To be or not to be".

mas sem muita lábia. Fez-se o empréstimo. Vieira deixou o dinheiro em Portugal e nos trouxe a lábia" (2011, p. 69).

Outra frase fundamental do "Manifesto" é a seguinte: "Só podemos atender ao mundo orecular" (Andrade, 2011, p. 69). Hélio Oiticica, que traduziu o "Manifesto" para o inglês (1972), em uma nota, explica: "'Orecular' deve ser uma escrita errada de 'oracular', palavra que poderia ser mantida em inglês, na tradução, e que faz sentido na frase; a frase definitivamente deve ser: 'Só podemos atender ao mundo oracular'" (s/p).[5] Dito isso, seguindo a defesa que Oswald faz dos erros como contribuições ao pensamento e à escrita, talvez devêssemos aprender com esse erro, na medida em que ele combina, ainda que acidentalmente, duas palavras – oracular e auricular – as mensagens enigmáticas dos oráculos e o processo auditivo. Pedro Neves Marques propõe a seguinte tradução em inglês para "orecular": "auracular", juntando "aural" e "oracular" (Andrade, 2014, p. 101).

Uma zona de escuta e de tradução

Em diálogo com a noção de "olhos imperiais", de Mary Louise Pratt, sugiro que a obra de Oswald solicita ao leitor que também considere os "ouvidos nativos" como seu correspondente em potencial. Tais "ouvidos nativos" se referem aos nativos das Américas, mas também às "línguas nativas" como línguas maternas, e nativas como "nascidas em", em referência ao momento gestacional. Se o "o homem que vê" ocupa o

5. Um fac-símile da tradução do manifesto para o inglês, feita por Helio Oiticica em 1972, está disponível no blog http://cotidianocarnaval.blogspot.com.br.

lugar de um domínio histórico, que também significa o lugar da linguagem literária da tradição, é no ouvido e no corpo gestacional, também vinculados ao ambiente terrestre, que uma escrita orientada pelo ouvido encontra lugar.[6] Em seu estudo, Pratt (1992) focaliza os escritos de viagem produzidos pelo "sujeito masculino europeu da paisagem discursiva europeia — aquele que com olhos imperiais passivamente contempla e possui" (Pratt, 1992, p. 7). Ela analisa as "zonas de contato" isto é, os espaços de coerção e conflitos, e seu tema principal é o olhar imperial. Tomo aqui de empréstimo o termo cunhado por Pratt para repensá-lo, não em relação ao domínio visual, e sim na posição da escuta. Em uma contranarrativa auditiva, a tradução ocupa um papel de destaque. Por isso, ao termo "zona de contato" adiciono o termo "zona de tradução", proposto por Emily Apter em um estudo que repensa a tradução sobretudo em contextos de guerra e disputa de poder. No caso da escrita de ouvido pós-colonial, o foco volta-se para a incorporação de línguas estrangeiras ao português brasileiro, ou de línguas nativas ecoando nos textos escritos. Diante disso, gostaria de destacar o fato de que, em português brasileiro, a palavra "zona" adquire dois outros significados idiomáticos ausentes no inglês "zone". Além de remeter a uma área de troca e de contatos, "zona", em português, também se refere a desorganização, como na conhecida expressão "Esse lugar está uma zona". Além disso, é um termo de conotação erótica (e econômica) que serve para designar uma área de prostituição, como na expressão "Eu vou

6. Para uma história auditiva da literatura brasileira, seria fundamental recuperar e repensar o matriarcado da antropofagia de Oswald, enfatizando a importância da audição de sua proposta.

para a zona". A relação entre a ideia de *zona* com a de *escrita por ouvido* deve levar em conta as três formas de significação: intercâmbio de línguas via tradução; uma certa confusão sonora resultante de trocadilhos, chistes e outros jogos acústicos; e uma esfera sensual, erótica, associada ao ouvido.

O que chamo de "escrever de ouvido" se refere ao que Jacques Derrida (1991), em seu ensaio "Tímpano", chama de "o discurso da orelha" (p. 15). Em uma nota, Derrida lembra a fisiologia do ouvido e os significados sexuais que ela adquire em diferentes culturas:

> Sem ter em conta todos os investimentos sexuais que, por toda a parte e sempre, constrangem fortemente o *discurso da orelha,* indico aqui com um exemplo os lugares do material abandonado à margem. Essa corneta a que se chama *pavilhão ("papillon",* borboleta) é um pênis para os Dogons e os Bambaras do Mali, e o canal auditivo uma vagina. A fala é o esperma, indispensável para a fecundação. (Concepção pelo ouvido, diríamos, pois, toda a filosofia). Ela desce pelo ouvido da mulher e enrola-se em espiral em torno da matriz. (Derrida, 1991, p. 15)

O texto filosófico de Derrida é acompanhado, *à sua margem*, por um ensaio poético de Michel Leiris que fala sobre a forma do ouvido na natureza e o mito de Perséfone, sobre a diferença entre o que é falado e o que é cantado, e conclui com uma discussão do impacto da invenção do fonógrafo. "Timpanizar" a filosofia, portanto, é aproximá-la de uma sabedoria auditiva expressa em prosa poética – em outras palavras, em ficção. Assim, volto minha atenção para a filosofia de Derrida, que inclui seu texto sobre o tímpano em um livro intitulado *Margens de Filosofia*, sinalizando que os ouvidos estão nas margens, nas *orillas*.

Uma ética da escuta

Se nos apropriarmos do conceito de "orillas" ("margens") de Beatriz Sarlo (1993), é possível propor uma tradução sonora desviante do termo em português, cujo resultado seria "orelhas". Essa proximidade sonora (com seus significados distintos) nos permite mudar o foco de uma direção orientada pelo espaço (bordas) para uma abordagem (des)orientada pelas orelhas. O grupo conceitual de imagens que gira em torno das expressões "margens", "fronteiras" e "bordas" aponta para a ocupação de uma posição no mapa do mundo moderno e suas divisões históricas, sociopolíticas e culturais no centro e nas periferias. Nessa orientação espacial, "escrever nas margens" implica se sobressair no meio desse mapa geopolítico, e se tornou uma imagem-conceito tradicional para os escritores latino americanos, dada a importância da noção de um "entre-lugar" nas descrições culturais. Em relação a essa posicionalidade, "escrever de ouvido" efetua uma transferência: das margens do globo (bordas) para as margens corporais de nossos rostos. Por um lado, pode-se pensar nas bordas brasileiras/latino-americanas como sendo profundamente afetadas pelas orelhas, no sentido da incorporação literária, gerando uma linguagem de alteridade que é continuamente procriada na expressão escrita. Por outro lado, no aspecto corpóreo/físico, "escrever de ouvido" não é mais uma questão de ser (ou não ser) latino-americano, ou europeu, ou o que for. Pois "escrever de ouvido" é uma copresença ecológica, ecoica, acústica: um ser no mundo, um ser no corpo, pessoal e cosmológico. Escrever "com os ouvidos"/"pelo ouvido" é considerar as reverberações, as ressonâncias rítmicas entre nosso corpo e o que o envolve; é também escrever nas "periferias" do nosso pensamento, com foco no inconsciente poético e nos efeitos intuitivos. O resultado é um produto complexo: um texto criado como espaço de escuta no qual traços de culturas desaparecidas ou minoritárias, assim como suas vozes e histórias, sobrevivem na costura da escrita.

A escrita de ouvido pode assumir formas diferentes na obra de cada escritor abordado neste capítulo, mas tem um traço comum em todos eles: ela implica a ideia de que esses autores escrevem nas *orillas* (ou seja, em cenários coloniais e pós-coloniais) da tradição europeia (tomada como modelo), especificamente no enclave português da América do Sul, e em uma posição transcultural entre as práticas letradas e não letradas, pois o ouvido elimina a hierarquia tradicionalmente estabelecida entre diferentes tradições literárias e/ou entre a escrita e as culturas de tradição oral. Com relação à ficção narrativa, no romance e suas variantes, como a novela ou prosa poética, o que se testemunha é uma ação de escritura que opera tendo em vista uma "des-domestificação" da oralidade, e que ao mesmo tempo inclui a oralidade para "barbarizar" a escrita e romper com o crescente silenciamento das vozes ameríndias e rurais. Este projeto viria a ter como desdobramento a utopia político-anárquica de algumas das melhores expressões em prosa produzidas no Brasil ao longo do século passado.

Haroldo de Campos e o sentido concreto da audição

O "escrever de ouvido" descreve assim a qualidade de uma literatura produzida em um lugar onde o letramento é a exceção e não a regra. Com isso, embora não seja de forma alguma exclusiva, a presença auricular é reforçada em lugares em que a oralidade tem prevalência sobre o letramento. O "escrever de ouvido" é uma resposta (consciente e inconscientemente) literária a essas condições, conforme afirmou Haroldo de Campos:

> O "pesadelo da História", para os principais escritores latino-americanos... tem sido um barroco e obsessivo pesadelo de escritura (levado ao paroxismo oximoresco quando se sabe em convívio forçado e doloroso com o mundo sem letras de grandes contingentes populacionais privados de alfabeto). (Campos, 1981, p. 22)

Haroldo de Campos identifica a ambivalência, as experiências simultaneamente negativas e positivas às quais a escrita de ouvido se refere: de que forma uma tradição oral, predominantemente falada e performativa, pode ser transposta para a literatura escrita? Como se pode criar um texto que incorpore pessoas de fora da ordem alfabética para perturbar ou produzir uma desordem no próprio processo de escrita literária? A escrita de ouvido, nesse sentido, corresponde a uma ética de escuta e à incorporação – sem redução – de uma população majoritariamente orientada pela oralidade. O dilema apresentado por Haroldo de Campos receberá respostas diferentes, de acordo com cada autor. O próprio Haroldo (1982), em um texto sobre Machado de Assis, defende a tradição do que ele chama de "literatura pobre" ou "poesia de subtração" que deve ser entendida em comparação com o estilo barroco do acréscimo. Em ambos os casos, somos confrontados com uma literatura de excesso em relação a um certo sentido de proporção e de normatividade discursiva.

Um dos principais exemplos da combinação entre um estilo baseado no acréscimo e uma "literatura pobre" é trazido por Haroldo de Campos no poema em prosa de *Galáxias*, especificamente no fragmento conhecido como "Circuladô de fulô". Aqui temos o encontro entre a literatura de cordel, o experimentalismo de vanguarda e a poética do neobarroco. Depois de uma viagem à Europa na qual conheceu Ezra Pound, Haroldo voltou ao Brasil, fazendo primeiro uma parada no estado de Pernambuco. Em um dia particularmente ensolarado, durante uma festa popular, ouviu um trovador cego cantar o seguinte, de acordo com a transcriação de Haroldo na escrita: "circuladô de fulô ao deus ao demodará que deus te guie porque eu não posso guiá eviva quem já me deu circuladô de fulô e ainda quem falta me dá" (em Campos 2007, p. 124). Para Antonio Sergio Bessa (2016), a própria questão da literatura-mundo [*world literature*] está em jogo nesta "prosa concreta" (Perloff e Dworkin, 2009) e nas conexões temporais e geográficas que ela estabelece, tendo como ponto de partida um texto-canção nascido de um estado de miséria e dor, ainda que rodeado pelas flores da fala da tradição dos trovadores que circulam na literatura de cordel, redescoberta via Pound e unida a um *shamisen,* instrumento japonês usado no Kabuki. É importante notar que "Circuladô de fulô" recebeu uma interpretação musical de Caetano Veloso, um trecho decisivo de uma poética verbivocovisual, na qual o texto literário encontra a produção musical e vice-versa. Este fragmento de Haroldo de Campos, escrito nas margens (*orillas*) da alta cultura e da tradição popular, é um exemplo fundamental das complexidades que uma escrita orientada pelo ouvido pode alcançar.

O H da questão

A "escrita de ouvido" é um "discurso da orelha" e, no caso da prosa ficcional, fundamenta os "romances da escuta". Entendo que há uma sabedoria auditiva na prosa ficcional no Brasil – uma sabedoria que pode ser encontrada em "romances da escuta" que ainda precisam ser melhor ouvidos, pois têm algo importante a nos mostrar quanto à relação entre escrever e escutar.

Oswald de Andrade, no primeiro prefácio escrito para seu romance *Serafim Ponte Grande* (2007), em 1926, anunciou, em seu estilo aforístico, um procedimento chave para a ficção brasileira: "A gente escreve o que ouve, nunca o que houve" (p. 48).[7] O caráter jocoso da frase de Oswald se baseia no fato de que ela deve ser escrita e lida, já que o som das palavras é o mesmo (ouve/houve), mas os significados são distintos (ouvir/acontecer). Enfatizando a importância da audição, a frase deve ser lida para ser entendida, o que estabelece uma relação imediata entre o ouvido e o processo de escrita, ou entre a esfera sonora e os textos impressos-mudos. Anos mais tarde, em 1935, Fernando Pessoa

7. O texto "Objeto e fim da presente obra" foi publicado pela primeira vez na *Revista do Brasil*, em novembro de 1926, e depois incluído como prefácio do romance de Oswald de Andrade, publicado em 1933.

escreveria uma carta a Adolfo Casais Monteiro explicando as origens de seu sistema de heterônimos. "Ouvi, dentro de mim, as discussões e as divergências de critérios, e em tudo isto me parece que fui eu, criador de tudo, o menos que ali houve", diz ele (1999, p. 343). Lê-se na carta de Pessoa a mesma relação entre ouvir e haver. Neste caso, parece claro que ouvir implica uma importante despossessão do "eu" autoral. Ouvir no campo da ficção é diferente do solipsismo de ouvir a si mesmo, pois atua como uma abertura para o exterior, para falar de e a partir de algo ou alguém que reside de alguma forma além de si mesmo, além do controle ou da redução autoral. No par ouvir/haver, temos um princípio básico de ficção e sua conexão intensa e íntima com a escuta.

Por que é que a prosa ficcional goza de uma maior proximidade com a audição do que outros tipos de narrativa? Oswald de Andrade tem plena consciência do fato de estar apresentando uma diferença crucial entre a escrita de uma invenção, a escrita literária da "descoberta" e da "transposição", e a escrita da história, dedicada à compreensão *ex post facto* do que aconteceu (houve). Ele estabelece uma distinção entre percepção auditiva (que seria característica da escrita ficcional) e descrição histórica, distinção essa que ainda não foi suficientemente desenvolvida. Nesse princípio da escuta, que inclui a incorporação do outro e da tradição, entra em jogo o dilema fundamental da oposição entre cópia e original. Refutando a estética realista e naturalista como cópias submissas do que vem de fora, Oswald de Andrade sugere uma produção ficcional baseada na escuta/audição.

Em seu romance *Serafim Ponte Grande*, Oswald revela (ou desnuda) o artifício da produção literária, expondo-o sob a forma do produto final. O resultado é um texto que se apresenta mais como uma obra em progresso, característico de um romance escrito de ouvido. Haroldo de Campos, em seu estudo sobre Oswald ("Serafim: um grande não-livro"), relaciona a técnica deste ao procedimento de "desfamiliarização", numa referência explícita ao conceito de *ostranenie*, de Víctor Chklóvski, um termo definido por Campos (1971) da seguinte forma "Víctor Chklóvski, que empregou esse conceito em seu estudo 'Iskusstvo kak priôm' ('A arte como procedimento'), de 1917, considerado como um verdadeiro manifesto do formalismo russo, desenvolveu também a ideia do 'desnudamento do processo' (ou 'procedimento' – 'obnajénie prioma'), como um aferidor da especificidade da obra de arte" (Campos, 1971, p. 103). O livro como obra literária assume assim, de forma voluntária, a negação de si mesmo, de sua própria totalidade como livro, expondo a sua própria criação, de maneira similar ao que vamos encontrar em Clarice. *Serafim Ponte Grande* é listado entre as "Obras renegadas" do autor, e tem os direitos autorais negados: "Direito de ser traduzido, reproduzido e deformado em todas as línguas", e um de seus capítulos é, na verdade, resultado de um "Erro de impressora". Como estudado por Campos, "tais signos [...] 'tornam [o livro] estranho', o 'desautomatizam' para nossa percepção, no ato mesmo em que o sinalizam, o emblematizam até" (idem, p. 102-103). Naomi Lindstrom (1980) chama atenção para "a extrema fragmentação da escrita" (p. 80) de *Serafim Ponte Grande*, descrevendo ainda a estrutura do romance: "Onze segmentos narrativos, cada um parodiando um tipo diferente de literatura, aparecem em uma justaposição enigmática. Cada fragmento é um romance *in potentia*, pois cada um sugere um modo possível... de elaborar as tentativas de Serafim de romper com os padrões culturais burgueses. Estes romances hipotéticos permanecem necessariamente não desenvolvidos" (Lindstrom, 1980, p. 80). Oswald chama seu romance de um ato de "invenção". Como apontou Haroldo de Campos (1971), "No exemplar que possuímos do *Serafim*, e que recebemos das mãos do autor, a expressão "romance", na capa, foi riscada por Oswald e substituída pela palavra 'invenção'" (p. 102). Se, em 1945, Antonio Candido definiu *Serafim* como "um fragmento de um grande livro" (citado por Campos, 1971, p. 107), Haroldo de Campos, na década de 1970, iria redefini-lo como "um grande não livro de fragmentos de livros" (p. 107). Haroldo continua argumentando: "justamente através da síncope técnica e do inacabamento dela resultante é que a construção ficava manifesta, é que a carpintaria do romance tradicional, como 'prióm', como procedimento, era posta a descoberto" (p. 107). E ele acrescenta: "O *Serafim* é um livro compósito, híbrido, feito de pedaços ou 'amostras' de vários livros possíveis (...). Cada um desses excertos ou trailers de livros virtuais funciona (...) como uma alusão metonímica a um determinado tipo catalogado de prosa, convencional ou pragmática (de uso cursivo), que nunca chega a se impor totalmente ao esquema do livro oswaldiano (...), mas antes acena – num processo alusivo e elusivo – com um modo literário *que poderia ser e que não é*" (p. 105).

De modo semelhante ao romance de Oswald de Andrade, João Guimarães Rosa é definido por Ana Luiza Martins Costa (2005) como escritor por excelência do "mundo escutado". Em um dos prefácios do seu romance *Tutaméia*, de 1967, ele anuncia: "A estória não quer ser história. A estória, em rigor, deve ser contra a história. A estória, às vezes, quer-se um pouco parecida à anedota" (Rosa, 1979, p. 3). Para Guimarães Rosa, as histórias devem se aproximar de anedotas e piadas, para fazer frente aos pesadelos da história. Esta frase também serviu como uma forma de responder aos críticos que afirmavam que o trabalho de Rosa não era politicamente engajado; o que ela implica é que para a prosa ficcional modificar as relações sociopolíticas entre a população rural do Brasil e os cidadãos urbanos letrados, seria necessário não representar essas relações em consonância com as narrativas históricas, mas sim alterar completamente a política de enunciação. Como Rosa deixou claro em uma entrevista, "somente renovando a língua pode-se renovar o mundo" (Rosa e Lorenz, 1983, p. 87). Por ora, é importante ressaltar que, tanto na frase de Oswald quanto no prefácio do romance de Guimarães Rosa publicado em 1967, encontra-se a mesma diferenciação entre ficção (estória) e história baseada na presença ou ausência do h silencioso (em ouve/houve e estória/história). Aqui uma letra que carece de sonoridade fonética em português, uma presença ausente ou uma ausência presente, serve para marcar diferenças ontológicas fundamentais. Seguindo uma abordagem semelhante, Clarice escreveria em *A Hora da Estrela*: "Vai ser difícil escrever esta história (...) Os fatos são sonoros mas entre os fatos há um sussurro. É o sussurro que me impressiona" (p. 31).[8] Como o sussurro pode encontrar expressão escrita a não ser por meio da criação poética e ficcional? Ou seja, como isso se daria senão por meio de um texto que procura expressar, ritmada

8. Clarice utiliza muitas elipses em suas obras; neste livro, utilizo colchetes para indicar as elipses que indicam minhas omissões nas citações que faço de suas obras.

e ideofonicamente, aquilo que reside “atrás do pensamento” (expressão que foi também título de trabalho inicial de *Água Viva*, de Clarice), ou aquilo que se encontra do lado de cá ou de lá da linguagem: sensações, pulsações, reverberações e timbres?

Cada um dos autores mencionados acima sugere que obras ficcionais, particularmente os romances, são criações baseadas no sentido da audição e nos atos de escuta, e não na imitação de narrativas históricas. Seguindo os caminhos abertos por eles, quero afirmar a relevância da escuta como característica central da ficção, presente tanto como tema recorrente quanto como elemento que lhe dá forma. A seguir, apresento uma primeira descrição de obras de Machado de Assis, Guimarães Rosa e Clarice Lispector como “romances da escuta”.

3. O romance da escuta

A polifonia, caracterizada por uma multiplicidade de vozes tecidas no discurso escrito, é o modelo proposto por Mikhail Bakhtin (1990) para descrever o romance dialógico desenvolvido por Fiódor Dostoiévski. Para Bakhtin, o romance é o exemplo máximo de crioulização, de conversa e de conflito – uma arena de discursos de diferentes origens e dialetos. As citações a seguir vêm de notas que Bakhtin escreveu em 1970 e 71 para um ensaio sobre "a palavra do outro" que nunca foi publicado.[1] De acordo com a primeira delas, a autoria assume uma posição passiva: "A própria existência fala através do escritor, através da boca do escritor" (Bakhtin, 1986, p. 149). Outra referência breve deixa claro que este modelo corresponde a "outro caminho", distinto daquele do polifônico, ainda que correlato a ele:

> As buscas pela minha própria palavra são na verdade buscas por uma palavra que não é minha, por uma palavra que é mais do que eu próprio [...] Essas buscas levaram Dostoiévski à criação do romance polifônico [...] Um caminho paralelo levou Lev

1. Os organizadores, ao comentarem o ensaio inédito, afirmam: "Bakhtin dá dois títulos possíveis para o texto: 'A palavra do outro como objeto específico de investigação nas ciências humanas' e 'O problema da palavra do outro (o discurso do outro) na cultura e na literatura': de ensaios sobre metalinguística" (Bakhtin, 1986, p. 157).

Tolstói às narrativas folclóricas (primitivismo), à introdução de citações bíblicas (nas partes finais de seus romances). Outro caminho seria fazer o mundo começar a falar e ouvir a palavra do próprio mundo (Heidegger). (Bakhtin, 1986, p. 149)

Como vemos, este modelo corresponde a uma posição receptiva de ouvir a palavra [*word*] do próprio mundo [*world*]. No entanto, esse aspecto auditivo da teoria do romance, aludido por Bakhtin apenas de forma breve e parentética, e relacionado por ele à filosofia de Heidegger, continua pouco desenvolvido em relação à ideia das vozes que falam na polifonia. A teorização da "escrita de ouvido" na prosa ficcional pode assim ser entendida justamente como uma contribuição para pensar as teorias de Bakhtin sobre o romance, visando dar conta de ecos, reverberações e ressonâncias, termos que o próprio Bakhtin utilizou em seus textos críticos. Se múltiplos discursos contraditórios são postos em diálogo no tecido do romance como um espaço democrático de vozes, temos, no caso das "escritas de ouvido", romances criados como espaços de escuta. É esse espaço que sugiro que chamemos de "romances da escuta".

Em relação a esta questão, gostaria de citar dois ficcionistas que nos ajudarão a desenvolver a definição de romance da escuta: Mia Couto e Toni Morrison.[2] Em uma entrevista concedida a Paulo Hebmuller, e intitulada (não por acaso, pelo menos para o argumento que desenvolvo aqui) "Escutas de Mia Couto"

2. Lúcia Villares, em seu livro *Examining Whiteness* (2011), sugere, pela primeira vez, uma comparação entre as obras de Clarice Lispector e Toni Morrison, chamando atenção para a performatividade das fronteiras raciais na ficção das autoras. A questão da escuta, no entanto, não é abordada.

(Couto e Hebmuller, 2014), podemos nos familiarizar com as origens auditivas do projeto ficcional do autor. Tendo sido uma criança bastante quieta, Mia Couto diz que quando era muito jovem aprendeu a arte de ouvir, uma arte intimamente relacionada ao universo oral das culturas africanas, bem como à inclusão da música e da prosódia falada em sua escrita:

> Essa África onde eu vivo é uma sociedade que escuta. As pessoas escutam os outros e na conversa há uma distribuição de tempos: o tempo da fala e o tempo da escuta, como se por turnos as pessoas soubessem o que têm de fazer. Acho que houve um momento em que eu, já jornalista, fui tentado a escrever as histórias que escutava. Essas histórias estavam tão vivas, tinham tanta força, que pediam que fossem transportadas dessa oralidade para a escrita. [...] Comecei a procura de uma escrita que fosse plástica e permitisse essa inundação da oralidade. (Couto e Hebmuller, 2014)[3]

No entanto, a questão da escuta na escrita diz respeito a mais do que apenas a transmissão oral de uma narrativa, ela envolve também uma escuta consciente do silêncio:

> Há uma aprendizagem que essa sociedade mais rural nos confere porque na cidade ficamos atrapalhados quando há um silêncio, e é preciso recobri-lo. Esse incômodo, em contraste, não é vivido nessas sociedades. As pessoas têm no silêncio uma espécie não de ausência, mas de uma presença. Alguma coisa está a ser falada

3. Entrevista disponível em https://vermelho.org.br/2017/12/29/escutas-de-mia-couto/ (última consulta em 6 de setembro de 2020).

> naquele momento. Isso tem a ver com uma forte crença no mundo invisível e de espiritualidade que rodeia os viventes. (idem)

Esta arte da escuta na escrita se confunde com a formação de Mia Couto como biólogo, na medida em que o escritor define a biologia como "uma linguagem e uma maneira de escutar":

> A biologia prolongou esse apetite que tenho de escutar o mundo e de perceber que há ali vozes que tinham sido anuladas por certa visão antropocêntrica de que somos nós os únicos que temos alguma coisa a dizer. A maneira como abracei a biologia foi nessa procura de perceber linguagens e aprender códigos. Hoje, sem ser de uma maneira metafórica, escuto a árvore, a planta, o bicho, porque de fato todas essas entidades querem dizer qualquer coisa além, não é? E por isso assumem cores e cheiros e diferenças de forma que me agrada muito escutar. (idem)

A escuta de árvores, plantas e insetos confere à passagem de Bakhtin que mencionei antes, em uma audição do mundo por meio da prosa ficcional, um significado que vai além da linguagem articulada e antropocêntrica.

O aural em *Amada*

Toni Morrison, ao responder a uma pergunta feita por Christina Davis sobre a sua "voz escrita" em uma entrevista publicada em 1986, diz:

> Isso pode significar que meus esforços para fazer uma literatura aural – A-U-R-A-L – dão certo porque eu ouço essa voz. Para percebê-la, é importante ler em silêncio, e isso é apenas parte do trabalho... Ela também tem que *soar*, e se não *soar* bem... Mesmo que eu não pronuncie essa voz quando estou escrevendo, acho que tem algo dentro de mim, dentro da minha cabeça, que lê, para que eu ouça da mesma maneira que escrevo, pensando ainda em como eu leria em voz alta. (Morrison e Davis, 1994, p. 230)

Nos romances de Toni Morrison, o aural está relacionado a esta forma de lidar com a voz escrita: a maneira como ela escuta é a maneira como ela escreve. Esta formulação é diferente de dizer "a maneira como falo é a maneira como escrevo", pois envolve a escuta silenciosa, e não apenas a reprodução da linguagem oral em um texto escrito. Outro aspecto importante do aural é a participação ativa do leitor como ouvinte. O aural, diz Morrison, tem a ver "com a participação do *outro*, ou seja, do público, do leitor" (Morrison e Davis, 1994, p. 231). Este aspecto participativo corresponde à comparação que ela usa em referência a segurar uma mão: "Um sou eu, um é você e juntos criamos algo, inventamos juntos. Eu apenas seguro a sua mão enquanto você vai, ouve e compartilha" (idem). Comentando o aspecto aural de *Amada* (Morrison, 1987), bem como sua relação com a estrutura de chamada e resposta, de improviso, jazz, *spirituals* e blues, Jody Morgan argumenta: "*Amada* é dedicado aos 'sessenta milhões e mais' escravos que morreram e nunca tiveram uma voz. Essas milhões de vozes foram silenciadas não apenas por pessoas, mas também pela linguagem que os chamaria de inferiores, de objetos. Essas milhões de vozes que não foram expressas em palavras, que não foram ditas, não podem ser ouvidas por meio da linguagem, mas precisam de um meio diferente – o aural" (Morgan, 2008, p. 10). Finalmente, o aural em Toni Morrison pode ser explicado de mais uma forma, que aborda uma questão muito importante relacionada à ética da escuta:

> Um artista para mim, um artista negro para mim, não é uma pessoa solitária sem responsabilidade para com a comunidade. É uma experiência totalmente comunitária, na qual eu me sentiria infeliz se não houvesse nenhuma controvérsia, nenhum debate, nada – nenhuma *paixão* que acompanhasse a experiência da obra. Quero que alguém diga amém! (Morrison e Davis, 1994, p. 231)

Desta forma, não é mera coincidência que a escrita de ouvido apareça tematizada por Clarice num livro que gira em torno da breve vida e da morte de Macabéa, uma pobre garota imigrante do Nordeste brasileiro – um livro focado em apresentar a vida de uma mulher sem voz, como milhões de outros brasileiros nordestinos que se dirigem ao Rio de Janeiro e acabam se perdendo na imensa e cruel ordem racializada da cidade. Tendo em mente a explicação de Toni Morrison sobre o que está por trás de *Amada* e sua dedicatória no romance, a dedicatória de Clarice em *A Hora da Estrela* parece quase um eco:

> Esta história acontece em estado de emergência e de calamidade pública. Trata-se de livro inacabado porque lhe falta a resposta. Resposta esta que espero que alguém no mundo me dê. Vós? É uma história em tecnicolor para ter algum luxo, por Deus, que eu também preciso. Amém para nós todos. (Lispector, 1998e, p. 8)

A Hora da Estrela

A Hora da Estrela é um livro pequeno, mas que se expande – uma obra-prima composta de menos de oitenta páginas. Último livro publicado por Clarice em vida, *A Hora da Estrela* possui uma dimensão quase clarividente, no sentido em que une dois pontos de vista: o nascimento e a morte. Isto se dá na medida em que Macabéa se vincula à infância de Clarice, bem como ao fim de sua vida. Na obra, Clarice se transforma em Rodrigo S.M., apresentado como autor de um livro sobre a personagem Macabéa, uma migrante pobre do nordeste radicada no Rio de Janeiro. Semiletrada, Macabéa trabalha como datilógrafa. Tendo vivido tanto no nordeste quanto no Rio de Janeiro, Clarice se situa entre o autor fictício masculino que ocupa seu lugar (Rodrigo S.M.) e a personagem Macabéa, cujo nome evoca a origem judaica de Clarice, assemelhando-se ao termo "Macabeus". Assim, Clarice mistura suas origens judaico-ucranianas com a vida nordestina de uma mulher comum, Macabéa. Neste último livro publicado em vida por Clarice, ela combina ecos do iídiche de sua infância com os sons do Nordeste brasileiro.[4] Todo o romance é na verdade produzido como um eco, no qual ressoam os sons dissonantes de Bach e um rádio-relógio, o texto do suposto autor masculino e a voz feminina de Clarice. A voz dupla de Clarice e Rodrigo S.M. se presta a falar de uma personagem sem voz: "Ela falava, sim, mas era extremamente muda" (Lispector, 1998e, p. 36).

4. Nelson Vieira (1989) identificou um "estilo talmúdico" de composição em *A Hora da Estrela*.

O livro começa com uma dedicatória da autora seguida de uma anotação entre parênteses que informa quem, de fato, o escreveu: "(Na verdade Clarice Lispector)" (idem, p. 7). Mesmo que seja ela a verdadeira autora do livro, a autoria é transferida para o narrador masculino Rodrigo S.M. Entretanto, Clarice não pode deixar de apontar que "na verdade" ela é a autora, mesmo que sua autoria seja colocada entre parênteses e expressa apenas como paratexto.[5] É assim que ela dá início a um jogo de ficção dentro de sua ficção, o que dá ao livro um toque teatral de performatividade no sentido de expor o referencial da criação e o processo a ele relacionado. Para Tóibín, a experiência de ler *A Hora da Estrela* é muito parecida com "ser levado aos bastidores de uma peça de teatro durante a encenação e poder dar espiadelas ocasionais no elenco e no público, e espiadelas ainda mais intensas no funcionamento do teatro – as trocas de cenas e de figurino, o modo como o artifício é criado – além das muitas interrupções do pessoal dos bastidores" (Tóibín, 2011, p. x). Pode-se dizer que Rodrigo S.M., o autor fictício, como se se apresentasse em um teatro, faz ecoar no palco (ou seja, no livro que a leitora tem em mãos) a voz da própria Clarice (a própria autora do livro), que ressoa desde os bastidores.

Clarice repete o processo de duplicação autoral em *Água Viva*: a personagem principal, que é pintora, transforma-se na escritora do texto que lemos; e novamente em *Um Sopro de Vida*, que estabelece o jogo entre o autor fictício (novamente masculino) e Ângela, protagonista do livro, que é ela própria

5. Hélène Cixous abordou a estrutura parentética de autoria deste romance (1991a).

escritora[6]. Carlos Mendes de Sousa (2012) cunhou o termo "livro exposto" (p. 347) para se referir aos livros de Clarice que expõem os bastidores da criação, com escritores/personagens que vivenciam e expressam os dilemas, angústias e delícias da escrita e da narração. A duplicação autoral, na verdade, é parte de um projeto literário expresso e problematizado em nível metaficcional. Como discutirei mais adiante, é possível identificarmos nela, de forma muito condensada, um procedimento que repete o procedimento autoral metaficcional inaugurado por Machado de Assis em *Memórias Póstumas de Brás Cubas*, quase um século antes.

A pequena dedicatória de *A Hora da Estrela* começa com uma espécie de frase "jogada": "Pois que dedico esta coisa aí" (Lispector, 1998e, p. 7). Se, por um lado, o livro é diminuído como "esta coisa aí", de outro é enaltecido por ser dedicado a muitos dos grandes compositores da música clássica europeia: "Pois que dedico esta coisa aí ao antigo Schumann e sua doce Clara que são hoje ossos, ai de nós" (idem). O livro também é dedicado a Ludwig van Beethoven, Johann Sebastian Bach, Igor Stravinsky, Richard Strauss, Claude Debussy, Marlos Nobre, Sergei Prokofiev, Carl Orff e Arnold Schönberg. Assim, os leitores se deparam com um texto que mistura um registro alto a um baixo, combinando-os com uma espécie de uma "coisa aí" genérica. Pode-se ler nisso uma espécie de desprezo pela escrita, de um ponto de vista, e uma grande admiração pela música

6. Neste último livro, há outro elemento que se destaca: a presença da amiga e secretária de Clarice, Olga Borelli, que, após a morte da autora, coletou os fragmentos dispersos e os publicou em *Um Sopro de Vida*, trazendo assim uma voz a mais para falar por e com Lispector.

como uma arte superior, de outro: "O que me atrapalha a vida é escrever" (idem, p. 5). Após esta dedicatória, vem a página de rosto, na qual há o título do livro e outros quatorze títulos ou legendas possíveis, entre os quais o nome da própria autora, como se o livro também pudesse ser lido como uma biografia ou mesmo uma autobiografia. Desta forma, antes mesmo de começar a ler o romance, os leitores ficam expostos ao processo pelo qual o livro passa a existir, ao seu esboço, dentro do qual vários títulos possíveis se apresentam.

O texto em si começa da seguinte forma: "Tudo no mundo começou com um sim. Uma molécula disse sim a outra molécula e nasceu a vida" (idem, p. 17). Desde o início da vida até o nascimento do universo, *A Hora da Estrela* começa como um livro cosmogônico; a certa altura, o narrador afirma que está efetivamente criando a vida por meio de sua protagonista, que morre lentamente. Na verdade, as primeiras vinte páginas do livro nada mais são do que a autoexposição do pré-processo de criação de uma vida ficcional, a vida de Macabéa, e o difícil processo gestacional do livro realizado por uma autora através de um escritor masculino que decide escrever sobre uma antipersonagem. Há aqui uma relação dinâmica e conflituosa entre Rodrigo e Macabéa, uma espécie de relação de amor e ódio (Sá, 2004). O texto é bastante violento em sua descrição de como um intelectual burguês pode se relacionar com uma personagem tão carente; ao mesmo tempo, porém, Macabéa, em sua extrema fragilidade e ingenuidade, apresenta-se como uma espécie de filósofa do absurdo, na medida em que estranha a linguagem e, portanto, convoca os leitores a repensarem o que o discurso de fato constitui em relação à realidade (Hansen, 1989). Seus diálogos com Olímpico de Jesus, por exemplo, misturam humor e ironia de forma magistral.

Outro elemento importante são os intertextos do romance. No início da parte narrada, Macabéa surge olhando para si mesma no espelho, numa cena que faz parte da tradição ficcional moderna do Brasil, com dois antecedentes ilustres: o Alferes de Machado de Assis, do conto "O Espelho", e o conto de Guimarães Rosa, de mesmo título, no qual o protagonista se olha no espelho a ponto de deixar de se reconhecer. Clarice também retoma Euclides da Cunha e sua famosa frase de *Os Sertões*: "O sertanejo é antes de tudo um forte". No caso de Macabéa, lê-se: "O sertanejo é antes de tudo um paciente, eu o perdoo por isso" (Lispector, 1998e, p. 75). Ao contrário dos Macabeus bíblicos, Macabéa encontra-se entre os oprimidos que carecem até mesmo de força para se rebelar.

A Hora da Estrela é uma amálgama de vários enredos entrelaçados: um enredo autobiográfico, um enredo sociológico, um enredo de intertextos literários, um enredo musical, um relato fotográfico e pictórico, além de muita metaficção, tudo condensado em um pequeno livro que termina com a morte de Macabéa e de Clarice (esta morreria apenas dois meses após a publicação do livro). A cena final do livro se dá da seguinte forma:

> A morte é um encontro consigo. Deitada, morta, era tão grande como um cavalo morto. O melhor negócio é ainda o seguinte: não morrer, pois morrer é insuficiente, não me completa, eu que tanto preciso. Macabéa me matou.

> Ela estava enfim livre de si e de nós. Não vos assusteis, morrer é um instante, passa logo, eu sei porque acabo de morrer com a moça. Desculpai-me esta morte. (Lispector, 1998e, p. 97)

A cena é então seguida de alguns parágrafos finais:

> E agora – agora só me resta acender um cigarro e ir para casa. Meu Deus, só agora me lembrei que a gente morre. Mas – mas eu também?!
> Não esquecer que por enquanto é tempo de morangos. Sim. (Lispector, 1998e, p. 98)

O mesmo "sim" que abre o romance é aquele que se encontra em seu final: nascimento e morte se desdobram um sobre o outro, fazendo uma dobra no tempo e na narrativa.

Improvisação

A duplicação ou multiplicação de autores e vozes chama atenção para um texto que é construído por meio da improvisação, como se não estivesse sendo controlado:

> Mas aí é que está: esta história não tem nenhuma técnica, nem de estilo, ela é ao deus-dará ... Durante o dia eu faço, como todos, gestos despercebidos por mim mesmo. Pois um dos gestos mais despercebidos é esta história de que não tenho culpa e sai como sair. (Lispector, 1998e, p. 44)

Em Clarice, a improvisação chega ao ponto de não ser um método, mas sim um "modo de vida". É isso que encontramos em outra reflexão feita pela própria Clarice sobre a liberdade encontrada na escrita: "A improvisação como modo de viver. Mesmo as narrativas discursivas têm em si uma liberdade, se não de quebra do condicionamento, mas de improvisação do destino" (citada em Borelli, 1981, p. 44). Em outras palavras, na improvisação, o enredo se estrutura de forma a fingir não ter uma estrutura, como se os acontecimentos estivessem se desenrolando por acaso[7].

A Hora da Estrela se apresenta como "livro inacabado" (Lispector, 1998e, p. 8), semelhante ao *Serafim Ponte Grande* de Oswald de Andrade, discutido no capítulo anterior. Toda a primeira parte é dedicada à exposição do processo de escrita do livro como um ensaio metaficcional antes da ação da narrativa, que então começa subitamente: "O jeito é começar de repente assim como eu me lanço na água gélida do mar... Vou agora começar pelo meio dizendo que –" (idem, p. 31).

"Como que estou escrevendo na hora mesma em que sou lido" (idem, p. 18). Nesta magnífica declaração, Clarice sintetiza aquilo que será o traço distintivo de suas últimas obras: textos

7. Para uma análise dos últimos livros de Clarice, ver o estudo de Sonia Roncador (2002). A autora questiona a noção de improvisação aplicada à elaboração dos textos de Clarice, sobretudo *Água Viva*, livro que resulta da depuração de um manuscrito anterior chamado "Objeto gritante". No entanto, ela relaciona os últimos textos de Lispector à prática da crônica e à informalidade de uma conversa, assim como encontra neles, se não uma unidade de ação, "uma continuidade de tema e tom" (Roncador, 2002, p. 72). Eu penso a improvisação como um método relacionado justamente à produção de um tom, e não como sinônimo de espontaneidade ou de texto publicado sem revisão.

em fragmentos, que depois são unificados e retrabalhados, mas sem perder o frescor, a vivacidade e a imediatez da experiência vivida. É aí que a improvisação começa a ser cada vez mais mencionada em suas obras, juntamente com o conceito de escrita de ouvido. Na trilha de Clarice, sugiro a possibilidade de definir a improvisação como um ato de atingir um estado ideal, no qual a impressão (sensorial, física, corporal) possa imediatamente se tornar expressão (simbólica e artística), para que (utopicamente) não haja separação entre o que se vê e o que se pinta, o que se diz e o que se escreve, o que faz barulho e o que se ouve. A improvisação anseia por criar uma expressão simbólica que seja a mais próxima possível da impressão sensorial, como se fosse possível o corpo não se distinguir do seu entorno. A improvisação suspende ou elimina o pensamento ponderado, medido e controlado, atuando como a reação mais imediata aos estímulos presentes. Quanto menos programada for a performance, e quanto mais o intérprete se deixar levar pelo estímulo do momento, melhores serão os resultados. É o que acontece com a improvisação em um espetáculo musical ou teatral: o que conta é a reação imediata ao que está acontecendo aqui e agora. Essa reação certamente inclui conhecimento e treinamento prévios, mas todo esse repertório deve ser quase esquecido no ato da improvisação, para que a performance pareça e soe nova, inédita e surpreendente – tanto para a plateia quanto para o intérprete. Assim, a improvisação é uma questão de movimento, rápido ou lento, mas sempre em sintonia com o acontecimento que desperta a reação concomitante e simultânea, de modo que aquilo que é percebido é também aquilo que é pensado, dito e lido.

Escrever de ouvido, para Clarice, é um processo que avança por tentativa e erro, assim como tocar música de ouvido. Trata-se de uma imersão viva, mais inconsciente do que consciente, e de uma progressão sem método, na qual se tateia cegamente. Nesse sentido, a escrita de ouvido de Clarice se assemelha ao verso de Keats que diz "Darkling I listen" ("nas sombras eu escuto", em "Ode a um rouxinol"), que por sua vez lembra uma das expressões reveladoras de Clarice sobre seu método de escrita: "A procura da palavra no escuro" (*A Hora da Estrela*, 1998e, p. 80).[8] O que me leva a dizer que a escrita de ouvido pode também ser entendida (ouvida) como um paradoxo: é como se fosse um escrever sem escrita. A escrita se lê – ou seja, se vê. Escrever de ouvido, assim, seria quase como escrever de olhos fechados para ouvir melhor. A cegueira, portanto, é um aspecto fundamental da escrita visionária de Clarice: a privação acentua o sentido da audição, que se torna mais desenvolvido, de modo a captar timbres e nuances.[9] Como diz o narrador de *A Hora da Estrela*,

> As palavras são sons transfundidos de sombras que se entrecruzam desiguais, estalactites, renda, música transfigurada de órgão. Mal ouso clamar palavras a essa rede vibrante e rica, mórbida e obscura tendo como contratom o baixo grosso da dor. Alegro com brio. (Lispector, 1998e, p. 22-3)

8. A respeito dessa expressão, ver o estudo de Gurgel (2001).
9. Aqui estou pensando na presença do cego na história "Amor", publicada na antologia *Laços de Família*, 1960, como o exemplo final da importância da cegueira na obra de Clarice. Para uma análise da visão em outras obras de Clarice, ver Pontieri (1999). O trabalho de Peretz (2008) sobre visão e cegueira na arte apresenta ideias relevantes.

As características do romance da escuta

O romance da escuta pode abranger três características interligadas que se repetem com variações em vários autores da literatura brasileira: 1) a duplicação da autoria por meio da criação de personagens que são eles próprios escritores, apresentados como aprendizes de uma forma que não dominam e com a qual, por esta mesma razão, sentem-se livres para experimentar; 2) um padrão conversacional que estabelece um diálogo direto com os leitores, como se o livro pudesse mudar de acordo com as respostas e expectativas do leitor; 3) a apresentação do livro como uma obra em construção, um "esboço improvisado", como se fosse escrito ao mesmo tempo em que é lido. A escuta faz parte de cada um desses procedimentos. Os autores de fato, ao delegarem a autoria, assumem um ponto de vista receptivo (à semelhança do ouvido). A concepção do livro na forma de uma conversa e o modo como ele é apresentado como obra em construção, muitas vezes como se fosse improvisado, enfatizam a presença de uma interação que aproxima fala e audição. Se concordamos que essas técnicas, isoladamente ou em conjunto, fazem parte do gênero do romance ou da novela, e que podem ser encontradas em várias tradições literárias, o que nos impressiona é a razão de sua recorrência na prosa ficcional no Brasil; em outras palavras, a razão pela qual se estabeleceram como um modelo que é continuamente emulado. Minha sugestão é de que essas técnicas ajudam a produzir uma identificação entre esses romances e um público brasileiro mais amplo acostumado a aprender "de ouvido". Assim, embora essas técnicas possam ser encontradas em diferentes tradições literárias, o fato de que sejam tão recorrentes no romance brasileiro indica que há algo além em jogo, que tem uma especificidade que precisamos definir.

Machado de Assis

Machado de Assis (1838-1908) é o ponto de origem, o pai do que defino como o romance da escuta moderno no Brasil.[10] Em seus escritos, identificamos a duplicação do escritor em personagens ficcionais que passam a assumir funções autorais, uma tendência que foi cuidadosa e minuciosamente analisada por Abel Barros Baptista (2003). "Autobibliografia" é o termo que Baptista toma emprestado de Jean-Luc Nancy para se referir a um livro que fala de si mesmo como um livro, que se refere ao próprio nascimento, faz a própria autoanálise, e estabelece as regras do jogo que joga. Brás Cubas, o autor fictício que escreve as próprias memórias a partir do túmulo em *Memórias Póstumas de Brás Cubas* (1881), e Bento Santiago, que "escreve" *Dom Casmurro* (1900), são dois personagens machadianos que Baptista identifica como "autores supostos". A ideia de ouvir outras vozes ganha aqui importância, criando assim uma "obra difusa" em uma "forma livre". São estes os termos usados por Brás Cubas ao definir o seu livro: "Trata-se, na verdade, de uma obra difusa, na qual eu, Brás Cubas, se adotei a forma livre de um Sterne ou de um Xavier de Maistre, não sei se lhe meti algumas

10. Sobre este assunto, ver meu artigo "Machado de Assis e o eco fonográfico" (2016).

rabugens de pessimismo" (Assis, 1994a, p. 513). Como nos mostra Baptista, esta definição é repetida pelo próprio autor, Machado de Assis, que cita seu personagem como a voz de autoridade ao definir este livro que é, ou deveria ser, propriedade do verdadeiro autor, e que agora fica privado do poder de ser a única voz. A delegação da autoria a escritores fictícios torna impossível atribuir responsabilidade pelo texto, já que aqueles que se propuseram a escrever são personagens. Essa autoexposição se dá por meio de um diálogo com os leitores, em uma possível conversa que dá a impressão de atribuir a estes a responsabilidade pelas conquistas ou fracassos do livro. Quando o escritor fictício diz que está escrevendo o livro aqui e agora, no exato momento em que está sendo lido, essa autoexposição se radicaliza.

Ao longo de *Dom Casmurro*, o leitor também é informado de que o livro está sendo escrito aqui e agora, como se o leitor estivesse testemunhando o momento de sua criação: "Talvez risque isto na impressão" (Assis, 1994b, p. 862); "agora estou compondo esta narração" (idem, p. 867); "Perdão, mas este capítulo devia ser precedido de outro, em que contasse um incidente... mas custa muito alterar o número das páginas; vai assim mesmo, depois a narração seguirá direita até o fim" (idem, p. 931). Dessa forma, Bento Santiago é um "autor suposto" que finge escrever o livro enquanto o leitor o lê; isto o leva a defini-lo como um "livro falho" (idem, p. 871), cujas lacunas devem ser preenchidas pelo leitor.

A forma dispersa e esparsa do livro também pode ser relacionada ao que Roland Barthes, em "Écoute", argumenta ao definir a escuta moderna a partir do paradigma da escuta psicanalítica, atenta às nuances da fala e da entonação, em vez da composição literal dos significados das frases proferidas (1985, p. 259).[11] A meu ver, a obra "dispersa" de Brás Cubas/Machado de Assis recorre a um tipo de escuta também difusa ou dispersa, obrigando o sujeito (autores ou leitores) a renunciar a sua privacidade e adentrar uma zona de sussurros e segredos coletivos inconscientes, agora expostos e configurados. Assim, Brás Cubas, que narra sua vida depois de morto, no além-túmulo, anuncia uma das marcas principais da auditividade em uma escrita sinuosa, que não segue o "estilo regular e fluente" prezado pelo leitor, mas antes os gestos corporais: "[...] este livro e o meu estilo são como os ébrios, guinam à direita e à esquerda, andam e param, resmungam, urram, gargalham, ameaçam o céu, escorregam e caem..." (Assis, 1994a, p. 583). É aqui que a questão da escrita auditiva em Machado se relaciona ao termo "auditividade", bem como a uma forma gestual, a um jeito de corpo, transcrito e mimetizado no jogo da escrita.

A auditividade e o estilo de capoeira

Considero o termo auditividade (e sua ambivalência constitutiva, como veremos em breve) fundamental para a compreensão dos

11. "O que se escuta aqui e ali (principalmente no campo da arte, cuja função é muitas vezes utópica) não é o advento do significado, objeto de reconhecimento ou de decifração, mas a própria dispersão, o tremeluzir dos significantes, incessantemente restaurado a uma escuta que incessantemente produz novos significantes a partir deles, sem jamais deter seu significado: este fenômeno de tremeluzir é chamado de significante [*signifiance*], sendo distinto de significação... obriga o sujeito a renunciar à sua 'interioridade'" (Barthes, 1985, p. 259).

métodos de elaboração peculiares à cultura letrada brasileira. O termo foi proposto por Luiz Costa Lima, primeiro em um ensaio a respeito da situação histórica dos intelectuais no Brasil, publicado nos anos 1980, e depois revisto em um ensaio sobre Machado de Assis. No primeiro texto, Costa Lima (1981) analisa a situação do indivíduo letrado desde a época colonial até o século XIX, em relação tanto a uma população predominantemente oral quanto a uma elite que sempre marginalizou ou rebaixou as práticas culturais negras, caboclas e indígenas. Nesse contexto, a presença do elemento auditivo na escrita tem uma conotação negativa, ligada à oratória demagógica destinada a persuadir o público, mais do que à elaboração de uma escrita voltada à difícil tarefa de convencimento argumentativo e conceitual. No segundo texto (2002), porém, o termo "auditividade" assume conotações positivas, e está ligado à incorporação de práticas culturais afro-brasileiras na escrita literária. O exemplo, agora, é Machado de Assis. Na leitura de Costa Lima, o estilo das crônicas de Machado de Assis é marcado por um jogo de palavras que se esquivam, compondo uma dança intelectual que desnorteia o leitor, ao mesmo tempo que permite a Machado driblar possíveis censuras a sua visão dos acontecimentos políticos da época. Costa Lima denomina este estilo enviesado como "estilo de capoeira", e caracteriza Machado como "mestre de capoeira", chamando atenção para uma relação antes despercebida entre a escrita literária e o jogo de corpo afro-brasileiro. Segundo Costa Lima, "o auditivo machadiano inseria a ginga da capoeira na tinta traçada sobre a página" (2002, p. 335), isto é, o jogo de palavras de Machado é semelhante ao jogo de corpo na capoeira, mercado por seus dribles e negaceios. No texto escrito, o negaceio ou finta se dá "pelo desmantelo da lógica proposicional" (Costa Lima, 2002, p. 332). Assim, ao invés de uma argumentação linear, tem-se um encadeamento solto e constelacional de frases, formando uma "escrita impregnada de auditividade" (idem, p. 335). Costa Lima então indaga: "Pode-se entender a capoeira como princípio de individuação de uma forma de escrita?" (idem, p. 331). Longe de reflexões fracas ou inconsistentes, como vimos no primeiro exemplo do termo auditividade, citado acima, o que vemos na composição poética altamente elaborada de escritores como Machado de Assis é uma escrita que incorpora um outro encadeamento, uma conexão mais alusiva, cheia de meandros e nuances, uma auditividade consciente e experimentalmente praticada.

Assim, se Roberto Schwartz (2001) vê a volubilidade da narrativa machadiana como representação crítica da elite local, Costa Lima percebe o negaceio verbal nas crônicas de autor como paralelo a uma das formas mais populares de expressão corporal no Brasil, juntando-se, de outro modo, ao que diz José Miguel Wisnik (2008) em seu estudo da presença do som do maxixe em Machado, no conto "Um homem célebre", por meio do qual este revelaria sua condição de mulato. A escrita de Machado tem diferentes modelos como inspiração, e a capoeira é um dos componentes relacionados à "prática expressivo-comunicativa que ele capturou em seu próprio país" (Costa Lima, 2002, p. 339). Como um componente interno, a capoeira como estilo, do ponto de vista de um nativo, "é talvez o aspecto mais rico e mais complicado a ser descrito, porque ainda mesclado à nossa presença" (idem, p. 339). Eu diria, então, que os escritores dão voz às práticas comunicativas que recebem do corpo coletivo do qual fazem parte, e retransmitem essa prática aos leitores que as captam nas entrelinhas do seu texto na percepção de possíveis ressonâncias imprevistas.

Por auditividade, assim, entende-se não apenas a presença do oral na escrita, mas também um encadeamento constelacional e solto de frases. Ao pensar a questão da "escrita de ouvido", eu acrescentaria mais um elemento ao significado do termo "auditividade", proposto por Costa Lima. A auditividade significa também uma forma de ouvir aquilo que a linguagem tem de mais íntimo, aquilo que é mais difícil de apreender e repetir: sua entonação e seus sotaques. Além disso, significa a habilidade do escritor em transmitir essa presença sutil da voz e suas reverberações por meio do texto escrito. Minha proposta, então, é de que a "escrita de ouvido" corresponde ao polo positivo da auditividade em um texto que é simultaneamente aberto às performances da fala e elaborado como um produto literário complexo, no qual a escuta desempenha um papel importante.

João Guimarães Rosa e a escrita de guerrilha

Se os "autores supostos" de Machado de Assis são personagens do Rio de Janeiro da segunda metade do século XIX, em Guimarães Rosa, que representa o vasto espaço do "sertão", encontramos o mesmo dispositivo de duplicação autoral. Em *Grande Sertão: Veredas*, publicado pelo autor em 1956, o personagem Riobaldo narra sua vida, de forma longa e ininterrupta, ao doutor da cidade que o escuta. Trata-se de um romance que expõe metaficcionalmente a formação de um autor oriundo de uma experiência oral. Riobaldo narra sua vida, e supõe-se que o senhor que o visita esteja anotando o que o seu informante sobre o sertão lhe conta, como fazia o próprio Guimarães Rosa em suas viagens de pesquisa à região. A situação, então, é semelhante à de uma escrita etnográfica fictícia, na qual o autor ouve o que seu personagem lhe diz, fingindo não ter controle quanto à ordem narrativa, que segue o vai-e-vem da oralidade. Muito já foi dito – e há ainda a dizer – sobre a oralidade em Guimarães Rosa, mas para uma análise da escuta, não podemos deixar de lembrar o episódio-chave de Maria Mutema, a personagem que mata pelo ouvido, da mesma forma que a fala ininterrupta de Riobaldo mata, silencia, a fala do doutor da cidade.[12] O livro, aliás, começa ao som de um tiro – "Tiros que o senhor ouviu foram de briga de homem não" – indicando que o leitor está entrando em um território discursivo perigoso (Rosa, 1994, p. 3). Se Euclides da Cunha, em *Os Sertões*, denuncia o crime cometido pela cidade contra o sertão, o sertão em Rosa começa atirando de modo a permanecer vivo e poder ser ouvido pelo homem da cidade. *Grande Sertão: Veredas*, portanto, é uma máquina discursiva de guerrilha. Como os jagunços em guerra e como os rastreadores, a tática retórica de guerrilha usa as armas auditivas (fala, oralidade, escuta) para desarmar as armadilhas da escrita letrada (Rama, 1998) quando esta cala ou fala no lugar dos ditos "não letrados". A estratégia cria um paradoxo: como entender uma literatura ao mesmo tempo hiperletrada e não letrada, que se situa entre a tradição letrada e as práticas ágrafas?

12. Para uma leitura do episódio de Maria Mutema, ver o clássico estudo de Galvão (1972).

Guimarães Rosa estruturou sua obra escrita a partir das fontes de transmissão oral/aural encontradas no sertão, um local geográfico distante da "cidade letrada" costeira. Próximo às tradições orais presentes nos gêneros populares do repente e do cordel, o sertão traz ecos de poemas e narrativas medievais europeus espalhados por colonizadores errantes nos primeiros séculos da conquista e, simultaneamente, preserva as formas linguísticas do português arcaico, bem como os primeiros contatos linguísticos entre nativos, colonizadores e africanos. Como lugar de liberdade e fuga para indígenas, negros e mestiços, o sertão se tornou um importante *topos* literário da história brasileira, vindo a ser abordado de forma renovada e vanguardista na prosa ficcional de Rosa. Como diz Alfredo Bosi, a narrativa de Rosa "está tão profundamente enraizada no ouvido do autor, atento à linguagem arcaico-popular do sertão, de Minas Gerais e, ao mesmo tempo, atravessada por aspectos vernaculares, clássicos e medievais, ou seja, [por] uma linguagem de requinte literário" (Bosi, 2002, p. i).

A estrutura de *Grande Sertão: Veredas*, um livro sem capítulos, imita uma fala improvisada que dura cerca de quinhentas páginas e que surge sem rumo, sem controle. Como diz o narrador, sua fala "erra rumo" (Rosa, 1994, p. 77), sem direção certa, justamente porque não é como a fala do senhor da cidade que sabe "compor uma estória em livro" (idem, p. 112). No entanto, o que parece ser improviso – como uma narrativa que finge que se constrói ao acaso – obedece a uma certa ordem – uma ordem desorganizada, mas nem por isso menos presente. Em outras palavras, por mimetizar a oralidade, o improviso tem uma ordem que não é fixa, mas móvel, contingente e dependente da leitura que se fizer, privilegiando tais ou quais aspectos da história. Cada leitor, então, a cada vez que quiser recontar a história com suas próprias palavras, organiza (ou desorganiza) a narrativa à sua maneira; o livro se apresenta como um mar incontrolável (segundo uma das metáforas preferidas do relato sertanejo), sempre renovado a cada onda de leituras. Assim, retomando os termos de Machado de Assis, encontramos também em Guimarães Rosa uma "obra difusa" escrita em uma "forma livre".

Conforme vimos, a escrita de ouvido e a improvisação na obra de Machado de Assis e Guimarães Rosa também se entrelaçam discursivamente de modo oblíquo, criando uma lógica do sinuoso, do tortuoso e do indireto. Da mesma forma, a improvisação também está presente em seus textos, mas como fingimento: o texto *finge* ter sido escrito sem planejamento, no aqui e agora, enquanto os narradores conversam com os leitores. No que diz respeito à duplicação ou multiplicação de autores e vozes, uma característica comum aparece nas obras de Machado de Assis, Clarice Lispector e Guimarães Rosa, ainda que de formas diferentes: suas obras parecem estar sendo escritas no exato momento em que são lidas, como se estivessem sendo criadas aqui e agora, improvisadas, sem o estabelecimento prévio de controle por parte de seus autores. Dessa forma, os autores parecem ser quase que ultrapassados por sua escrita e atordoados por seus duplos, que lhes tiram o controle autoral. O que me interessa destacar aqui é que, nessa filiação incontrolável, o que guia a construção da narrativa são as vozes desses personagens/autores supostos, e assim os próprios autores (Clarice, Rosa e Machado) passam a não mais escrever, mas a ouvir, seguindo as direções indicadas por seus personagens/autores. Os escritores, então, agem como etnógrafos que ouvem a própria cultura como se ela fosse estrangeira, imprimindo nela um estranhamento, de modo a melhor inventá-la em suas ficções e dicções. Além disso, embora a duplicação autoral seja um dispositivo comum em muitas literaturas, o fato de ser empregada por pelo menos três grandes nomes da literatura brasileira parece ter a ver com uma tendência, existente no Brasil, a uma expressão fortemente caracterizada pela oralidade e, consequentemente, pela auditividade. (Estou pensando no exemplo de Graciliano Ramos e de seu personagem-escritor Paulo Honório, em *São Bernardo*, escrito em 1936). Como resultado dessa tendência, "o romance da escuta" surge como característica distintiva (ou "auditiva") e dominante da literatura no Brasil.

Da aura da fotografia ao romance da escuta no Brasil

Em consonância com nossa orientação verbivocovisual, concluo este capítulo utilizando as artes visuais para apresentar a estrutura geral do romance da escuta no Brasil. "Cabeça Acústica" (1996) é um objeto criado pelo artista plástico Marepe.[13] O *ready-made* é composto por duas bacias conectadas, com um furo de um lado e um funil de outro.[14] Na foto tirada na Praia da Barra,

13. Marepe nasceu em 1970, em Santo Antônio de Jesus, Bahia. Expôs sua obra nacional e internacionalmente desde o início dos anos 1990, e suas criações vêm de uma forte ligação com as tradições, costumes e materiais locais da Bahia, onde vive e trabalha.
14. "Marepe imprime em sua obra a mistura culturalmente específica, própria da região, entre tradições africanas e europeias. Escultor por formação, Marepe se vale em sua metodologia tanto da influência do *ready-made* de

em Salvador, Marepe aparece com a cabeça à esquerda, e um menino, à direita, ouve o que o artista pode estar dizendo ou cantando. Pode-se perceber o objeto como uma espécie de câmara de amplificação portátil que intensifica a experiência de uma interação sônica.

Passando da foto para o texto, imaginemos que o artista é o escritor, o texto ficcional é o objeto *performático*, e o leitor está no lugar do receptor ativo. No contexto da forma do romance, o adjetivo *performático* diz respeito a uma obra de ficção concebida não como se fosse um livro impresso, mas sim uma conversa animada, um "texto falante" que aponta para uma disposição gestual. Neste campo textual, segundo nosso paralelo com as imagens de Marepe, o escritor é uma voz que reverbera e ganha amplificação acústica por meio do objeto textual, enquanto o leitor atua como ouvinte. Como eles estão juntos no mesmo lugar e ao mesmo tempo, em uma situação de copresença, cabe também imaginar que este leitor pode responder. Esta inversão é um aspecto crucial dos romances discutidos neste capítulo, pois, assim como se dá no acontecimento acústico de Marepe na praia de Salvador, tais textos dão a impressão de surgir ao mesmo tempo em que os lemos, simulando um ato de copresença, como se todo o acontecimento se desse em uma conversa. Passemos para a próxima foto desta série.

Marcel Duchamp quanto de questionamentos às fronteiras entre arte e vida, lançado pelos neoconcretistas das décadas de 1950 e 1960. No caso de Marepe, porém, o gesto transformador do *ready-made* duchampiano assume um significado social e poético que põe em questão o status institucional do objeto de arte, ao mesmo tempo em que atribui a objetos cotidianos um poder quase espiritual" (Fogle, 2003, p. 168).

Temos agora outro artista (ou "escritor", no paralelo que queremos traçar) sozinho, falando com ninguém ou consigo mesmo, ou simplesmente ouvindo os possíveis sons daquela bela paisagem – o silêncio, o soprar do vento ou as ondas do mar. Quanto menos ele vê, mais ouve esses sons sutis.

Marc Weidenbaum (2010) fez uma observação fundamental a respeito deste trabalho: "A 'Cabeça acústica' de Marepe se autossustenta, seja como ícone da arte brasileira, seja como ícone da cultura em um período de globalização. Como toda arte sonora apresentada em silêncio, a obra de Marepe encarna uma certa ambiguidade" (s/p). Uma "arte sonora apresentada em silêncio" corresponde à ideia de escrita de ouvido e de romance da escuta. Como a escrita e a fotografia, a escuta na escrita é muda e silenciosa, embora seja receptora de sons e reverberações. Weidenbaum, então, pergunta: "Neste caso, ela simboliza foco ou miopia? A pessoa cuja cabeça é colocada dentro do artefato se beneficia de uma ênfase no som, ou é desconectada da visão, do olfato e de outros sentidos?" Minha sugestão é pensar a arte da escuta na escrita não como privilégio de um sentido sobre outros, mas como espaço de ressonâncias, como um objeto expandido,[15] como os romances de Clarice.

15. A esse respeito, ver discussão sobre a escultura no capítulo 6 deste livro.

Figura 3.1
Marepe, "Cabeça Acústica" [1], performance na Praia da Barra, em Salvador, Bahia, 1995. Foto: Marcondes Dourado. Cortesia da Galeria Luisa Strina.

Figura 3.2
Marepe, "Cabeça Acústica" [2], performance na Praia da Barra, em Salvador, Bahia, 1995. Foto: Marcondes Dourado. Cortesia da Galeria Luisa Strina.

4. Ouvir o coração selvagem

Desde o início, a obra de Clarice Lispector relaciona-se a uma "orelha à escuta", de acordo com a imagem que aparece no primeiro parágrafo de seu primeiro livro, *Perto do Coração Selvagem* (1943). Leiamos com atenção redobrada – ou com ouvidos apurados:

> A máquina de papai batia tac-tac... tac-tac-tac... O relógio acordado em tin-dlen sem poeira. O silêncio arrastou-se z z z z z z. O guarda-roupa dizia o quê? roupa-roupa-roupa. Não, não. Entre o relógio, uma máquina e o silêncio havia uma orelha à escuta, grande, cor-de-rosa e morta. (Lispector, 1998a, p. 13)

Neste parágrafo inicial temos uma linguagem onomatopaica remetendo à máquina de escrever ("tac-tac-tac"), ao relógio ("tin-dlen"), ao silêncio (que no entanto ressoa como "z z z z z") e ao guarda-roupa que, imaginativamente, diz "roupa-roupa-roupa", apesar de a narradora logo se afastar dessa última imagem com um rítmico "Não, não". Ela então encerra sua descrição da cena com uma presença auditiva quase surreal: "Entre o relógio, uma máquina e o silêncio havia uma orelha à escuta, grande, cor-de-rosa e morta". Quais os sentidos possíveis dessa figuração?

Para começar, a justaposição que Clarice faz entre a máquina de escrever e a orelha compõe a imagem original e primeira de uma escrita de ouvido, um conceito que irá acompanhar sua obra até o fim. Neste capítulo, proponho uma leitura atenta deste parágrafo denso, focada sobretudo na imagem da "orelha à escuta, grande, cor-de-rosa e morta", a fim de desvelar sua configuração e caráter alegórico. Por mais paradoxal que pareça, podemos chegar a uma melhor compreensão da escrita auditiva de Clarice se nos voltarmos para as artes visuais, especialmente a pintura. Minha proposta é relacionar a "orelha morta" descrita pela autora com a natureza morta na pintura e, em particular, com a orelha amputada de Vincent van Gogh.[1] Nesse sentido, estabeleço uma ligação entre Clarice e Van Gogh através da análise de Georges Bataille sobre os trabalhos tardios do pintor e de seu foco na imagem solar e no sacrifício. Ao relacionar a imagem clariceana à pintura, também estabeleço um vínculo entre *Perto do Coração Selvagem* e seu romance posterior, *Água Viva* (publicado originalmente em 1973), que é narrado por uma pintora. O que acontece em *Água Viva*, defendo, é uma acentuação, reafirmação e intensificação da estrutura teórica e poética já presente em seu trabalho anterior, apresentando-se como a teoria de sua escrita posta a nu, ou seja, exposta.

1. O psicanalista brasileiro Hélio Pellegrino parece ter sido o único a vincular a obra de Clarice à do pintor holandês; como Vincent van Gogh: "ela sabia, com a pele do corpo – e da alma – que por baixo de tudo lavra um incêndio. E dedicou-se a dizê-lo através da linguagem" (Pellegrino, 1987; citado em Sousa, 2013, p. 61). Sobre as pinturas de Clarice, ver Iannace (2009) e Sousa (2013).

Orelha morta à escuta

Comecemos por um aparente paradoxo: a orelha morta de Clarice ouve. Como assim? Qual é a relação entre a orelha morta e a máquina de escrever? O que significam quando combinadas? Meu argumento é de que a imagem dessa orelha, que inaugura a obra de Clarice, sinaliza sua entrada na escrita como um ato sacrificial. Num primeiro impulso, a escrita representaria, na economia poética de Clarice, um ato sacrificial da voz (materializado na orelha morta) – um movimento em direção ao silêncio – e, concomitantemente, um ato redentor de sobrevida (pois mesmo morta, essa orelha ouve), como se o sacrifício da voz fosse a condição para a escuta do silêncio reverberante na escrita elaborada pela e com a máquina de escrever. Essa orelha é separada do corpo, assim como a escrita é separada da voz, e ambas são lugares de ressonância e ecos, mesmo que apenas na mente e, portanto, tecnicamente silenciosos. É como se o sacrifício da própria voz fosse a condição para poder ouvir e *escutar* o silêncio que reverbera através da máquina de escrever e junto com ela. Nesse sentido, o sacrifício da voz também é um ato de libertação: a voz, por estar morta, passa a habitar a escrita como escuta; e o texto, entendido como algo mais dinâmico e aberto do que a expressão de uma subjetividade individual, atua como um canal de receptividade, como um espaço de expansão centrífuga, de irradiação, de contato com o lado de fora.

Se, no primeiro parágrafo, Clarice associa a máquina de escrever ao pai, ela vincula a orelha à voz da mãe. No decorrer de *Perto do Coração Selvagem*, as mulheres estão explicitamente vinculadas à voz, enquanto as figuras masculinas – pai, professor e marido – estão ligadas de modo consistente à escrita. É nessa junção da orelha com a máquina de escrever que o romance de formação da escritora Clarice, figurada na menina e na mulher Joana, nasce e se firma. O texto é tanto a *audição da escrita* quanto *a escrita de ouvido*, passando de um elemento a outro: da máquina de escrever mecanizada ao texto onomatopaico; da orelha decepada, porque separada do corpo como se fosse um objeto autônomo, e que escuta o silêncio da escrita, ao pai que escreve enquanto a jovem Joana escuta o som das teclas. Trata-se, enfim, de uma cena de formação familiar que se desenha e se encena neste primeiro parágrafo de seu primeiro romance, que também assinala, quase prevê, sua produção futura, na qual se explicita a relação entre sua escrita e outras artes (por exemplo, pintura, música e escultura), e com diferentes formas de tecnologia, como a máquina de escrever, a fotografia, o cinema e até o computador. Como diz Nadia Gotlib, "É logo no primeiro capítulo deste romance que se desenha uma poética do narrar. Capítulo que é mesmo o primordial, cena de origem de toda uma produção romanesca [...]" (Gotlib, 1995, p. 169). Claire Varin disse quase a mesma coisa: "*Perto do Coração Selvagem* carrega em gérmen todos os seus outros textos. É o *cadinho*, o conjunto de manifestações futuras, o Um contendo todos os possíveis" (Varin, 2002, p. 111).

Romance familiar

A protagonista de *Perto do Coração Selvagem* é Joana, uma jovem que também é uma espécie de duplo de Clarice enquanto escritora. Ficção e autobiografia se entrelaçam nos interstícios do texto, que se elabora como um "retrato da artista quando jovem", a partir da referência, no título e na epígrafe, à frase de James Joyce: "Estava só. Despercebido, feliz e perto do coração selvagem da vida" (Joyce, 2016, p. X). Romance de formação da artista, *Perto do Coração Selvagem* é também o que Marthe Robert (1972) descreveu como um "romance das origens", na medida em que oferece uma análise profunda do mito do herói órfão (caso de Joana) e sua correspondência nas fantasias infantis interpretadas por Freud. Em *Perto do Coração Selvagem*, a mãe já está morta no início da narrativa, assim como a mãe de Clarice morreu quando a autora tinha nove anos. No livro, o pai de Joana aparece escrevendo à máquina, mas logo morre também. Essa segunda morte deixa Joana órfã da mesma forma que Clarice ficou órfã pouco antes de começar a escrever o romance.[2] O enredo em si é bastante simples e pode ser resumido com algumas linhas do próprio texto: "O curto tempo de vida junto ao pai, a mudança para a casa de uma tia, o professor ensinando-lhe

2. A carreira de Clarice como escritora começou no ano em que seu pai morreu, em 1940. Ela escreveu *Perto do Coração Selvagem* em 1942 e o publicou no final de 1943, ano em que se casou com Maury Gurgel Valente, aos 23 anos. O livro foi rejeitado a princípio por seu editor, José Olympio, e publicado no jornal *A Noite*, no qual Clarice trabalhou como jornalista enquanto ainda estudava direito. A obra foi bem recebida pelos críticos, esgotando a primeira tiragem, de mil cópias. Em 1944, ganhou o prêmio Graça Aranha de melhor romance. Ver Nádia Gotlib (1995) para mais informações sobre a recepção crítica (p. 174–85).

a viver, uma puberdade misteriosa, o internato... o casamento com Otávio..." (Lispector, 1998a, p. 24). O primeiro capítulo chama-se justamente "O Pai...", e o livro está dividido em duas partes. A primeira é composta de nove capítulos breves, que fazem saltos temporais, passando da infância à vida adulta de Joana. Essa primeira parte começa e termina com duas figuras masculinas, o pai e Otávio, o futuro marido; inclui também duas figuras femininas, a tia e a "mulher da voz". A segunda parte começa com "O Casamento", capítulo que na verdade narra o fim do casamento, e termina com um capítulo chamado "A Viagem". Clarice de fato viaja depois de escrever esse livro, acompanhando seu marido diplomata, e ela não retornaria ao Brasil até se separar dele, dezesseis anos depois. Em *Perto do Coração Selvagem*, a viagem também é uma viagem em direção à morte, à transformação e metamorfose final da personagem.

Marta Peixoto analisa "as estruturas edipianas recorrentes nas relações enredadas de Joana com os outros personagens" e define quatro "configurações triangulares": com o pai e a mãe morta; com o professor e a esposa dele; com o marido e a amante; com o seu amante e a ex-amante dele. No entanto, como observa Peixoto, porque "esse romance codifica em sua estrutura peculiar o desenvolvimento que Lispector imagina para uma artista mulher" (Peixoto, 1994, p. 1), Joana foge do triângulo edipiano comum: "Esses triângulos anômalos resultam no rompimento de múltiplos vínculos de Joana, rupturas que lhe permitem reafirmar, repetidas vezes, sua ambição artística" (idem, p. 5).

No caso de Joana, a personagem que serve de *alter ego* ficcional de Clarice quando jovem, estamos diante de uma figura rebelde, que não se adequa a convenções e que escapa ou transcende os parâmetros morais normais. É assim que Marta Peixoto define a personagem em seu estudo. No capítulo "The Young Artist and the Snares of Gender" [A jovem artista e as armadilhas do gênero], Peixoto analisa o pacto com o mal que a escrita de Clarice estabelece, de modo a romper com os lugares de subserviência ocupados pelas mulheres. E é a partir dessa ruptura que ela pode se afirmar como artista. "A liberdade utópica alcançada por Joana no final do romance em relação às restrições de gênero é apenas um primeiro estágio da longa meditação de Lispector sobre gênero e talento feminino, que continua ao longo de seu trabalho" (Peixoto, 1994, p. 2). Vale ressaltar que Peixoto vincula essas questões à estrutura do enredo do próprio livro. Para usar os termos de Rachel DuPlessis, Clarice deve "desobedecer ao romance" (DuPlessis, 1985, p. 200): "O próprio fato de os acontecimentos da trama se afastarem do convencional, o modo como Joana flerta com o casamento, mas foge dele, do adultério e do amor apaixonado, levou os críticos a se interessarem pela qualidade supostamente 'inacabada' do romance, e Joana a cogitar, a pensar em si mesma como personagem da narrativa: 'Como terminar a história de Joana?'"(Peixoto, 1994, p. 5).

No final do romance, Joana passa a transcender as fronteiras binárias de gênero e a entrar no campo da animalidade. Essa maneira de "desobedecer" à estrutura do romance alcançará seu ápice em *Água Viva*, livro que é, a um só tempo, ensaio, romance e diário. É nesse livro que encontramos a escritora-pintora, e onde as flores e, em especial, o girassol, ocupam papel fundamental.

Assim, é importante assinalar que a escrita de ouvido, mesmo se relacionada às figuras do pai e da mãe, segundo as associações feitas por Joana quando criança e quando adulta, conduz à libertação dessa cena através de constantes gestos de rebeldia artística. Esses gestos vão culminar na transformação e na libertação do humano, e na liberação de gênero (textual e sexual) para ser capaz de atingir o neutro, o "it", tal como Clarice viria a expressar em *Água Viva*:

> Inútil querer me classificar: eu simplesmente escapulo não deixando, gênero não me pega mais. Estou em um estado muito novo e verdadeiro, curioso de si mesmo, tão atraente e pessoal a ponto de não poder pintá-lo ou escrevê-lo. Parece com momentos que tive contigo, quando te amava, além dos quais não pude ir pois fui ao fundo dos momentos. É um estado de contato com a energia circundante e estremeço. (Lispector, 1998d, p. 13)

Tendo em mente o interesse de Clarice pelos limites e pela transgressão, pode-se chegar a um entendimento mais profundo e contextualizado da "orelha à escuta, grande, cor-de-rosa e morta" que abre *Perto do Coração Selvagem*. Para começar, podemos perguntar: por que grande, por que cor-de-rosa e por que morta?

A orelha

Falando sobre *Perto do Coração Selvagem*, diz Hélène Cixous: "O primeiro gesto de Clarice quando criança foi se colocar à *écoute* de, em sintonia com a escrita, com algo que acontece entre o corpo e o mundo" (Cixous, 1991b, p. 1). Na cena inicial, a orelha à escuta é tanto a da menina Joana, que ouve todos os sons narrados (a máquina de escrever, o relógio, o silêncio), como também a orelha de uma narradora que, onisciente, escuta tudo o que os personagens ouvem e pensam – a narração se dá através do discurso indireto livre, movendo-se frequentemente da terceira para a primeira pessoa sem interrupção, como nesta passagem: "Ela só veria o que já possuía dentro de si. Perdido pois o gosto de imaginar. E o dia em que chorei?" (Lispector, 1998a, p. 21). Quase no final da narrativa, há uma pista de que a narradora onisciente em terceira pessoa pode ser a própria Joana, que viveu com a tia após a morte dos pais: "Titia, ouça-me, eu conheci Joana, de quem falo agora. [...] Veja se compreende minha heroína, titia, escute" (idem, p. 172). Quem fala aqui? É a Joana adulta falando de si mesma no passado, em terceira pessoa, como se fosse outra pessoa ou outra personagem? Essa duplicação de narradora e personagem corresponde também à duplicação da vida de Clarice na figura de sua protagonista.

A orelha à escuta ouve o bater da máquina de escrever, ouve os ponteiros do relógio se movendo, e ouve o silêncio ressoante que os dois primeiros interrompem persistentemente, mesmo que de modo breve. Ou seja, existe uma relação íntima entre o escrever, a passagem do tempo e o som do silêncio, e essa intimidade é registrada e sentida através da escuta. Entre a escritora, o tempo e o silêncio, há essa orelha grande, cor-de-rosa e morta – separada, portanto, do corpo vivo, como um objeto à parte. Que seja grande sugere que se trata de uma orelha que ultrapassa as dimensões humanas, mas também pode sugerir tratar-se de uma orelha que ouve muito ou tudo, como se fosse um corpo-orelha. O ouvir com o corpo, ou com diversas partes do corpo, é uma imagem recorrente na ficção de Clarice, como fica explícito na seguinte passagem de *Água Viva*: "Não se compreende música: ouve-se. Ouve-me então com teu corpo inteiro" (Lispector, 1998d, p. 10). Assim, não é apenas com os ouvidos, mas também com as mãos que a narradora ouve música: "Vejo que nunca te disse como ouvir música – apoio de leve a mão na eletrola e a mão vibra espraiando ondas pelo corpo todo: assim ouço a eletricidade da vibração. Substrato último no domínio da realidade, e o mundo mais nas minhas mãos" (idem, p. 11).

A orelha "grande" está, portanto, vinculada a uma série de imagens que apontam para uma escuta ampliada. Agora, por que rosa? Menos do que uma referência à cor da pele, penso ser esta uma alusão à cor da tinta na tela, ou seja, a orelha grande e cor-de-rosa seria como uma orelha pintada. Essa sugestão ajudaria a explicar o uso do termo "morta" por Clarice, como uma associação, voluntária ou inconsciente, com a pintura de natureza morta. Podemos, então, ler a cena composta pela máquina de escrever, o guarda-roupa, o relógio e a orelha como uma pintura. E aqui já se insinua uma correlação recorrente: ao evocar o som, o texto de Clarice o pinta; ao falar de pintura, seu texto nos faz ouvir o *zzzzz* do silêncio. Como veremos, a abstração pictórica e a sonora se unem como figurações "radiantes", uma vez que a frase que encerra a cena inicial do primeiro parágrafo diz: "Os três sons estavam ligados pela luz do dia e pelo ranger das folhinhas da árvore que se esfregavam umas nas outras radiantes" (Lispector, 1998a, p. 13). O termo "radiante" é extremamente importante para uma leitura bem contextualizada do trabalho de Clarice, como se verá. Por ora, assinalo que é a luz do dia (matéria visual e pictórica) que une os três sons – o da máquina de escrever, o do relógio e o do silêncio – junto com a sonoridade rumorejante das folhinhas da árvore. Temos assim um foco simultâneo de irradiação de luz e de som. O ouvir ampliado, que se irradia para o exterior até o escutar do rumor das folhinhas da árvore, reaparece no mesmo livro, na seguinte passagem em que a narradora fala de Joana: "Mas na verdade não enxergava tanto quanto ouvia dentro de si a vida. Fascinara-a o seu ruído – como o da respiração de uma criança tenra –, o seu brilho doce – como o de uma planta recém-nascida" (Lispector, 1998a, p. 76). O ouvir dentro de si a vida está vinculado ao nascimento, tanto da criança quanto da planta, e a gestação é tanto a do corpo humano quanto a da terra parindo uma planta. Esta imagem reaparece em outros textos de Clarice. Vale a pena lermos a seguinte passagem de *Água Viva*:

> "O quê?" "Eu não disse nada." Mas eu percebia um primeiro rumor, como o de um coração batendo debaixo da terra. Colava quietamente o ouvido no chão na terra e ouvia o verão abrir caminho por dentro, e o meu coração embaixo da terra – "nada! eu não disse nada!" – e sentia a paciente brutalidade com que a terra fechada se abria por dentro em parto, e sabia com que peso de doçura o verão amadureceria cem mil laranjas, e sabia que as laranjas eram minhas. Porque eu assim queria. (Lispector, 1998d, p. 57-8)

Desse modo, ouvir "dentro de si a vida" é também ouvir o rumor da terra, o que faz da escrita de Clarice uma escrita anímica, na qual as coisas, os objetos, as flores rumorejam e têm vida, mesmo se mortas ou "embaixo da terra". A orelha "grande, cor-de-rosa e morta" se transforma então em um emblema alegórico, o que nos permite aproximá-la da pintura de natureza morta. No século XVII, as pinturas de natureza morta eram comumente associadas ao tema da *vanitas* e usadas de maneira bastante explícita como *mementi mori*, que realçam a importância da vida pela reafirmação e lembrança da morte, através do mundo evocativo dos objetos pintados.

A orelha de Van Gogh

No entanto, Clarice é uma escritora moderna; e se a sugestão de relacionar sua escrita à pintura estiver correta, a imagem dessa orelha morta nos lembra uma cena inaugural das mais importantes da arte moderna: o autossacrifício de Vincent van Gogh, na noite de 23 de dezembro de 1888. Naquela noite, a tensão com Gauguin – que tinha ido para Arles para estar com Van Gogh e pintar – atingiu um pico extremo e Van Gogh cortou a orelha esquerda, enrolou-a, ainda ensanguentada, numa folha de jornal e a enviou num pacote para uma certa Rachel, que trabalhava no prostíbulo frequentado por ele na rue du Bout-d'Arles (Michaud, 1089).

Antes de continuarmos com Clarice, sugiro nos determos por um momento para revisitar o ato de Van Gogh, do modo como Georges Bataille o analisou em dois textos escritos durante a década de 1930. Depois disso, poderemos voltar à orelha morta para entender melhor o tipo de sacrifício do qual ela é a imagem.

Chamo a atenção para uma coisa: não é curioso que um pintor corte uma das orelhas em vez de atacar os olhos? Isso significaria que Van Gogh pinta com as orelhas, como Clarice escreve com a orelha? Qual o significado desse cruzamento de sentidos? O que esse episódio da vida de Van Gogh pode nos ensinar sobre a orelha morta – e que no entanto ainda escuta – na obra de Clarice Lispector?

Depois de cortar a orelha, Van Gogh passou um período internado no hospital de Saint-Remy e viveu apenas mais um ano e meio – ele morreu em circunstâncias controversas em julho de 1890.[3] O episódio da orelha decepada de Van Gogh assume uma posição definidora na arte moderna e continua sendo objeto de interesse e especulação até a contemporaneidade.[4] O impacto da orelha de Van Gogh é tão forte em nosso imaginário cultural que ela chegou a ser "reconstituída" em 2014 pela artista alemã Diemut Strebe, que trabalhou com uma equipe de cientistas.

A réplica consiste em células vivas cultivadas a partir de amostras fornecidas por Lieuwe van Gogh, bisneto do irmão de Vincent, Theo. Em contraste com as obras de *natureza morta*,

3. O "suicídio" do pintor foi questionado em uma biografia recente (Naifeh e Smith, 2011), que menciona uma bala perdida disparada por jovens que estavam praticando tiro nas imediações de onde estava Van Gogh.

4. Segundo Adam Gopnik (2010), "Trata-se, a um só tempo e estranhamente, da cena da Natividade e da Paixão de Cristo da arte moderna [...] Após o suicídio de Van Gogh, em 1890, sua fama cresceu e a história de sua orelha cortada começou a circular, tornando-se um talismã da pintura moderna. Antes desse período, o modernismo era percebido na imaginação popular como uma forma sofisticada de entretenimento; depois, virou um substituto da religião, uma história inspiradora de sacrifícios e santidade alcançados por artistas dispostos a dar a própria sanidade mental e as orelhas em seu nome". Também vale ressaltar que *A orelha de Van Gogh* é o título de um conto do escritor Moacyr Scliar (1989), que tem origem judaica, como Clarice.

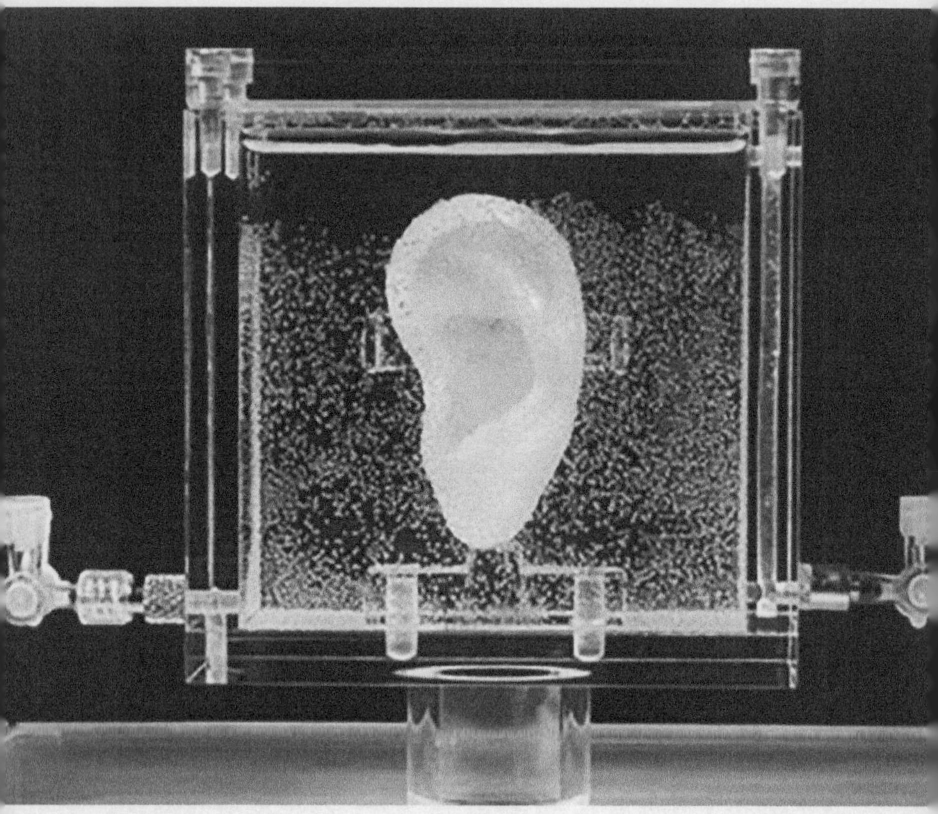

Figura 4.1
"Sugababe" (2014), de Diemut Strebe.
Com permissão da artista.

temos aqui uma espécie de *natureza viva*. Como Strebe disse em uma entrevista: "Não há dúvidas de que ela está viva! O que fizemos foi criar uma máquina que imita o corpo. Pode-se dizer que o conjunto do sistema no qual a orelha vive é a pele. A nutrição vem do plasma. Temos uma bomba, que é o coração, e um mecanismo de troca de oxigênio, como um pulmão" (Rhodes, 2014). A orelha também é equipada com um microfone, e os visitantes podem falar com ela, e recebem algo semelhante a um ruído branco em resposta. "É possível trocar todo um genoma e até certo ponto construir uma pessoa inteira", diz Strebe. "Mas a instalação sonora chama atenção para a ausência". Não deixa de ser interessante observar que, ao contrário da orelha morta de Clarice, que está à escuta, temos aqui uma orelha viva – que no entanto não pode ouvir. Para entendermos melhor o fascínio moderno pela orelha de Van Gogh, volto-me agora para a leitura dos textos de Bataille.[5]

Bataille e a radiância de Van Gogh

Em sua análise do gesto da mutilação de Van Gogh, Bataille escreve dois textos: "A mutilação sacrificial e a orelha decepada de Vincent van Gogh" (1985 [1930]); e "Van Gogh como Prometeu" (1986 [1937]). O primeiro é escrito como um ensaio

5. Para Strebe, "Sem dúvida a recriação *não* teve a ver com o fascínio pela orelha de Van Gogh. Permanece central a questão sobre o clichê da imagem romântica estereotipada do artista como gênio. Nesse sentido, o gesto simples e banal de regenerar a orelha é um *ato de desmistificação*" (e-mail pessoal, junho de 2017).

antropológico, enquanto o segundo, um texto de apenas duas páginas, é basicamente um canto de louvor a Van Gogh. Em "A Mutilação Sacrificial...", Bataille faz alusão a Édipo, para quem a mutilação está fortemente ligada à castração, mas sua análise é sobretudo antropológica e mítica. Bataille lembra que a mutilação de diferentes partes do corpo sempre esteve vinculada a gestos de sacrifício aos deuses, como ações votivas, mas também aponta que, na modernidade, o sacrifício perdeu a conexão com o divino e passou a ser relacionado apenas a uma experiência interior vinculada à loucura. Seu ensaio, porém, faz uma espécie de anamnese desse passado, elencando uma longa série de mutilações nos ritos sacrificiais. Além disso, Bataille lê o gesto de enviar a orelha para uma prostituta como a aceitação daquilo que a sociedade recusa. Como ele diz, Van Gogh "levou sua orelha decepada para o lugar que mais ofende a sociedade educada" (Bataille, 1985, p. 70). O gesto de Van Gogh pode ser comparado ao de pensadores que se rebelaram contra diferentes formas de tirania e tortura: "[a orelha de Van Gogh] remete à língua de Anaxarco de Abdera, arrancada e cuspida sangrenta na cara do tirano Nicocreonte, e à língua de Zenão de Eleia, cuspida na cara de Demilo" (idem, p. 71).

Mas que tipo de sacrifício ritual Van Gogh teria realizado ao mutilar-se, ao cortar a orelha? Bataille responde a essa pergunta propondo uma analogia inusitada entre a orelha amputada e a obsessão solar na obra do pintor holandês; uma obsessão que se acentua ainda mais após esse gesto e encontra sua expressão mais reveladora nas numerosas pinturas de girassóis. Bataille diz: "É relativamente fácil estabelecer até que ponto a vida de Van Gogh foi dominada por suas relações intensas com o sol, mas essa questão não foi nunca levantada" (idem, p. 62). Na seguinte passagem, Bataille expressa sua tese principal:

> As relações entre esse pintor (que se identifica continuamente com velas frágeis e girassóis ora viçosos, ora murchos) e um ideal, que encontra no sol sua forma mais fulgurante, parecem análogas às que os homens mantiveram outrora com os deuses, pelo menos na medida em que estes ainda lhes deixavam maravilhados; normalmente, a mutilação intervinha nessas relações sob a forma de sacrifício: ela representava um desejo de semelhança absoluta com um termo ideal, geralmente caracterizado na mitologia como um deus solar que rasga e arranca partes de si mesmo. (Bataille, 1985, p. 67)

Ao estabelecer esse vínculo, Bataille retira o gesto de automutilação de Van Gogh do caso clínico da loucura individual, e o vincula a uma tradição ou a uma linhagem caracterizada por uma certa nobreza; por exemplo, a dos atos de sacrifício e de rebeldia máxima cometidos por heróis míticos como Ícaro e Prometeu. No ensaio poético posterior, de 1937, Bataille retorna a Van Gogh para celebrá-lo como um dos grandes heróis míticos na linhagem de Prometeu, que roubou o fogo do Monte Olimpo para dar aos humanos, ato pelo qual ele foi cruelmente castigado por Zeus. Voltando a Van Gogh, Bataille efetivamente canta o êxtase de sua pintura e, por isso, fala em riso e em extravasamento. Semelhante ao ímpeto de Prometeu de roubar o fogo, não se trata, nas pinturas de Van Gogh, de um tributo ao sol, mas de uma captura do mesmo – ele traz o sol para a terra nas suas pinturas, e o gesto de arrancar a orelha é a imagem desse ímpeto máximo de arrancar o sol do céu. Vemos também que, para Bataille, o gesto da mutilação, dramático nos termos da biografia de Van Gogh, será basicamente equivalente à realização de um poder de "radiância" ofertado aos humanos por meio de seus quadros. Assim, após a mutilação, diz Bataille em "Van Gogh como Prometeu":

> Van Gogh começou a dar ao sol um significado que ainda não havia sido dado. Ele não o introduziu em suas telas como parte de uma decoração, mas como feiticeiro cuja dança desperta lentamente a multidão, envolvendo-a com seu movimento. Naquele momento, tudo que pintava se tornava, por fim, *radiação, explosão, chama*, enquanto Van Gogh se perdia extasiado diante de uma fonte de vida *radiante, explosiva, flamejante*. (Bataille, 1986, p. 59)

Imaginando espectadores apreciando pinturas de Van Gogh em uma exposição, Bataille diz que o pintor não pertence ao campo da produção de arte, ou do consumo de arte, mas a algo muito mais amplo e universal. Para Bataille, o ato de autossacrifício de Van Gogh faz parte de sua arte, e serve como um oferecimento heroico à humanidade, sem esquecer que ocorre muito próximo da data em que se comemora o nascimento de Cristo (embora Bataille não aborde esse aspecto):

> Não é à história da arte que Vincent van Gogh pertence, mas sim ao mito sangrento de nossa existência como seres humanos. Ele é do tipo raro que, em um mundo tomado pela estabilidade, pelo sono, alcançou repentinamente o terrível "ponto de ebulição" sem o qual tudo o que afirma durar se torna insípido, intolerável,

decadente. Pois esse "ponto de ebulição" tem significado não apenas para quem o alcança, mas para *todos*, mesmo que nem *todos* percebam aquilo que liga o destino selvagem do homem à radiância, à explosão, à chama e, só assim, ao poder. (Bataille, 1986, p. 60)

Como se vê, Bataille usa repetidamente o termo "radiância", o mesmo que aparece em *Perto do Coração Selvagem* logo após Clarice falar da orelha morta, cor-de-rosa e à escuta. Se, como diz Bataille, a obra de Van Gogh é o que "liga o destino selvagem do homem à radiância", seria a de Clarice o seu correspondente: "liga o destino selvagem da mulher à radiância". O desejo de alcançar o "ponto de ebulição" está no centro da poética de Clarice, na medida em que ela sempre buscou o que chama de "clímax"[6], um estado que já foi analisado como uma espécie de êxtase ou epifania. No caso de *Perto do Coração Selvagem*, existe um vínculo profundo não apenas com a epifania descrita por James Joyce, mas também com a arte de Van Gogh. Vemos assim que a tragicidade da vida e da obra de Van Gogh ganham na leitura de Bataille uma dimensão mais do que épica, cosmogônica. A hipérbole que está no centro dessa leitura, que transcende os dados da loucura individual, é necessária para explicar o excesso da arte de Van Gogh para nós – excesso no sentido de ato inaugural. Nenhuma leitura da orelha decepada de Van Gogh parece ser tão contemporânea e oportuna quanto a de Bataille. Pergunto, então, como explicar que a fonte dessa força

6. Como dirá em *Água Viva*: "Este não é um livro porque não é assim que se escreve. O que escrevo é um só clímax? Meus dias são um só clímax: vivo à beira" (Lispector, 1998d, p. 12).

artística reapareça de certa forma no interstício do primeiro parágrafo do primeiro romance de Clarice Lispector, por meio da imagem da orelha morta e do uso concomitante da palavra "radiante", que tanta importância adquire na leitura de Bataille sobre a pintura de Van Gogh. Vale repetir a passagem: "Entre o relógio, a máquina e o silêncio havia uma orelha à escuta, grande, cor-de-rosa e morta. Os três sons estavam ligados pela luz do dia e pelo ranger das folhinhas da árvore que se esfregavam umas nas outras radiantes" (Lispector, 1998a, p. 13). Parece que há uma feliz (ou trágica) coincidência entre a leitura de Bataille e o texto de Clarice. Penso que não há interpretação para explicar essa relação, porque não se trata de uma citação ou referência explícita, mas sim de uma espécie de inconsciente artístico agindo subterraneamente. Por ser uma coincidência essencialmente evocativa, caímos no campo do mistério (que é louvado por Clarice) ou no campo onírico, e no inconsciente de uma época. Deve-se levar em consideração que o primeiro romance de Clarice foi lançado apenas sete anos depois da publicação do primeiro texto de Bataille sobre Van Gogh, em 1937. E que ela escreveu *Perto do Coração Selvagem* no auge da Segunda Guerra Mundial, quando ainda havia dúvida sobre o desfecho da guerra e quando o massacre de milhões de judeus pelas mãos dos nazistas, ainda que fosse inimaginável, tinha acabado de se consumar como fato. O que quero dizer aqui é que, nesse contexto específico, pensadores e artistas, como Bataille e Clarice, se tornariam mais sensíveis a uma compreensão do sacrifício na arte como um gesto de recusa enfática às instituições. Trata-se, de todo modo, de um impulso que Van Gogh inaugura, e que é transmitido como pulsação e marca do que será a arte moderna e de vanguarda, em uma linhagem à qual Clarice deve ser vinculada.

O impacto radiante da obra de Van Gogh foi observado por Katherine Mansfield, a escritora com quem Clarice mais se identificou em sua juventude, na época em que escrevia *Perto do Coração Selvagem*, a ponto de ela dizer, depois de ler *Bliss*, de Mansfield, "Mas esse livro sou eu!" (Borelli, 1981, p. 66).[7] Em 1921, em uma carta a Dorothy Brett, Mansfield relembra a visão que teve das pinturas de Van Gogh, apreciadas por ela onze anos antes, em um exposição de pintura pós-impressionista organizada por Roger Fry:

> Esse Van Gogh não foi exposto no Goupil dez anos atrás? Flores amarelas sob o sol em um vaso? Me pergunto se é a mesma obra. Esse quadro parecia revelar algo que eu não tinha percebido antes de vê-lo. Algo nele ficou comigo. E ainda me acompanha. Lembro também de um outro, de um capitão de navio usando boina. *Ambos me ensinaram algo sobre escrever, algo estranho* [*queer*], *um tipo de liberdade – ou melhor, um tremor de liberdade.* Faz – literalmente – anos desde que eu estive nessa exposição de quadros. Posso *sentir o cheiro* deles enquanto escrevo. (Mansfield, 1996, p. 333)

O impacto das flores amarelas de Van Gogh é tão intenso que, mesmo uma década depois, Mansfield ainda sente seu

7. Depois de lançar seu primeiro romance, Clarice foi morar na Itália. Diz Moser: "Nessa língua, ela renovou sua familiaridade com Katherine Mansfield [...] Agora, em Nápoles, lendo as cartas de Mansfield, escreveu a Lúcio: 'Não pode haver uma vida maior que a dela, e eu não sei o que fazer simplesmente. Que coisa absolutamente extraordinária que ela é'" (Moser, 2017, p. 183).

odor, uma imagem que acentua a vividez dessa pintura. É interessante também que sua carta trate do impacto dessa pintura na criação de uma obra literária. Para expressar o que aprendeu com a pintura de Van Gogh, os termos que Mansfield usa são expressivos por si só: "estranho" ["queer"], "liberdade" e "tremor de liberdade". Os mesmos termos podem ser usados para falar do impacto que os textos de Clarice tiveram sobre seus leitores e, em particular, para descrever a liberdade selvagem de Joana, sua primeira heroína romanesca.

Há ainda outro termo que pode vincular as autoras: êxtase. Ao comparar o conto "Amor", de Clarice, e "Bliss", de Mansfield, Nádia Gotlib cita um depoimento da própria Clarice sobre a tradução em português do termo *bliss*: "a tradução não é 'felicidade', já que 'bliss' [...] é mais êxtase" (Lispector *apud* Gotlib, 1995, p. 152). Além disso, é importante salientar que a imagem solar na obra clariceana tem sido pouco explorada nas leituras críticas, em grande medida devido à presença marcante da *noite* em seus textos, seja como escuridão ou cegueira. Veremos a seguir como o sol (e o girassol) aparecem para ela, e não apenas em seus textos, como também nas pinturas que ela mesma criou durante a década de 1970. A pintura sempre fez parte de seu universo. Giorgio de Chirico retratou Clarice quando ela morou na Itália, logo após a publicação de seu primeiro romance. Ela também foi retratada por outros pintores, como Carlos Scliar. Sincronicamente, a partir de 1960, mas sobretudo no ano de 1975, Clarice pinta uma série de quadros. Tratava-se de uma atividade amadora, mas que ela considerava uma das "mais puras" que realizava: "É relaxante e ao mesmo tempo excitante mexer com cores e formas sem compromisso. É a coisa mais pura que faço" (citado em Moser, 2017, p. 430). Que pinturas são essas? Clarice pintou cerca de vinte quadros, que estão em seus arquivos na Fundação Casa de Rui Barbosa e no Instituto Moreira Salles, no Rio de Janeiro. Algumas dessas telas são citadas em *Um Sopro de Vida* (1978), que começou a ser escrito em 1974. Neste livro, a personagem Ângela Pralini também pinta quadros. É neste texto que Clarice revela seu método:

> Nunca ouvi falar desse modo de pintar: consiste em pegar uma tela de madeira – pinho-de-riga é a melhor – e prestar atenção às suas nervuras. De súbito, então vem do subconsciente uma onda de criatividade e a gente se joga nas nervuras acompanhando-as um pouco – mas mantendo a liberdade. (Lispector, 1999a, p. 53)

Os títulos de suas pinturas são igualmente significativos, tais como "Gruta", "Medo", "Sol da meia-noite", "Explosão", "Caos e Metamorfose". Comento algumas delas a seguir.

Clarice e o Sol

No primeiro capítulo de *Perto do Coração Selvagem*, a fim de chamar a atenção de seu pai, que batia à máquina, diz Joana:

> – Papai, inventei uma poesia.
> – Como é o nome?
> – Eu e o sol. – Sem esperar muito recitou:

– "As galinhas que estão no quintal já comeram duas minhocas mas eu não vi".

– Sim? Que é que você e o sol têm a ver com a poesia?

Ela olhou-o um segundo. Ele não compreendera...

– O sol está em cima das minhocas, papai, e eu fiz a poesia e não vi as minhocas... – Pausa.

– Posso inventar outra agora mesmo: "Ó sol, vem brincar comigo". (Lispector, 1998a, p. 4)

No capítulo seguinte, quando ela surge já adulta, o poema solar de Joana será estendido à vitalidade da criação e seu necessário vínculo com o mal: "A certeza de que dou para o mal, pensava Joana. (...) Não, não, – repetia-se ela – é preciso não ter medo de criar. (...) Porque a melhor frase, sempre ainda mais jovem, era: a bondade me dá ânsias de vomitar" (Lispector, 1998a, p. 18-19). Importante notar que, nesse contexto, em uma de suas cartas, Clarice relaciona o vômito à escrita, sugerindo ser esta um ato catártico e de exteriorização; a mesma referência também aparece na leitura de Bataille sobre Van Gogh. Ao invés de ingerir, no sentido de interiorizar os interditos sociais, o pintor exterioriza e põe para fora. Diz ainda Joana: "Roubar torna tudo mais valioso. O gosto do mal – mastigar vermelho, engolir fogo adocicado" (idem, p. 20). Desse modo vemos que, para Joana, a força da criação apela ao sol, ao fogo, ao roubo e ao mal para atingir a iluminação da liberdade, como dirá no último capítulo, "A Viagem": "No entanto sentia que essa estranha liberdade que fora sua maldição, que nunca ligara nem a si própria, essa liberdade era o que iluminava sua matéria. E sabia que daí vinha sua vida e seus momentos de glória e daí vinha a criação de cada instante futuro" (idem, p. 196). A questão de uma arte que se projeta no futuro será abordada ao final deste capítulo. Nas páginas a seguir, continuaremos a estabelecer analogias entre a arte de Van Gogh e a de Clarice, começando com a representação das flores e seu vínculo tanto com a morte quanto com o nascimento.

Flores mortas

Um dos elementos que mais nos interessa na relação que estamos buscando estabelecer entre a orelha (morta) de Clarice e a orelha (amputada) de Van Gogh no que diz respeito à questão solar é o fato de Van Gogh ter sido, segundo Bataille, o primeiro a pintar flores *murchas* e *mortas*: "Ninguém mais, ao que parece, pintou flores murchas, e o próprio Van Gogh pintou todas as outras flores como frescas" (Bataille, 1985, p. 63). Van Gogh ter pintado um girassol morto e murcho pode ser visto como uma imagem que corresponde à orelha morta de Clarice; em ambos os casos, o espectador/leitor se depara com uma forma explícita de "natureza morta".

Em *Perto do Coração Selvagem*, há uma intensa reflexão de Joana sobre a tarefa de contar, sobre a distância entre o que se pensa intensamente em silêncio e o que as palavras exprimem. Clarice escreve: "ela pensava uma coisa e depois não sabia contar igual" (Lispector, 1998a, p. 40). Para "contar igual", é preciso encontrar a expressão exata. Assim, apenas algumas frases são capazes de forjar uma correspondência entre o pensar e o dizer, pois nem tudo que se diz faz as coisas existirem do modo como são sentidas. Entre as frases que expressam o essencial da vida para Joana há esta: "Uma coisa que se pensava não existia antes de se pensar. (...). Mas se eu digo, por exemplo: flores em cima do túmulo, pronto eis uma coisa que não existia antes de eu pensar flores em cima do túmulo" (Lispector, 1998a, p. 40). A frase atua no livro como uma espécie de *leitmotiv*: "Surpreendeu-se com o pensamento novo, inesperado, que viveria dagora em diante como flores sobre o túmulo" (idem, p. 54). E a frase será explicitamente citada no livro e vinculada ao ver:

> Certos instantes de ver valiam como "flores sobre o túmulo": o que se via passava a existir. [...] Para se ter uma visão, a coisa não precisava ser triste ou alegre ou se manifestar. Bastava existir, de preferência parada e silenciosa, para nela se sentir a marca. Por Deus, a marca da existência...(...) É que a visão consistia em surpreender o símbolo das coisas nas próprias coisas. (Lispector, 1998a, p. 45)

No romance, as flores sobre o túmulo remetem à morte do pai de Joana e, anteriormente, à morte da mãe. Na biografia de Clarice, as flores ocupam um lugar especial atrelado ao nome de sua família, Lispector, que ela traduz poeticamente como "flor de lis", como lírio no peito, *lis-pector*. É isso que ela diz em sua última entrevista, gravada para um programa de televisão em 1977, a mesma entrevista na qual ela informara ao apresentador: "Eu estou morta, estou falando do meu túmulo" (citado em Lerner, 1992, p. 69). Ela pediu que a entrevista só fosse ao ar depois que de fato ela morresse, o que ocorreu poucos meses depois. A relação com as flores, o que inclui uma referência às flores que murcham, vai acompanhá-la até o fim, quando, no hospital, pouco antes de morrer, ela escreve um impressionante bilhete de despedida, ofertando-o aos que ficam:

> Sou um objeto querido por Deus. E isso me faz nascerem flores no peito. Ele me criou igual ao que escrevi agora: "sou um objeto querido por Deus" e ele gostou de me ter criado como eu gostei de ter criado a frase. E quanto mais espírito tiver o objeto humano mais Deus se satisfaz.
>
> Lírios brancos encostados à nudez do peito. Lírios que eu ofereço ao que está doendo em você. Pois nós somos seres e carentes. Mesmo porque estas coisas – se não forem dadas – fenecem. Por exemplo – junto ao calor de meu corpo as pétalas dos lírios se crestariam. Chamo a brisa leve para minha morte futura. Terei de morrer senão minhas pétalas se crestariam. É por isso que me dou à morte todos os dias. Morro e renasço. Inclusive eu já morri a morte dos outros. Mas agora morro de embriaguez de vida. E bendigo o calor do corpo vivo que murcha lírios brancos. O querer, não mais movido pela esperança, aquieta-se e nada anseia. Eu serei a impalpável substância que nem lembrança de ano anterior substância tem. (citado em Borelli, 1981, p. 61)

O girassol e o nascimento

Além do lírio, a flor de Clarice é também a rosa. Há, por exemplo, a rosa que Laura, do conto "A imitação da rosa", olha antes de embarcar para a loucura ou o alheamento ou a uma esfera que não sabemos bem qual é, mas que se assemelha muito a um estado de poeticidade extrema. E se o girassol foi pintado por Van Gogh como uma flor murcha, o girassol é também a flor de origem e nascimento para Clarice em seu romance *Água Viva*. Nele, a narradora-pintora dedica cerca de quatro belas páginas às flores, descrevendo muitas delas e o modo como as pinta em seus quadros: "Agora vou falar da dolência das flores para sentir mais o que existe. (...) Quero pintar uma rosa. (...) Como transplantar o cravo para a tela?" (Lispector, 1998d, p. 51-2). Especialmente sobre o girassol, ela diz: "O girassol é o grande filho do sol. Tanto que sabe virar sua enorme corola para o lado de quem o criou. Não importa se é pai ou mãe. Não sei. Será o girassol flor feminina ou masculina? Acho que masculina" (idem, p. 53). Relacionado a pai e mãe, o girassol é a fonte da vida. De fato, sua importância se torna ainda maior graças a uma frase que Clarice cortou da versão final de *Água Viva*, mas que está no primeiro manuscrito do livro. Lembrando que Clarice nasceu na Ucrânia, em 1920, ela situa o girassol no seu local de nascimento ao dizer: "Mas uma coisa é certa: o girassol é ucraniano" (citado em Moser, 2017, p. 386). À luz dessa afirmação, as passagens seguintes de *Água Viva* merecem ser citadas integralmente, primeiro pela beleza do texto, e pelo significado que estamos perseguindo na relação entre os girassóis e a orelha de Van Gogh tal como estabelecida na leitura de Bataille. No seguinte trecho, a narradora-pintora narra, ou melhor dizendo, pinta, o seu nascimento:

> Agora as trevas vão se dissipando. Nasci.
>
> Pausa.
>
> Maravilhoso escândalo: nasço.

> Estou de olhos fechados. Sou pura inconsciência. Já cortaram o cordão umbilical: estou solta no universo. Não penso mas sinto isso. Com olhos fechados procuro cegamente o peito: quero leite grosso. Ninguém me ensinou a querer. Mas eu quero. Fico deitada com olhos abertos no teto. Por dentro é uma obscuridade. Um eu que pulsa já está se formando. Há girassóis. Há trigo alto. Eu é. (Lispector, 1998d, p. 34)

O vínculo entre ser e o girassol volta a aparecer em outro momento impressionante do mesmo romance, em uma passagem que poderia ser lida quase como uma transcrição literária do ritual praticado por Van Gogh. Trata-se, de fato, de um momento ritualístico que ocorre durante o eclipse do sol:

> Quanto mais maldita, mais até o Deus. Eu me aprofundei em mim e encontrei que eu quero vida sangrenta, e o sentido oculto tem uma intensidade que tem luz... Meu rito é purificador de forças. Mas existe malignidade na selva. Bebo um gole de sangue que me plenifica toda. Ouço címbalos e trombetas e tamborins que enchem o ar de barulhos e marulhos abafando então o silêncio do disco do sol e seu prodígio. Quero um manto tecido com fios de ouro solar. O sol é uma tensão mágica do silêncio... E o eclipse do sol causa terror secreto que no entanto anuncia um esplendor de coração. (Lispector, 1998d, p. 38)

Logo após esta passagem, há um novo nascimento: "Vou fazer um adaggio. Leia devagar e com paz. É um largo afresco. Nascer é assim: Os girassóis lentamente viram suas corolas para o sol. O trigo está maduro. O pão é com doçura que vem. Meu impulso se liga ao das raízes das árvores" (Lispector, 1998d, p. 39).

O halo

A sequência das relações possíveis entre Clarice e Van Gogh continua, agora através da imagem do candelabro, e a pintura do halo das coisas. Conta Bataille que Van Gogh faz a seguinte analogia: "Falando em uma carta a seu irmão sobre uma pintura de que gostava, ele expressou o desejo de que ela fosse colocada entre dois vasos de girassóis, como um relógio entre dois candelabros" (Bataille, 1985, p. 63). Um relógio entre dois candelabros seria como uma pintura entre dois vasos de girassóis. A referência ao relógio nos lembra da presença do mesmo objeto no primeiro parágrafo de *Perto do Coração Selvagem.* Mas mais interessante ainda é associar essa sugestão de Van Gogh com "Escuridão e luz: centro da vida", pintura de Clarice feita em 1975, correspondência que continua com a imagem de Van Gogh, ele mesmo como um candelabro, segundo a bela descrição de Bataille: "É possível considerar o próprio pintor como uma encarnação perturbadora do candelabro de girassóis, quando saía pela noite de Arles (janeiro ou fevereiro de 1889) de chapéu, tal qual um halo, coroado de velas acesas, sob o pretexto de pintar uma imagem noturna" (Bataille, 1985, p. 63).

Do mesmo modo, para Clarice não se trata de pintar o objeto, mas de capturar o halo e sua vibração. Passagem de *Água Viva*:

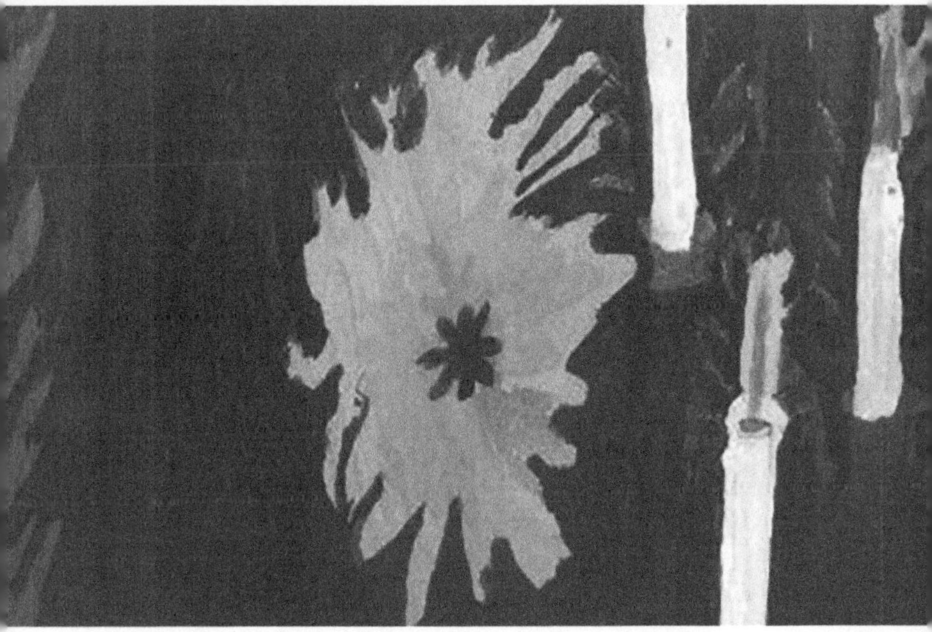

Figura 4.2
"Escuridão e luz: centro da vida" (1975), de Clarice Lispector.
Com a permissão da Agência Literária Carmen Balcells.

> O que te escrevo não tem começo: é uma continuação. Das palavras deste canto, canto que é meu e teu, evola-se um halo que transcende as frases, você sente? Minha experiência vem de que eu já consegui pintar o halo das coisas. O halo é mais importante que as coisas e que as palavras. O halo é vertiginoso. Finco a palavra no vazio descampado: é uma palavra como fino bloco monolítico que projeta sombra. E é trombeta que anuncia. O halo é o it. (Lispector, 1998d, p. 44)

Atrás do pensamento

O "it" é um dos temas principais que Clarice persegue em *Água Viva*, parte de um esforço maior, de uma busca para encontrar uma maneira de dizer aquilo que as palavras não dizem. A "língua it" seria uma linguagem pré-adâmica, uma língua cuja nomeação não seria distinta da coisa que nomeia, e que poderia ser alcançada através da pintura, música, gestos, ou seja, por tudo que não seja palavra. Essa "língua it" pode ser encontrada, segundo a autora, "atrás do pensamento".

Antes de ser publicado como *Água Viva*, o livro em processo tinha o título provisório de "Atrás do Pensamento: Monólogo com a Vida". O que é isso que está atrás do pensamento e que a autora busca dizer? "Atrás do pensamento atinjo um estado. Recuso-me a dividi-lo em palavras – e o que não posso e não quero exprimir fica sendo o mais secreto dos meus segredos" (Lispector, 1998d, p. 65). Para chegar a esse lugar ou estado, seria preciso usar as palavras para se livrar da "escravidão das palavras". Como ela pontua em "Lembrança da feitura de um romance", de 2 de maio de 1970:

> Ao escrevê-lo, de novo a certeza só aparentemente paradoxal de que o que atrapalha ao escrever é ter de usar palavras. É incômodo. É como se eu quisesse uma comunicação mais direta, uma compreensão muda como acontece às vezes com as pessoas. Se eu pudesse escrever por intermédio de desenhar na madeira ou de alisar uma cabeça de menino ou de passear pelo campo, jamais teria entrado pelo caminho da palavra. (Lispector, 1999b, p. 285)

Gosto especialmente da descrição de Benedito Nunes a respeito desse processo de escrita de Clarice, processo que ele chama de "desescrever", e que ele relaciona com a técnica pictórica do "desgaste". Para Nunes, a autora "emprega um processo que denominaremos técnica de desgaste, como se, em vez de escrever, ela desescrevesse, conseguindo um efeito máximo de refluxo da linguagem, que deixa à mostra o 'aquilo', o inexpressado" (Nunes, 1976, p. 137-8). De fato, Clarice escrevia cortando. Em uma folha datilografada, parte dos documentos que integram o acervo Clarice Lispector na Fundação Casa de Rui Barbosa, pode-se confirmar essa técnica de desescrever. Nessa página, a autora elenca uma série de ações, uma espécie de lista de tarefas a realizar na revisão do livro que está escrevendo. Dos dezenove itens da lista, doze remetem à técnica do desgaste:

1. Ler tirando o excesso de adjetivos brilhantes
2. Ler tirando as palavras 'modernas', [...]
3. Ler tirando tudo o que sinceramente não parecer bem [...]
4. Se puder, em alguns casos, deixar os fatos indicativos tirando a ideia.
5. Ler tirando o que parece com Joana
6. Retirar paradoxos [...]
7. Tirar certo grandioso
8. Modificar frases excessivamente ricas
9. Tirar o excesso do primeiro capítulo [...]
10. Tirar os brinquedos, o tom falsamente inocente. [...]
11. Tirar os 'como' da analogia [...]
12. Apagar os vestígios de qualquer processo [...]

(citado em Gullar e Peregrino, 2008)

Esse processo de escrita vai se acentuando até chegar à sua expressão máxima, evoluindo para uma poética completa de "amputação" em *Água Viva*. É claro que uso o termo "amputação" propositadamente aqui.

Quando da publicação do segundo romance da Clarice, *O Lustre*, em 1946, Álvaro Lins – um dos primeiros leitores críticos da autora – pontuou o caráter inacabado do texto, considerando esta obra e *Perto do Coração Selvagem* "[...] romances mutilados e incompletos" (citado em Guarizo, 2013, p. 43 *apud* Callado, 1963, p. 192). Desde o princípio esse método de destituição estava anunciado; o que fora criticado em 1946 mais tarde seria valorizado em leituras posteriores de sua obra. Veremos que a concepção de nomear, que Clarice defende, aproxima-se assim, perigosamente, do ato de amputar.

A pintora-narradora de *Água Viva* inventa para si um nome, uma espécie de pseudônimo que se assemelha ao nome que ela dá a Deus: "Como Deus não tem nome vou dar a Ele o nome de Simptar. Não pertence a língua nenhuma. Eu me dou o nome de Amptala. Que eu saiba que não existe tal nome. Talvez em língua anterior ao sânscrito, língua it" (Lispector, 1998d, p. 42). Essa nomeação com uma língua anterior ao sânscrito eliminaria a distância entre o nome e a coisa nomeada por ele, por isso, "língua it", uma linguagem não de Adão, mas de Amptala, que precede Adão. Em seu estudo, Adriana Guarizo aponta um dado imprescindível: a repetição das mesmas letras "mpta" em A*mpta*la e Si*mpta*r produz uma proximidade sonora com o verbo amputar. Com base nisso, Guarizo faz uma sugestão de singular importância para o conceito de escrever de ouvido. Ela sugere que, para Clarice, toda nomeação é em si um ato de amputação. Isso porque, a cada nomeação, as virtualidades daquilo que não foi escolhido como nome permanecem como um horizonte inominável (Guarizo, 2013, p. 159). E é esse horizonte inominável que sua escrita persegue. Diferente do projeto poético de seu contemporâneo Guimarães Rosa, Clarice escreve não para acrescentar nomes, mas para retirá-los, pois, ao definir, o nome retira das coisas sua potencialidade e, pode-se dizer, sua liberdade de ser qualquer ou nenhum nome. Pode-se avançar e dizer que o apelo ao silêncio em sua obra teria como um de seus pontos de atração justamente a possibilidade de não nomear, sendo este um modo de sair do sistema de amputação. O fracasso da linguagem, como Benedito Nunes e outros apontaram, seria seu grande sucesso.

O caminho da palavra que Clarice busca será então um caminho que leva a outras formas de arte.[8] Há diversas passagens de *Água Viva* que nos ajudam a compreender que o lugar atrás do pensamento é onde fica a pintura: "Atrás do pensamento não há palavras: é-se. Minha pintura não tem palavras: fica atrás do pensamento. Nesse terreno do é-se sou puro êxtase cristalino. É-se. Sou-me. Tu te és" (Lispector, 1998d, p. 42). Esse lugar é também o da música, e o da pulsação: "Bem atrás do pensamento tenho um fundo musical. Mas ainda mais atrás há o coração batendo. Assim o mais profundo coração batendo é um pensamento" (idem). A beleza dessa busca pelo que ocorre atrás do pensamento está em realizar em palavras o que se localiza antes da palavra ou fora dela, na imediatez do gesto da pintura ou na abstração do som. Clarice relaciona as três artes na passagem a seguir: "O que pintei nessa tela é passível de ser fraseado em palavras? Tanto quanto possa ser implícita a palavra muda no som musical" (idem, p. 11).

O figurativo do inaudível

Chegamos então a uma passagem muito importante, que é preciso ler com atenção, porque aqui se instaura um termo fundamental para entendermos o modo como opera uma escrita

8. De fato, *Água Viva* começa com uma epígrafe de autoria do artista Michel Seuphor: "Tinha que existir uma pintura totalmente livre da dependência da figura – o objeto – que, como a música, não ilustra coisa alguma, não conta uma história e não lança um mito. Tal pintura contenta-se em evocar os reinos incomunicáveis do espírito, onde o sonho se torna pensamento, onde o traço se torna existência".

de ouvido: "o figurativo do inaudível". Clarice usou o termo em uma de suas crônicas, publicada no Jornal do Brasil, em 1969. A crônica trata da música atonal do compositor e violinista alemão Paul Hindemith. Na década de 1920, Hindemith colaborou com Anton Weber e Arnold Schoenberg, e também com Bertold Brecht, como integrante do movimento *Neue Musik*, que punha em diálogo música clássica, jazz e cancioneiro popular. Perseguido durante o nazismo, por produzir arte que Joseph Goebbels considerava "degenerada", Hindemith emigrou para os Estados Unidos e lecionou na Universidade de Yale entre 1940 e 1953, quando voltou para a Europa. Na bela crônica "Hindemith", Clarice não faz nenhuma menção à biografia do compositor, e sim sobre o efeito de sua música naquele que ouve:

> O violino de Hindemith não conta sobre, antes se conta, antes se desdobra. Ele não é grave, ele é gravidade. E em nada disso existe o abstrato. É o figurativo do inaudível [...] Depois é difícil reproduzir de ouvido a sua música, não é possível cantá-la sem tê-la estudado. E como estudar uma coisa que não tem história? (Lispector, 1999b, p. 229)

Essa crônica ganha importância na medida em que é transposta e adaptada para *Água Viva,* romance publicado quatro anos depois. Na passagem de um texto a outro, o termo "figurativo do inaudível", ligado à música, será redefinido como "figurativo do inominável", em um esforço da autora para descrever sua própria escrita. Como a melodia de Hindemith, sua escrita não conta uma história nem se refere a fatos: "Onde está o fato?

Minha história é de uma escuridão tranquila, de raiz adormecida na sua força, de odor que não tem perfume. E em nada disso existe o abstrato. É o figurativo do inominável" (Lispector, 1998d, p. 74). Por isso, sua escrita atuaria da mesma maneira que a música de Hindemith: "Sei que depois de me leres é difícil reproduzir de ouvido a minha música, não é possível cantá-la sem tê-la decorado. E como decorar uma coisa que não tem história?" (idem). A figuração do inaudível, na música, e do inominável, na escrita, unem-se à figuração de um "odor que não tem perfume", transferindo a analogia ao campo sensorial do olfato, mas também ao campo do invisível, na pintura: "Tanto em pintura como em música e em literatura, tantas vezes o que chamam de abstrato me parece apenas o figurativo de uma realidade mais delicada e mais difícil, menos visível a olho nu" (Lispector, 1999b, p. 316).

Água Viva é a experiência de escrita que levou mais longe essa busca pelo "figurativo de uma realidade mais delicada e mais difícil" em um texto que quer capturar o instante já, e, para isso, sua estrutura é a da falta de estrutura aparente, como uma junção de fragmentos, exatamente como Clarice escreveu seu primeiro romance. Mas, agora, já não há mais narrativa. A tendência fragmentária se acentua e o livro, de menos de noventa páginas, é composto com a ajuda da amiga Olga Borelli. Como conta Clarice: "Esse livrinho tinha 280 páginas; eu fui cortando – cortando e torturando – durante três anos. Eu não sabia o que fazer mais. Eu estava desesperada. Tinha outro nome. Era tudo diferente [...]" (citado em Gotlib, 1995, p. 410).

A narrativa em primeira pessoa é a de uma pintora que decide escrever um texto endereçado a um tu não nomeado,

Figura 4.3
"Explosão" (1975), de Clarice Lispector.
Com a permissão da Agência Literária Carmen Balcells.

como uma carta de amor e de separação. Semelhante à tela "Explosão", o livro começa com uma explosão, um grito de aleluia, que é também um uivo de dor: "É com uma alegria tão profunda. É uma tal aleluia. Aleluia, grito eu, aleluia que se funde com o mais escuro uivo humano da dor de separação mas é grito de felicidade diabólica. Porque ninguém me prende mais" (Lispector, 1998d, p. 9). O grito de felicidade se perde no uivo derivado da dor da separação. Da intersecção entre esses dois sentimentos e respostas aparentemente conflitantes, nasce "uma felicidade diabólica", que vem da liberdade criativa alcançada: "Porque ninguém me prende mais". Também não há aqui uma comparação possível com o gesto de Van Gogh? A separação, o corte, a amputação violenta, como uma dor da qual é preciso se separar para dar origem a uma liberdade "radiante" – e que no entanto vai custar-lhe a vida? Chegamos então ao ponto em que é possível responder à pergunta do início deste capítulo: por que Van Gogh cortou a orelha e não atacou os olhos?

A audição do mundo

A orelha amputada de Van Gogh é uma figura quase perfeita para o inaudível. É um despossuir-se, a orelha amputada, e é também um dobrar-se de si para fora de si, ou seja, para o mundo. Lançar a orelha para fora é dá-la de presente, é um deixar de ouvir-se – um ato decisivo para sair do sistema do falogocentrismo condenado por Jacques Derrida, e lançar o ouvido para fora, de modo a ouvir o fora, lançá-lo para a audição do mundo. Do mesmo modo, a orelha morta, mas à escuta, de Clarice, adquire sentido e sensibilidade ampliados: o de sair da audição de si, indivíduo, e ampliar-se para a audição do mundo. O que também significa ir além do sistema de voz interior e alcançar o silêncio na escrita, uma escrita que não fala, no sentido expressivo do termo, pois que é muda, e que não é oralidade, mas que, ainda assim, ouve.

Podemos então voltar a Bataille e a uma leitura que reinterpreta sua própria análise de Van Gogh. No ensaio "The Other Sun: Non-Sacrificial Mutilation and the Severed Ear of Georges Bataille" [O outro sol: mutilação não sacrificial e a orelha amputada de Georges Bataille], Fredrik Rönnbäck enfoca a importância da audição e sua presença na obra de Bataille. Como explica Rönnbäck, Bataille considera que o corte da parte externa da orelha, assim como cortar um dedo, são amputações menos difíceis de serem realizadas do que furar ou arrancar os olhos (todos esses gestos são substitutos do terror maior da castração). Por esse motivo, o texto de Bataille não dá especial atenção ao fato de que Van Gogh escolheu a orelha para o seu ato. A leitura de Rönnbäck vai justamente enfatizar a importância da audição tanto no gesto de automutilação de Van Gogh quanto na obra de Bataille. Sintetizando a diferença entre o olho e a orelha, Rönnbäck diz: "Enquanto o olho representa o Sol como um símbolo da visão e do conhecimento – a razão em oposição ao irracional –, o que torna possível que a orelha o substitua é que, como o Sol, ela é um meio de orientação. Cortar a orelha resulta em uma completa reviravolta da estabilidade e permanência neste mundo" (Rönnbäck, 2015, p. 116).

Como Rönnbäck coloca, mesmo que o corte da cartilagem externa da orelha não afete o ouvido interno, trata-se de um gesto que nos faz imaginar o que significaria perfurar o tímpano. Cortar a orelha seria o equivalente a criar um desequilíbrio espacial, uma perda do rumo, já que o ouvido interno é tanto o centro da orientação quanto da desorientação:

> O ouvido é o local do equilíbrio e da orientação, e a automutilação de Van Gogh, induzida pelo sol, [...] pode ser lida à luz desse fato. A desestabilização da arte de Van Gogh, quando todo o campo visual é atraído pela dança selvagem e desorientadora do Sol, é simbolicamente prefigurada por seu ataque ao centro do equilíbrio. A partir desse momento, a pintura de Van Gogh passa a ser 'radiância, explosão, chamas'. (Rönnbäck, 2015, p. 116)

Direcionando seu foco para uma leitura da obra de Bataille e sua relação com o ouvido, Rönnbäck ressalta que o que se manifesta aqui é basicamente "uma tendência subjacente à obra de Bataille, um luto silencioso cuja expressão simbólica é o ouvido em detrimento do olho" (Rönnbäck, 2015, p. 120). A ordem metafórica que o ouvido instaura está inexoravelmente associada a períodos de luto e a um apelo ao silêncio: "É uma tentativa de apreender o inapreensível, acolhendo-o em sua ausência, semelhante à crença, própria da teologia apofática, de que só pelo silêncio é possível alcançar o inefável" (idem, p. 119), exatamente o que se encontra na obra ficcional de Clarice. Como diz Bataille, falando explicitamente sobre Van Gogh: "A ruptura da homogeneidade da pessoa e a projeção para fora de si de uma parte do sujeito, com sua raiva e sua dor, parecem então estar muitas vezes relacionadas às expiações, períodos de luto ou de desregramento, que são abertamente evocados pela cerimônia que marca a entrada na sociedade adulta" (Bataille, 1985, p. 68).

Perto do Coração Selvagem é também a "cerimônia que marca a entrada na sociedade adulta" de Joana, figuração da vida de Clarice que se ficcionaliza nesse retrato da artista quando jovem. Mas que tipo de expiação ou luto a orelha morta representaria na escrita de Clarice Lispector?

Mãe/Pai/Órfã

Em uma conhecida entrevista concedida a Marisa Raja Gabaglia (citada em Varin, 2002), Clarice oferece uma visão particularmente rica sobre qual seria para ela o lugar da orelha morta e à escuta em seu pensamento:

> – Você tem paz, Clarice?
> – Nem pai nem mãe.
> – Eu disse "paz".
> – Que estranho, pensei que tivesse dito "pais". Estava pensando em minha mãe alguns segundos antes. Pensei – mamãe – e então não ouvi mais nada. Paz? Quem é que tem? (Lispector *apud* Varin, 2002, p. 191)

O equívoco auditivo entre "pais" e "paz", que a psicanálise ouve como ato falho ou lapso freudiano, não poderia ser mais revelador daquilo que a ficção de Clarice elabora com frequência: a orfandade, sobretudo a morte da mãe. A falta dos pais corresponde à impossibilidade de paz. Quando a autora diz: "Pensei – mamãe – e então não ouvi mais nada" é como se estivéssemos ouvindo sua própria explicação verbal da orelha morta enquanto metáfora em seu trabalho fictício. Ao pensar "mamãe", ela não ouve mais nada e se torna uma espécie de orelha morta, justamente porque a escuta é o lugar da mãe, que morreu. No texto sobre Bataille, Rönnbäck explicita muito claramente a relação entre a audição e a figura materna:

> O ouvido é o ponto central de uma série de atributos da mãe: o fetichismo que Freud atribui ao medo da castração, a melancolia que afligiu a mãe de Bataille, a perda do equilíbrio [...] O ouvido é também o receptáculo da língua materna, como Jacques Derrida observa ao contrapor o alemão de Nietzsche, a língua materna viva, ao latim, a língua morta do pai. Enquanto a língua paterna não é mais falada ou ouvida e só pode ser adquirida por meio dos olhos, a língua materna entra quase que imperceptivelmente no pensamento por meio do ouvido. (Rönnbäck, 2015, p. 121)

Rönnbäck refere-se ao texto *Otobiografias*, de Derrida, uma leitura do *Ecce Homo* de Nietzsche. No caso de Clarice, sua língua materna era o iídiche, que ela ouviu durante a infância também através do pai e que permaneceu para ela por toda a sua vida como uma língua calada. Podemos dizer que essa língua materna já chega para ela transmitida pelo ouvido como língua morta. Sua mãe morreu em setembro de 1930 e na crônica "Pertencer", publicada em 15 de junho de 1968, Clarice explicita seu sentimento:

> [...] fui preparada para ser dada à luz de um modo tão bonito. Minha mãe já estava doente, e, por uma superstição bastante espalhada, acreditava-se que ter um filho curava uma mulher de uma doença. Então fui deliberadamente criada: com amor e esperança. Só que não curei minha mãe. E sinto até hoje essa carga de culpa: fizeram-me para uma missão determinada e eu falhei. Como se contassem comigo nas trincheiras de uma guerra e eu tivesse desertado. Sei que meus pais me perdoaram eu ter nascido em vão e tê-los traído na grande esperança. Mas eu, eu não me perdoo. Queria que simplesmente se tivesse feito um milagre: eu nascer e curar minha mãe. Então, sim, eu teria pertencido a meu pai e a minha mãe. (Lispector, 1999b, p. 111)

A orelha morta é tanto a figuração do lugar da mãe, morta em sacrifício, como também é a orelha de Clarice sacrificando-se na escrita em nome da mãe morta, já que na mitografia de sua biografia a mãe engravidou para se salvar de uma doença, mas a criança que nasceu, Chaya (Clarice),[9] não pôde salvá-la da morte. Esse biografema já foi bem narrado por seus biógrafos e pela crítica, e aponto apenas alguns dados principais, pois meu interesse é mostrar que a figura da mãe (que se estende a todas as mulheres) é quem vincula escrita e escuta, escrita e morte, luto e silêncio. Carlos Mendes de Sousa chegou a

9. Clarice nasceu Chaya Pinkhasovna Lispector. No capítulo "O nome perdido", Moser explica: "O nome que ela recebeu em Tchetchelnik, Chaya, que em hebraico significa "vida" – e que também tem a apropriada conotação de "animal" –, desapareceria, reaparecendo apenas em hebraico em sua lápide tumular, e mantendo-se pouco conhecido no Brasil até décadas depois de sua morte" (Moser, 2017, p. 51).

colocar a imagem da "mãe perdida" no centro da poética de Clarice: "Isso nos leva a um insight vital: a origem da literatura de Clarice gira em torno da figura materna" (Sousa, 2002, p. 18). Na crônica "Brainstorm", publicada em 22 de novembro de 1969, ela diz: "O monstro sagrado morreu: em seu lugar nasceu uma menina que era órfã de mãe" (Lispector, 1999b, p. 246). Essa mesma frase será repetida em *Água Viva*. Na mesma crônica, Clarice escreveu: "Vou-lhes contar um segredo: a vida é mortal. Nós mantemos esse segredo em mutismo cada um diante de si mesmo porque convém, senão seria tornar cada instante mortal" (idem, p. 245). A supressão verbal e o silêncio mudo são muitas vezes tematizados na escrita de Clarice, e esse silêncio é sempre fruto de um segredo: a lembrança constante da nossa mortalidade. Em outra de suas crônicas, "Quase briga entre amigos", publicada em 27 de janeiro de 1973, ela responde a duas perguntas específicas, fazendo referência nos dois casos ao silêncio mudo:

> 1) Clarice, por que é que você escreve?
> 2) Clarice, por que você não escreve?
> – Escrevo porque não posso ficar muda, não escrevo porque sou profundamente muda e perplexa. (Lispector, 1999b, p. 447)

Para Clarice, escrever é um modo de sair do silêncio mudo, mas é também uma afirmação dessa e de outras formas de silêncio. Volto então à minha tese principal: a de que a orelha morta, à escuta, alegoriza o lugar de sua escrita como um lugar sacrificial de perda da voz, que inaugura o campo do silêncio mudo, vinculado à ausência materna.

A mulher da voz

É assim que o sistema simbólico vinculado à máquina de escrever, legado do pai, que examino no capítulo seguinte, une-se ao legado da mãe, e da "mulher da voz", a quem Clarice faz referência em seu primeiro romance. O terceiro capítulo de *Perto do Coração Selvagem* foi primeiro chamado de "...A Mãe..." e, depois, por alteração da autora, passou a chamar-se apenas "...O Dia...". Nesse capítulo, o pai conversa com um amigo, é noite e Joana, criança, escuta o diálogo que, em determinado momento, gira em torno da mãe, chamada Elza. Diz o pai: "Ela morreu assim que pôde" (Lispector, 1998a, p. 28). A garotinha, com medo de dormir, será embalada no colo do pai, enquanto pensa:

> Hoje então ela estava com medo de Elza. Mas não se pode ter medo da mãe. A mãe era como um pai. Enquanto o pai a carregava pelo corredor para o quarto, encostou a cabeça nele, sentiu o cheiro forte que vinha dos seus braços. Dizia sem falar: não, não, não... Para animar-se pensou: amanhã, amanhã bem cedo ver as galinhas vivas. (Lispector, 1998a, p. 29)

No capítulo "O Dia de Joana", as seguintes perguntas surgem como se tivessem sido feitas em estado de vigília: "Onde estava a mulher da voz? Onde estavam as mulheres apenas fêmeas? E a continuação do que ela iniciara quando criança?" (Lispector, 1998a, p. 24). A questão permanece sem resposta até bem adiante, quando é explicada no capítulo intitulado "A mulher da voz e Joana". Quem é a mulher da voz? É uma personagem secundária, não nomeada, uma corretora de imóveis que

Joana conhece ao buscar uma casa para alugar. O que lhe chama a atenção é a entonação da voz dessa mulher: "Joana não a olhou mais atentamente senão quando ouviu sua voz. O tom baixo e curvo, sem vibrações, despertou-a [...] Não compreendia aquela entonação, tão longe da vida, tão longe dos dias...." (idem, p. 73). Essa voz será atrelada à memória do passado: "Desde aquele dia, Joana sentia as vozes, compreendia-as ou não as compreendia. Provavelmente no fim da vida, a cada timbre ouvido uma onda de lembranças próprias subiria até sua memória, ela diria: quantas vozes eu tive..." (idem, p. 74). Essa importante passagem nos mostra que a voz, na escrita de Clarice, refere-se não à transmissão de um texto oral, mas ao sentir do timbre que emana das vozes e que atua também como o "halo" que ela deseja documentar em detalhes meticulosos na pintura e na escrita. A voz revela a Joana que sua "verdadeira existência" não estava nos fatos acontecidos, mas em estar viva: "Esse o fundo da narrativa" (idem, p. 75). Por isso, o que importa, mais uma vez, não é o relato dos fatos, mas o silêncio e o murmúrio, sendo o restante apenas acessório: "Mas a voz? Não pôde libertar-se dela durante todo o resto da tarde. Sua imaginação corria em busca do sorriso da mulher, de seu corpo largo e quieto. [...] O principal – incluindo o passado, o presente e o futuro – é que estava viva. Esse o fundo da narrativa" (idem, p. 75). É nesse momento que emerge a bela imagem sonora "do murmúrio do seu centro":

> O murmúrio leve e constante como água entre pedras. Por que descrever mais do que isso? É certo que lhe aconteciam coisas vindas de fora. Perdeu ilusões, sofreu alguma pneumonia.

> Aconteciam-lhe coisas. Mas apenas vinham adensar ou enfraquecer o murmúrio do seu centro. (Lispector, 1998a, p. 75)

A vida que corre no corpo, o murmúrio do seu centro, isso é o que a escrita de Clarice pratica e inaugura com *Perto do Coração Selvagem*, e que vemos ressoando em *Água Viva*, como sua depuração ou abstração da figura do inaudível que abre seu primeiro romance. A escrita de Clarice, batida em uma máquina de escrever, pode ser melhor entendida como uma busca pela expressão desse tom, desse murmúrio, desse timbre. E essa busca, esse processo de aprendizagem, veio a ela pela voz de mulheres como a da personagem Lídia, que, grávida, faz Joana refletir:

> Que poesia seria a base da sua vida? Que diria aquele murmúrio que ela adivinhava no interior da Lídia? A mulher da voz multiplicava-se em inúmeras mulheres [...] Oh, estava exagerando talvez, talvez a divindade das mulheres não fosse específica, estivesse apenas no fato de existirem. Sim, sim, aí estava uma verdade: elas existem mais do que os outros, eram o símbolo da coisa na própria coisa. E a mulher era o mistério em si mesmo, descobriu. Havia em todas elas uma qualidade de matéria-prima, alguma coisa que podia vir a definir-se mas que jamais se realizava, porque sua essência mesma era a de "tornar-se". Através dela exatamente não se unia o passado ao futuro e a todos os tempos? (Lispector, 1998a, p. 141)

O "símbolo da coisa na própria coisa", "qualidade de matéria-prima" e a capacidade de "tornar-se" caracterizam o ideal (metamórfico) que a mulher potencializa, parte de sua "divindade", associada ao parir:

> [E]u nada sei, posso parir um filho e nada sei. Deus receberá minha humildade e dirá: pude parir um mundo e nada sei. Estarei mais perto d'Ele e da mulher da voz. Meu filho se moverá nos meus braços e eu me direi: Joana, Joana isso é bom. Não pronunciarei outra palavra porque a verdade será o que agradar aos meus braços. (Lispector, 1998a, p. 156)

Essa reflexão sobre a voz e a criança nos braços lembra a discussão que Adriana Cavarero (2005) propõe sobre a figura mítica de Eco. Em sua leitura, é o ninar pela voz, quando apenas se balbucia, é o murmúrio sem outro sentido que não o do abraço e o de pertencer, o primeiro contato do infante (*in-fans,* sem fala) com o "lulala" da linguagem, que Jacques Lacan define como "lalangue" e que Clarice/Joana inventa como "lalande".

O ouvir e a infância

Fala e escrita surgem na infância, e é nessa fase que Joana escuta o pai bater à máquina de escrever, o relógio a soar, e o zumbido do silêncio – linguagem que nasce da infância. Assim, é notável (inclusive musicalmente) o modo de Joana escrever como uma criança, um escrever em eco que emerge através da repetição de palavras, formando como que uma cantiga. A percepção infantil do mundo fica nítida pela repetição, pelo ritmo das frases, pela mistura de elementos concretos e pensamentos profundos e de superfície, escrevendo do modo como a criança fala. O eco aparece, assim, materialmente no texto, através da repetição de palavras ou frases inteiras. Como técnica narrativa, ouvimos o eco na linguagem infantil de Joana: "Então subitamente olhou com desgosto para tudo como se tivesse comido demais daquela mistura. 'Oi, oi, oi...', gemeu baixinho cansada e depois pensou: o que vai acontecer agora agora agora?" (Lispector, 1998a, p. 14). Ela emprega a mesma técnica em outras passagens: "Sim, sim, e daí? E agora agora agora?" (idem, p. 16) e "Nunca, nunca, sim, canta baixinho" (idem, p. 17). Essa repetição vai ser a marca de elaboração dos capítulos de *Perto do Coração Selvagem*, criados em eco: "[...] por enquanto é tempo por enquanto é vida mesmo que mais tarde [...]" (idem, p. 185). O eco torna-se ecolalia na língua "ressoando nas profundezas da boca" que Joana inventa ao pronunciar palavras como "amêndoas":

> – Amêndoas... – disse Joana, voltando-se para o homem. O mistério e doçura das palavras: amêndoa..., pronunciada com cuidado, a voz na garganta, ressoando nas profundezas da boca. Vibra, deixa-me longa e estirada e curva como um arco. Amêndoa amarga, venenosa e pura. (Lispector, 1998a, p. 167)

Também vemos esse artifício na invenção de palavras como "lalande", em um diálogo com o marido, Otávio:

> Ela contara-lhe certa vez que em pequena podia brincar uma tarde inteira com uma palavra. Ele pedia-lhe então para inventar novas. Nunca ela o queria tanto como nesses momentos.
> – Diga de novo o que é Lalande – implorou a Joana.

> É como lágrimas de anjo. Sabe o que é lágrimas de anjo? Uma espécie de narcisinho, qualquer brisa inclina ele de um lado para outro. Lalande é também mar de madrugada, quando nenhum olhar ainda viu a praia, quando o sol não nasceu. Toda a vez que eu disser: Lalande, você deve sentir a viração fresca e salgada do mar, deve andar ao longo da praia ainda escurecida, devagar, nu. Em breve você sentirá Lalande... Pode crer em mim, eu sou uma das pessoas que mais conhecem o mar. (Lispector, 1998a, p. 170)

Em Clarice, o ouvido é, portanto, a presença da "mulher da voz" no texto escrito e da língua de lalande "ressoando nas profundezas da boca", o que vincula a escrita de ouvido ao útero.[10] A orelha morta pode ser traduzida também como um ouvido fora do ventre. O nascimento tira o corpo do *in-fans* para fora do estado de união umbilical e sonora. Como fazer para que a escrita seja um retorno ao útero, ou seja, um retorno a essa audição primeira? Como a própria Clarice diz em *Água Viva*: "Entro lentamente na escritura assim como já entrei na pintura. É um mundo emaranhado de cipós, sílabas, madressilvas, núcleos, cores e palavras – limiar de entrada de ancestral caverna que é o útero do mundo e dele vou nascer" (Lispector, 1998d, p. 14).

As imagens de cavernas e grutas são fortes e constantes nos romances de Clarice, como também em sua pintura. Vemos claramente aqui enunciadas as linhas mestras de sua escrita: o escrever quer expressar o timbre da voz; o escrever na máquina que ressoa (tac tac tac) quer inscrever, na letra muda, o murmúrio,

10. Para saber mais sobre a importância da imagem do útero na obra de Clarice, ver o maravilhoso catálogo e texto de autoria de Veronica Stigger (2016).

o grito, a entonação da "mulher da voz", que está morta como sua mãe, mas que se multiplica em todas as mulheres-fêmas (o termo é usado duas vezes em *Perto do Coração Selvagem*). Ao mesmo tempo, é a escrita de uma órfã, de uma menina que se torna mulher sem pai ou mãe. A ficção de Clarice é uma intensa e constante reflexão – ou mesmo uma preparação – para a morte. Pode-se até mesmo dizer que todos os seus personagens dos romances vivem a morte, e Joana em especial, por ser a primeira.

Fim e futuro

A certa altura de *Água Viva*, a narradora afirma: "Aliás, não quero morrer. Recuso-me contra 'Deus.' Vamos não morrer como desafio?" (Lispector, 1998d, p. 85). Como terminar *Perto do Coração Selvagem*? Talvez por lógica, com a morte do protagonista. Mas Joana, ao morrer, não morre, transforma-se, e passa a fazer parte de uma substância única. Vale a pena ler toda a passagem para examinar como os temas do livro retornam como ritornelo, contradizendo também a ideia de inacabamento atribuída a seu primeiro romance. Clarice sabia muito bem, desde o princípio, o que estava fazendo, só que aquilo que a autora buscava estava aquém ou além de uma estrutura narrativa concatenada, sendo antes pictórica, musical e circular. Ao final do livro, o primeiro parágrafo volta a soar, e de novo temos a protagonista em posição de escuta:

> Era de manhã, sabia que era de manhã… Recuando como pela mão frágil de uma criança, ouviu, abafado como em sonho,

galinhas arranhando a terra. Uma terra quente, seca... o relógio batendo tin-dlen...tin...dlen... o sol chovendo em pequenas rosas amarelas e vermelhas sobre as casas... Deus, o que era aquilo senão ela mesma? mas quando? não sempre... [...] Como se tudo participasse da mesma loucura, ouviu subitamente um galo próximo lançar seu grito violento e solitário. Mas não é de madrugada, disse trêmula, alisando a testa fria... O galo não sabia que ia morrer! O galo não sabia que ia morrer! Sim, sim: papai, que é que eu faço? Ah, perdera o compasso de um minueto... Sim... o relógio batera tin-dlen, ela erguera-se na ponta dos pés e o mundo girara muito mais leve naquele momento. Havia flores em alguma parte? e uma grande vontade de se dissolver até misturar seus fins com os começos das coisas. Formar uma só substância, rósea e branda – respirando mansamente como um ventre que se ergue e se abaixa, que se ergue e se abaixa... (Lispector, 1998a, p. 189-190)

Formar uma só substância é interromper a separação entre as espécies e os seres e, por isso, é também tanto um renascer quanto um retorno ao ventre, saindo da morte ou entrando nela para alcançar a imortalidade: "Não podia pois morrer, pensou então lentamente. [...] Não morreria porque... porque ela não podia acabar. Isso, isso" (Lispector, 1998a, p. 191). E mais uma vez encontramos uma passagem semelhante:

Eternidade é o não ser, a morte é a imortalidade – [...] Agora a certeza de imortalidade se desvanecera para sempre. Mais uma vez ou duas na vida – talvez num fim de tarde, num instante de amor, no momento de morrer – teria sublime inconsciência

> criadora, a intuição aguda e cega de que era realmente imortal para todo o sempre. (Lispector, 1998a, p. 193)

Chegamos então ao momento em que Joana deixa de ser mulher e vira outra coisa, perto, afinal, do coração selvagem:

> Não era mulher, ela existia e o que havia dentro dela eram movimentos erguendo-a sempre em transição. [...] Ela notou que ainda não adormecera, pensou que ainda haveria de estalar em fogo aberto. Que terminaria uma vez a longa gestação da infância e de sua dolorosa imaturidade rebentaria seu próprio ser, enfim, enfim livre! (Lispector, 1998a, p. 201)

O texto passa da terceira para a primeira pessoa, em um lindo cântico de transformação final, em que a protagonista vira pedra, vira água, para renascer como cavalo:

> porque então viverei, só então viverei maior do que na infância, serei brutal e malfeita como uma pedra, serei leve e vaga como o que se sente e não se entende, me ultrapassarei em ondas, ah, Deus, e que tudo venha e caia sobre mim, até a incompreensão de mim mesma em certos momentos brancos porque basta me cumprir e então nada impedirá meu caminho até a morte-sem--medo, de qualquer luta ou descanso me levantarei forte e bela como um cavalo novo. (Lispector, 1998a, p. 202)

Com esta imagem, retornamos a Van Gogh, que, como Joana e Ângela, anuncia o futuro através da imagem de um cavalo. Natalie Heinich analisa o fato de Van Gogh ter sido o primeiro a encarnar a temporalidade futurista das vanguardas – no sentido de presente falido, mas de futuro garantido, a partir do sacrifício do artista em vida. Vale citar toda a passagem:

> Foi durante a vida de Van Gogh que a nova ética de singularidade e a projeção na posteridade que cristalizou a noção de vanguarda foram sistematizadas nos círculos artísticos franceses. No entanto, Van Gogh não recorreu ao termo "vanguarda" (o que ainda seria bastante incompatível com sua época). Ele usa a imagem dos cavalos de carruagem [...] Essa imagem remete à anedota do cavalo abatido, que, ao ter sido visto em uma rua de Turim, teria produzido o primeiro surto de loucura de Nietzsche, no mesmo ano do de Van Gogh. (Heinich, 1996, p. 57)

Em 20 de maio de 1888, no mesmo ano em que Nietzsche abraça o cavalo de um estranho, Van Gogh escreve a seguinte carta a seu irmão Theo, na qual expressa claramente a consciência do sacrifício que a arte lhe impunha, e, ao mesmo tempo, a amplitude e abertura que ele poderia oferecer aos artistas futuros.

> Em meio à vida artística, de tempos em tempos, somos atravessados por um anseio de vida real – ideal e irrealizável.
> E às vezes nos falta o desejo de nos lançarmos de cabeça na arte e de nos restabelecermos para fazê-lo. Sabemos que somos cavalos de carruagem, e sabemos que será novamente a mesma carruagem que teremos que levar. E então perdemos a vontade, e preferiríamos viver numa campina com sol, um rio, a companhia de outros cavalos também livres, procriando...

> Já não nos rebelamos contra as coisas, mas também não estamos resignados – estamos doentes e não vai melhorar – e não podemos fazer nada a esse respeito. Não sei quem chamou esse estado de ser atingido pela morte e pela imortalidade. A carruagem que arrastamos deve ser útil para pessoas que não conhecemos. Mas veja bem, se acreditarmos na nova arte, nos artistas do futuro, nosso pressentimento não está errado.
>
> ...Tudo isso quer dizer que há coisas do futuro que pressentimos e que realmente acontecem... Nós não sentimos que estamos morrendo, mas sentimos a realidade de não sermos muita coisa, e que, para ser um elo da corrente de artistas, pagamos um preço alto em saúde, juventude, liberdade, coisas das quais não desfrutamos em nada, assim como o cavalo que puxa uma carruagem cheia de gente que, ao contrário dele, vai aproveitar a primavera. Bem, então – o que eu desejo a você, assim como a mim, é recuperar a saúde, pois precisaremos dela... Há uma arte no futuro, e ela deve ser tão bonita e tão jovem que, na verdade, se hoje deixarmos para ela a nossa própria juventude, só temos a ganhar em serenidade. (Van Gogh, 2009, p. 611)

A última personagem de Clarice, a escritora e pintora Ângela, de *Um Sopro de Vida*, coloca nos seguintes termos: "– Meu ideal seria pintar um quadro de um quadro" (Lispector, 1999a, p. 53). Ela então descreve com quase perfeição um dos quadros pintados pela própria Clarice: "Fiz um quadro que saiu assim: um vigoroso cavalo com longa e vasta cabeleira loura no meio de estalactites de uma gruta. [...] Ah, meu Deus, tenho esperança adiada. O futuro é um passado que ainda não se realizou" (idem).

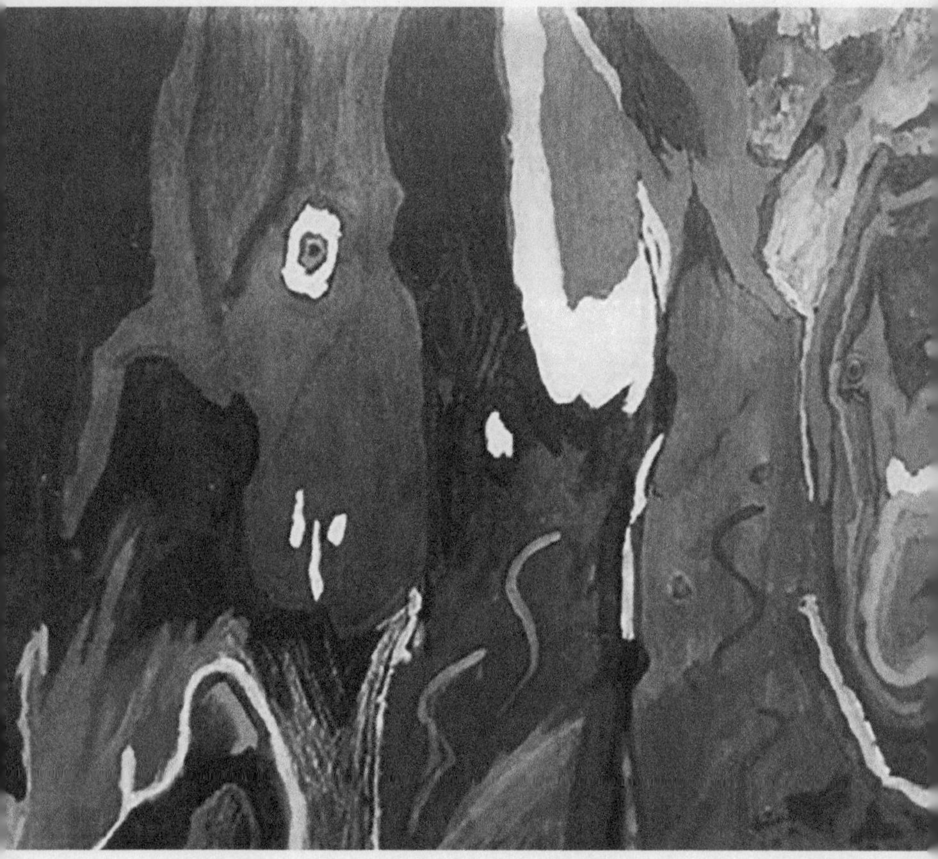

Figura 4.4
"Gruta" (1975), Clarice Lispector.
Com permissão da Agência Literária Carmen Balcells.

5. Objeto gritante

Neste capítulo, nossa atenção se volta para o entrelaçamento entre a mulher e a máquina, a escrita e o grito, o signo e o som. Para entendê-los, vamos seguir de perto ideias desenvolvidas pelo teórico de mídia alemão Friedrich Kittler. Professor de estética e história da mídia na Universidade Humboldt de Berlim até sua morte, em 2011, Kittler foi autor, entre outras obras, de dois livros seminais sobre assuntos relacionados a som, signo e comunicação, *Discourse Networks, 1800/1900* e *Gramophone, Film, Typewriter*. Em sua narrativa histórica dos meios de comunicação ao longo do século XIX, ele estabelece uma analogia entre o surgimento simultâneo de novas tecnologias e da psicanálise no final dos anos 1800. A partir da terminologia de Jacques Lacan, Kittler relaciona o fonógrafo ao *Real* lacaniano, o cinema ao *Imaginário* e a máquina de escrever ao *Simbólico*. Além dessa ligação direta com Lacan, as análises de Kittler sobre a tecnologia da escrita também seguem uma periodização mais ou menos paralela aos cortes epistemológicos definidos por Michel Foucault. Segundo o esquema de Kittler, a "República dos Acadêmicos" seria o equivalente à episteme clássica renascentista em Foucault; "1800", o equivalente do período moderno (que também corresponde ao Classicismo ou Romantismo alemão tardio; em outros termos, a "era de Goethe"); por fim, "1900" corresponderia ao surgimento do que viria a ser o pós-moderno.

Kittler caracteriza "1800" como "a era da representação" e "1900" como a "era do significante" (Kittler, 1990, p. 190). Se a centralidade da autoria, da originalidade e da individualidade corresponde à era da "representação", na "era do significante" temos um processo gradual pelo qual a autoria passa a ser menos central e mais contingente. Há uma intensificação na prática de ditar, bem como o desenvolvimento de uma nova consciência em relação às várias formas de materialidade comunicativa.[1] Na transição de uma idade para a outra, passa-se também do que Kittler chama de "tempo da poesia" – quando a escrita era praticamente a única tecnologia verbal e comunicativa disponível – para um tempo em que os escritores se viam obrigados a se confrontar e competir com as novas tecnologias de som e imagem. Como parte dessa mesma mudança, passa-se do domínio da escrita à mão (no período anterior à invenção da prensa, na segunda metade do século XV) para o da escrita mecanizada, da alfabetização fonética – transmitida pela "boca da mãe" –, para a escrita automática, anônima, por máquinas de diferentes tipos.

Como este último ponto talvez deixe claro, a questão do gênero também é fundamental para a análise de Kittler: no âmbito da episteme de 1800 e mesmo antes dela, os homens

1. Como dizem Geoffrey Winthrop-Young e Michael Wutz em sua introdução à edição inglesa de *Gramophone, Film, Typewriter* (1999), de Kittler, durante a "era de Goethe" (1770-1830) vê-se "não só a propagação da ideia de família nuclear, mas também o crescimento da alfabetização, [e] da noção de autoria como expressão de uma individualidade inefável" (Kittler, 1990, p. xxi). Como o próprio Kittler coloca no mesmo livro: "a era de Goethe: autoridade e autoria, escrita à mão e releitura, o narcisismo da criação e a obediência do leitor" (idem, p. 188).

basicamente "escreviam a mulher" por meio da extensão fálica de suas canetas, de modo que antes do século XX – e do advento da máquina de escrever – a escrita permaneceu um domínio dos homens.[2] Com o advento da episteme de 1900, porém, tornou-se mais comum que mulheres escrevessem, e que o fizessem fora dos limites do domínio patriarcal anterior. Nesse novo panorama, "pode-se considerar a máquina de escrever, ainda um componente do nosso *a priori* histórico, como propulsora de uma mutação fundamental no modo de existência da linguagem" (Wellbery, 1990, p. xiv). É justamente essa mutação fundamental que uma leitura atenta encontra continuamente na ficção de Clarice, desde sua estreia literária em 1943 até os últimos textos que ela escreveu durante a segunda metade dos anos 1970.[3]

O pai e a máquina

Conforme discutimos, é na intersecção entre a orelha e a máquina de escrever que a escrita de ouvido se instaura. Neste capítulo, volto-me explicitamente para esta questão, mostrando que a relação da orelha com a escrita, assim como a sua ligação com a figura materna, também dá lugar ao som da máquina de escrever e sua relação inicial com a figura paterna. Vimos que *Perto do Coração Selvagem* começa com a imagem do pai, que

2. Quanto à caneta como sinédoque da predominância masculina, Kittler se refere explicitamente à "sacralidade das palavras e à ereção da caneta" (1990, p. 68).

3. Para uma leitura distinta e ainda assim complementar da obra de Clarice e da máquina de escrever, com uma análise da personagem datilógrafa semiletrada Macabéa, de *A Hora da Estrela*, ver Sousa (2012).

escreve à máquina, e com sua jovem filha Joana, que escuta o som das teclas: "A máquina de papai batia tac-tac... tac-tac..." (Lispector, 1998a, p. 13). Ao final do livro, a mesma cena do pai e da máquina de escrever retorna, mas como parte de uma rememoração do passado. Com a morte do pai, o que resta é o traço mnemônico não de uma casa física, mas da "posição da casa dentro de si", e a imagem do pai "batendo na máquina", em um tempo agora "vago, longínquo, mudo" (idem, p. 189).[4] É também nesse deslocamento temporal que se inscreve o nome do pai, como a presença de uma ausência. A referência à máquina de escrever volta a aparecer no final do primeiro capítulo do mesmo romance. Nesta cena, Joana ainda é uma menina, e está indo dormir. A reflexão que ela faz ocorre em um estado onírico, o que explica por que o texto se apresenta como uma série de associações livres, como se guiado apenas pela força autônoma das próprias palavras, sem qualquer controle consciente. Prestemos especial atenção à referência que ela faz à máquina de escrever:

> – Nunca nunca sim sim. Tudo era como o barulho do bonde antes de adormecer, até que se sente um pouco de medo e se dorme. *A boca da máquina fechara como uma boca de velha*, mas vinha aquilo apertando seu coração como o barulho do bonde;

4. A passagem completa diz: "Dentro de si sentiu de novo acumular-se o tempo vivido. A sensação era flutuante como a lembrança de uma casa em que se morou. Não da casa propriamente, mas da posição da casa dentro de si, em relação ao pai batendo na máquina, em relação ao quintal do vizinho e ao sol de tardinha. Vago, longínquo mudo. Um instante... acabou-se. E não podia saber se depois desse tempo vivido viria uma continuação ou uma renovação ou nada, como uma barreira" (Lispector, 1998a, p. 196).

> só que ela não ia adormecer. Era o abraço do pai. O pai medita um instante. Mas ninguém pode fazer alguma coisa pelos outros, ajuda-se. Anda tão solta a criança, tão magrinha e precoce… Respira apressado, balança a cabeça. Um ovinho, é isso, um ovinho vivo. O que vai ser de Joana? (idem, p. 17; ênfase minha)

Clarice compara a máquina de escrever a uma boca; mais especificamente, à boca de uma velha que se fecha, em uma provável alusão ao som da tampa da máquina sendo fechada pelo pai (voltarei a esta imagem). Este ruído é acompanhado pelo "barulho do bonde", uma lembrança que não sabemos de onde vem, mas que curiosamente encontra ressonância no estudo de Kittler, quando ele compara a velocidade da escrita à máquina ao desenvolvimento dos trens. Ambos os sons parecem incomodar a menina, pois "apertam seu coração" ao ponto de ela dormir embalada pelo "abraço do pai". Esta breve cena, apresentada em discurso onisciente em terceira pessoa, revela aos leitores o que o pai está pensando ao abraçar a filha: "O que vai ser de Joana?" Em retrospectiva, sabemos, voltando-nos à própria Clarice, que Joana/Clarice virá a ocupar o lugar de seu pai, e que no futuro será a única a escrever à máquina. Esta transferência encontra uma correspondência interessante em um dado histórico que discutimos anteriormente: a invenção da máquina de escrever traz as mulheres para o centro da cena no que diz respeito à escrita, operando um deslocamento histórico e ontológico de grande alcance.

A máquina mulher

Ao analisar a invenção da máquina de escrever, Kittler apresenta o duplo sentido do termo "typewriter", que significa tanto a própria máquina quanto a pessoa que a utiliza: "A expressão *typewriter* é ambígua. Significa tanto máquina de escrever quanto datilógrafa: nos Estados Unidos, deu origem a inúmeras "caricaturas" (Kittler, 1990, p. 183). Por meio dessa ambivalência, Kittler analisa o lugar da mulher no final do século XIX e início do século XX. Para ele, a máquina de escrever torna possível a construção simbólica da mulher como *typewriter/máquina de escrever*, na medida em que começa a ocupar os espaços de produção de escrita anteriormente ocupados pelos homens. Como algo semelhante à expansão sonora do piano (ele próprio um instrumento de percussão), tocado predominantemente por mulheres em salões e outros ambientes domésticos e quase domésticos ao longo da segunda metade do século XIX, pode-se argumentar justificadamente que a datilógrafa é a "pianista" de uma escrita de ouvido.[5] Clarice discute essa relação da seguinte forma, semiautobiográfica:

5. As aulas de piano tornaram as jovens meninas ainda mais habilidosas como datilógrafas. Kittler cita o seguinte texto de 1895, no qual dois economistas discutem este fato: "Hoje, a datilógrafa se tornou uma espécie de 'tipo': há uma grande demanda por ela, e ela tem domínio na área, não só nos Estados Unidos, mas também na Alemanha. Talvez surpreenda que haja um uso prático para o que se tornou uma verdadeira praga em todo o país, a saber, as aulas de piano para jovens meninas: a destreza que elas adquirem é muito útil para operar a máquina de escrever. Só se pode desenvolver a habilidade de datilografar rápido por meio da utilização de todos os dedos" (Kittler, 1999, p. 95).

> Meu pai queria que as três filhas estudassem música. O instrumento escolhido foi o piano, comprado com grande dificuldade. [...] Para mim as lições de piano eram uma tortura. [...] Eu preferia inventar a estudar. Tinha nove anos e minha mãe morrera. A musiquinha que inventei, então, ainda consigo reproduzir com dedos lentos. Por que no ano em que morreu minha mãe? A música é dividida em duas partes: a primeira é suave, a segunda meio militar, meio violenta, uma revolta suponho. [...] Eu também tocava de ouvido. (Lispector, 1999b, p. 52)

Clarice também explicita a relação entre escrever e tocar piano na seguinte passagem da crônica "Lembrança da feitura de um romance", escrita em 1970: "Não me lembro mais onde foi o começo, sei que não comecei pelo começo: foi por assim dizer escrito todo ao mesmo tempo. Tudo estava ali, ou parecia estar, como no espaço-temporal de um piano aberto, nas teclas simultâneas do piano" (Lispector, 1999b, p. 284-5). De fato, as aulas de piano, por meio do desenvolvimento da memória muscular e da força das mãos, prepararam inúmeras mulheres para serem datilógrafas mais habilidosas e ágeis. Diante disso, Kittler argumenta que a máquina de escrever mecânica serviu como uma espécie de "marca" da ascensão das mulheres nas sociedades letradas, vindo a interagir com formas mais amplas de emancipação feminina em relação aos sistemas de signos masculinos. Kittler considera o falocentrismo da escritura, ligado ao significante da caneta, como destinado ao esquecimento face à presença da escrita mecânica, bem como a ser substituído por alternativas femininas.[6]

Para Kittler, o feminino confronta aqui, pela primeira vez na história, o signo masculino justamente por meio de um de seus significantes mais fortes: uma máquina de escrever – uma máquina moderna – feita de metal sólido, capaz de produzir uma sonoridade incisiva, violenta, por meio do rápido impacto de suas teclas (martelos) sobre um rolo (bigorna): "Daí uma inovação sexual ter ocorrido quase que imediatamente após uma inovação tecnológica. '*Typewriter*', afinal, significa tanto máquina quanto mulher" (Kittler, 1999, p. 193). Desta forma, a percepção de *typewriter* como um termo inerentemente ambivalente (máquina/mulher) altera de forma significativa a ordem de gênero estabelecida: "As máquinas eliminam a diferença sexual polar e seus símbolos. Um aparelho que pode substituir o Homem ou o símbolo da produção masculina passa a ser também acessível às mulheres" (idem, p. 351-2).

A análise de Kittler sobre a máquina de escrever e outras tecnologias é simultaneamente fina e alucinante (no melhor sentido do termo), em grande parte pelas associações originais

6. Nas palavras de Kittler: "Uma metáfora amplamente disseminada equiparava as mulheres à folha em branco da natureza ou da virgindade na qual um estilete bastante masculino podia então inscrever a glória da sua autoria" (Kittler, 1999, p. 183). Concentrando-se no exemplo alemão, Kittler argumenta: "O monopólio da escrita no processamento de dados em série era privilégio dos homens [...] Embora as letras tenham passado a ser ensinadas a cada vez mais mulheres após uma reforma educacional geral, saber ler não era o mesmo que estar autorizada a escrever. Antes da invenção da máquina de escrever, todos os poetas, secretários e datilógrafos eram do mesmo sexo [...] Mesmo as palavras ou os ditados de alguém eram processados por datilógrafos, encadernadores, editores homens etc., a fim de finalmente chegarem, já impressos, às meninas para as quais Goethe escrevia" (idem, p. 183-4).

traçadas por ele no decorrer de sua obra. De acordo com seus tradutores para o inglês, seu estilo argumentativo se assemelha ao aspecto de um "mosaico", dá "saltos e cortes", faz "mudanças bruscas" e "livres associações", além de ser composto por "uma série de *leitmotifs*" (idem, 1999, p. xxxi). Trata-se de um estilo que se aproxima da escrita da própria Clarice, especialmente em *Água Viva*, muitas vezes classificado como "caleidescópico". Dadas suas persistentes e detalhadas reflexões sobre a máquina de escrever, e à luz das análises de Kittler, começa-se a entender até que ponto Clarice é uma escritora atenta às materialidades da comunicação e sua importância mais ampla. Sua escrita, como vou argumentar a seguir, é a de uma máquina de escrever pós-nietzscheana e, como seu antecessor alemão, ela concordaria com a ideia de que "os materiais que utilizamos para escrever também contribuem para o nosso pensamento", como lemos em uma das cartas datilografadas por Nietzsche (*apud* Kittler, 1990, p. 196).

Para Kittler, a máquina de escrever serve para eliminar o modelo romântico de autoria, e favorecerá a escrita automática, ao mesmo tempo em que abala – se não compromete totalmente – a primazia da visão, pois, em modelos como o utilizado por Nietzsche, não se podia ver o papel, apenas as teclas. Kittler argumenta ainda que a máquina de escrever está necessariamente ligada ao ditado, o que implica que os escritores passem a ser aqueles que inscrevem o ouvir e o ouvido. Daí deriva também a noção de escrita como traço, uma ideia que encontraria expressão robusta no pós-estruturalismo derrideano. Como sintetiza Wellbery na introdução ao primeiro livro de Kittler:

A noção de inscrição moral de Nietzsche surge como modelo na máquina de escrever, em uma das primeiras versões que ele teve e utilizou. A linguística de Saussure, que na leitura de Derrida era uma linguística de arqui-escrita, tem como correlato tecnológico a máquina de escrever. O aparelho psíquico de Freud, como ele o chamou, é uma máquina de escrever. (Kittler, 1990, p. xxx)

A própria Clarice faz parte dessa tradição mecanizada – ela a anuncia e a incorpora a cada vez, produzindo simultaneamente uma poética marcada pela máquina e uma teoria moderna da escrita.

Água Viva: O objeto gritante

Talvez seja desnecessário dizer que a própria Clarice utilizou uma máquina de escrever, e que esta máquina será tema e objeto de reflexões sofisticadas em grande parte de sua obra. Tanto é o caso, diria eu, que ela acaba por deixar de falar da máquina como um instrumento à parte e se torna ela mesma a máquina, como revela na seguinte passagem surpreendente de *Água Viva*:

> O que sou neste instante? Sou uma máquina de escrever fazendo ecoar as teclas secas na úmida e escura madrugada. Há muito já não sou gente.
>
> Quiseram que eu fosse um objeto. Sou um objeto. Objeto sujo de sangue. Sou um objeto que cria outros objetos e a máquina cria a nós todos. Ela exige. O mecanicismo exige e exige a minha vida. Mas eu não obedeço totalmente: se tenho que ser um objeto,

> que seja um objeto que grita. Há uma coisa dentro de mim que dói. Ah como dói e como grita pedindo socorro. Mas faltam lágrimas na máquina que sou. Sou um objeto sem destino. Sou um objeto nas mãos de quem? tal é o meu destino humano. O que me salva é grito. Eu protesto em nome do que está dentro do objeto atrás do atrás do pensamento-sentimento. Sou um objeto urgente.
>
> Agora – silêncio e leve espanto. (Lispector, 1998d, p. 78)

Aqui Clarice deixa de ser humana e se transforma em um tipo muito particular de objeto. As teclas metálicas da máquina de escrever geram um eco que se propaga na escuridão da noite úmida tropical, fundindo-se, assim, a secura da escrita com o provável suor de uma madrugada carioca. Semelhante a uma entidade divina, a máquina age como um mecanismo que "cria a nós todos" e faz suas próprias exigências. Clarice não obedece completamente, no entanto, pois aceita tal domínio apenas como um meio de transformar a máquina e a si mesma em um objeto que grita. Ela sente uma dor profunda e implora por ajuda, mas a máquina seca não derrama lágrimas. O que a salva, como ela diz, é um grito que, na maioria das vezes, manifesta-se em silêncio. Encontramos, por exemplo, a seguinte frase no início de *Perto do Coração Selvagem*: "E de repente toda a lassidão da espera concentrando-se num movimento nervoso e rápido do corpo, o grito mudo" (Lispector, 1998a, p. 32). O que é exatamente esse grito mudo para Clarice? A resposta imediata para essa pergunta é *a sua própria escrita*, e daí surge o grande paradoxo de sua carreira: ouvir silêncios e gritá-los silenciosamente, em uma lógica mecanizada, sobre o papel seco, mas molhado de tinta e suor. Em outras palavras, os textos escritos são silenciosos e não falam; mas quando batidos à máquina, gritam. Dentro desse esquema, Kittler provavelmente argumentaria que, para Clarice, o simbólico lacaniano busca o real que vem através do som desse grito.

"Objeto gritante" era um dos títulos originais de *Água Viva*, o outro sendo "Atrás do Pensamento: Monólogo com a Vida". Este consistia em um rascunho de 151 páginas, enquanto o primeiro era composto por 185 páginas. Desses manuscritos sairia a versão final do romance, consideravelmente editada. No trecho citado acima, temos assim uma explicação do termo *objeto gritante* e de sua origem: o objeto gritante é ao mesmo tempo a máquina de escrever e a escrita que surge a partir da relação simbiótica entre a escritora e a máquina, as duas *typewriters* da formulação de Kittler. O resultado é uma forma de escrita que escuta e ouve surdamente o grito mudo. Por isso, diz, "silêncio e leve espanto".

A relação entre objeto e grito coincide com a formulação artística e teórica de Hélio Oiticica, que, em um texto de 1968, apontaria muitos dos elementos que viriam a estar na órbita de *Água Viva*:

> O Objeto é visto como ação no ambiente, dentro do qual os objetos existem como sinais e não simplesmente como "obras". É a nova fase do puro exercício vital, onde todo artista é um propositor de atividades criadoras. O Objeto é a descoberta do mundo a cada instante, ele é a criação do que queiramos que seja: *um som, um grito podem ser um Objeto. Objeto do instante, que existe à medida em que é experimentado e não pode ser repetido.* (Oiticica, 1968, p. 97-8; grifo meu)

Há uma série de coincidências entre a formulação de Oiticica e a de Clarice, sua contemporânea. A expressão "descoberta do mundo" seria o título do volume que reúne as crônicas que Clarice escreveu para o Jornal do Brasil entre 1967 e 1973, e a máquina de escrever é tematizada em muitas delas. O grito, como objeto sonoro imaterial, é também um "objeto do instante", que se desfaz ou desaparece quase que imediatamente, e que serve como objeto de investigação em *Água Viva*. Por esta razão, mais do que a expressão e criação de uma obra individual, seu texto, como a arte de Oiticica e Lygia Clark, solicita companhia e cocriação. Não se trata mais de criar obras, mas signos ou sinais. Oiticica chama esse objeto de "OBJETato", da mesma forma que a máquina de escrever traz a escrita para a esfera tátil e vibrátil.

Nietzsche e a máquina de escrever

Em *Discourse Networks 1800/1900*, no capítulo dedicado a Friedrich Nietzsche, Kittler conta como a quase cegueira levou o filósofo alemão a ser um dos primeiros escritores a adquirir uma máquina de escrever: "Nietzsche como datilógrafo – a experiência durou algumas semanas e foi interrompida, mas foi um ponto de virada na organização do discurso" (Kittler, 1990, p. 193). Nietzsche adquire a máquina, que havia sido criada em Copenhague pelo pastor Malling-Hansen para o uso de cegos, favorecendo o tato: "A tecla bate no papel, deixando uma impressão, ou às vezes até mesmo um buraco. Não à toa a máquina de escrever nasceu no domínio da cegueira. Se a escrita à mão, por um lado, está sujeita ao olho, um sentido que funciona à distância, a máquina de escrever usa um poder cego, tátil" (idem, p. 194). Desta forma, Nietzsche passa da escrita à inscrição, instaurando-se no campo da "escrita inconsciente" (idem). Em *Gramophone, Film, Typewriter* (1999), Kittler reproduz o fac-símile do que ele descreve como um poema escrito por Nietzsche para sua máquina de escrever. O datiloscrito data de 1882, e é reproduzido em letras maiúsculas, tal como o texto da máquina de escrever usada por Nietzsche. É possível notar quase imediatamente conexões entre o modo como Nietzsche pensa a máquina de escrever e o que Clarice desenvolve a respeito:

> A BOLA DE ESCREVER É ALGO SEMELHANTE A MIM: FEITA DE / FERRO / MAS ENTORTA FACILMENTE NAS VIAGENS. / PARA NOS USAR, TANTO QUANTO DEDOS HÁBEIS / SÃO NECESSÁRIOS PACIÊNCIA E TATO EM ABUNDÂNCIA. (*apud* Kittler, 1999, p. 207)

Para Clarice, a máquina é também "algo semelhante" a ela, que requer tato, paciência e "dedos hábeis" para "nos usar" – uma formulação que confunde sujeito e objeto, pois neste caso parece se referir à máquina e a quem a usa. Eis o comentário de Kittler:

> A escrita em Nietzsche não é mais uma extensão natural dos humanos que colocam a própria voz, alma, individualidade pela escrita à mão. Pelo contrário: assim como nos versos sobre a delicada Malling-Hansen, os humanos mudam de posição, passando da agência da escrita para se tornarem uma superfície de inscrição. Por outro lado, toda a agência da escrita é repas-

sada, em sua violência, para um dispositivo de mídia inumano. (1999, p. 210)

Segundo o modo como Kittler percebe essa relação, a máquina de escrever chega a alterar o próprio estilo da escrita:

> De fato: Nietzsche, tão orgulhoso de sua mecanização quanto qualquer filósofo, mudou de argumentos para aforismos, de pensamentos para trocadilhos, de retórica para um estilo que se assemelha aos telegramas. É exatamente isso que significa a frase que diz que nossas ferramentas de escrita também agem sobre nosso pensamento. A bola de escrever de Malling-Hansen, com suas dificuldades operacionais, transformou Nietzsche em um lacônico. (idem, p. 203)

A máquina humanizada e a mão queimada

Se Clarice se transforma em um objeto que escreve, a máquina se humaniza e vira gente: "Escrevendo praticamente a vida toda, a máquina de escrever ganha uma importância enorme. Irrito-me com esta auxiliar ou então agradeço-lhe fazer o papel de reproduzir bem o que sinto: humanizo-a" (Lispector, 1999b, p. 475). Em várias crônicas, Clarice usa a expressão "ao correr da máquina" para se referir a textos que seguem o ritmo do teclar sem pausa para uma reflexão ponderada, como a escrita automática. Uma variante dessa expressão é "Máquina escrevendo", de 29 de maio de 1971: "A máquina continua escrevendo. Por exemplo, ela vai escrever o seguinte: quem atinge um alto nível de abstração está em fronteira com a loucura... Agora a máquina vai parar" (idem, p. 348-9).

A relação de Clarice com a máquina passou por uma forte mudança após um episódio dramático em sua vida, que também teria consequências significativas para a elaboração de seus últimos livros. Em 14 de setembro de 1966, Clarice adormece com o cigarro aceso na mão, e o fogo se espalha brutalmente em seu apartamento:

> Quando acordou o quarto estava em chamas. [...] Por três dias, na companhia de Tania, Elisa e Rosa, Clarice pairou entre a vida e a morte. A mão direita, mão com que escrevia, estava tão gravemente ferida que se chegou a falar em amputação. Tania rogou aos médicos que esperassem mais um dia, e o perigo passou. (Moser, 2017, p. 348)

Como bem relata Carlos Mendes de Sousa, foi necessário que Clarice reaprendesse a escrever, e o impacto violento dessa tragédia geraria para ela uma outra postura em relação à escrita (Sousa, 2002, p. 11-12). A própria Clarice discutiria esta nova realidade em sua crônica "Ao Linotipista", publicada em 4 de fevereiro de 1968: "Desculpe eu estar errando tanto na máquina. Primeiro é porque minha mão direita foi queimada. Segundo, não sei por quê" (Lispector, 1999b, p. 74). Na verdade, os livros que ela publicou nos anos 1970 seriam o resultado de uma elaboração conjunta. *Água Viva* (1973), *A Hora da Estrela* (1977) e *Um Sopro de Vida* (1978) foram estruturados por Olga Borelli a partir de notas soltas, escritas à mão ou datilografadas por Clarice. Em entrevista concedida por Olga a Arnaldo Franco Júnior, ela conta:

> Quando Clarice escreveu *A Hora da Estrela* já não escrevia à máquina, era uma coisa de doido, os textos eram todos manuscritos e ela conseguiu fazer algumas páginas com sequência porque é um livro de fatos. (1987, p. 8)

Mesmo com as dificuldades que Clarice teve em datilografar, na crônica de 15 de dezembro de 1973, impressiona a descrição que ela faz das máquinas de escrever que teve ao longo da sua vida, como se tivesse estado com elas em uma sucessão de diversos casamentos, e fossem ela e as máquinas, juntas, as autoras dos livros que tinha publicado. De fato, vale a pena ler toda a passagem:

> Quando, há muito tempo, comecei a ser uma profissional de imprensa, tive uma máquina Underwood semiportátil. Essa máquina eu amei mesmo: ela durou tanto que aguentou eu escrever sete livros. [...] Comprei então uma Olympia portátil. Essa escreveu cinco livros, fora todas as muitas outras coisas que escrevi. Depois pareceu cansada e adoecia de vez em quando, precisando de um mecânico para auxiliá-la a continuar. [...] Tive depois uma Remington portátil mas fazia ao bater dos dedos um barulho de lata velha que me cansava. Troquei-a com Tati de Morais por uma Olivetti que é uma beleza em matéria de som: abafado, leve, discreto. Posso bater máquina à noite porque ela não acorda ninguém. Não me ofende com um som agudo que outras máquinas têm. Acho que de agora em diante só vou escrever nela. E se ela se cansar, compro outra igual. Como máquina é parecida com uma pessoa e às vezes de puro cansaço enguiça, o ideal era comprar outra Olivetti como máquina suplente porque

> não posso me dar ao luxo de parar de escrever. Máquinas, qualquer uma, são um mistério para mim. Respeito-lhes o mistério. E voltei, agora, não sei por quê, à velhinha Olympia portátil. Sou volúvel em matéria de máquinas. (Lispector, 1999b, p. 475)

A Underwood escreveu sete livros, a Olympia escreveu cinco; depois veio a Remington, até o aparecimento de uma máquina mais nova, a Olivetti, e, finalmente, o retorno da Olympia. Também se nota a importância da sonoridade das teclas, afetando o que e como se escreve. Ao mesmo tempo em que mostra respeitar o mistério das máquinas e sua constância, Clarice admite a própria volubilidade em seus relacionamentos amorosos com elas. Além disso, à semelhança dos seres vivos, essas máquinas adoecem e têm de ser cuidadas. No trecho seguinte, de uma crônica publicada em 5 de fevereiro de 1972, intitulada "Até a máquina?", lemos:

> Mandei consertar minha máquina de escrever. Inserido ao redor do rolo (ou como quer que se chame o que vocês sabem) ainda estava o papel onde o consertador de máquinas tentara escrever para ver se já estava sem defeito. No papel estava escrito: "s d f g ç l k j a e v que Deus seja louvado p oy 3 coisa". (Lispector, 1999b, p. 404)

O agenciamento maquínico, diriam Deleuze e Guattari, escreve textos que aparecem como recados aleatórios porque sem controle de quem tecla, como um texto do além ou do aquém, no qual a voz humana "que Deus seja louvado" vem entre traços sígnicos que parecem falar uma língua que desconhecemos, mas que deve ter um sentido como fórmulas de encantamento, quando o que fala é, na verdade, a própria "coisa": *p oy 3 coisa.* Essa coisa que fala efetivamente estabelece um corte epistêmico que inaugura nosso tempo, uma ruptura que separa a mão humana da escrita, indicando o fim da caligrafia e o início do teclar.

A inscrição mecânica da escrita separa a mão do papel; e assim, todo o aparato pelo qual se dá a elaboração da subjetividade (inscrita na caligrafia) é interrompido – pois na máquina de escrever a letra é a mesma para todos. Além disso, a máquina faz com que o escrito seja já o impresso. O que é bem diferente de como funciona uma caneta; os primeiros pensamentos de alguém, quando datilografados, surgem já como letras impressas, favorecendo a expressão do imediatismo do pensar: "Segundo Marshall McLuhan, o fato de 'a máquina de escrever fundir composição e publicação' trouxe 'uma postura inteiramente nova em relação à palavra escrita e impressa'" (Kittler, 1990, p. 259). Clarice se refere justamente a isso quando afirma que a máquina de escrever:

> me transmite, sem eu ter que me enredar no emaranhado de minha letra. Por assim dizer provoca meus sentimentos e pensamentos. E ajuda-me como uma pessoa. [...] Inclusive parece captar sutilezas. Além de que, através dela, sai logo impresso o que escrevo, o que me torna mais objetiva. (1999b, p. 69)

A máquina no colo

Considerando que o campo do simbólico é aquele próprio dos signos linguísticos, a máquina de escrever possibilita sua materialidade em letras e cifras padronizadas: "em contraste com o fluxo da escrita à mão, temos agora elementos discretos separados por espaços" (Kittler, 1999, p. 16). A máquina de escrever aparece não apenas como a materialização significante do mundo simbólico, mas também como a possibilidade de um jogo de desconstrução posto em movimento pela própria escrita literária associada à ordem simbólica estabelecida. Clarice gostava de dizer que escrevia com uma máquina no colo: "uso uma máquina de escrever portátil Olympia que é leve bastante para o meu estranho hábito: o de escrever com a máquina no colo" (Lispector, 1999b, p. 69). A imagem que me vem à mente é a de uma pessoa que nina a própria linguagem por meio de um carinho na proximidade da máquina de escrever com o corpo. É como se o ato de escrever só pudesse ser fruto de uma vibração corporal que brota do bater das teclas da máquina de escrever enquanto esta repousa no colo feminino. Nesse acoplamento, não importa mais a língua como resultado das convenções estruturadas numa sociedade patriarcal; ao contrário, o que importa é a "lalangue", a expressão complexa e ressonante do campo onomatopaico. Neste contexto, os significantes estão "no colo", e não há mais o domínio referencial sobre o significado. Como vimos até aqui, a relação que Clarice manteve com sua máquina de escrever se situa e se expressa em muitas formas de representação: através do próprio termo ambivalente *typewriter* (como máquina e como mulher), como narrativas que tornam o pai presente por meio da expressão maquínica da modernidade, e como um ser humanizado que escreve não por causa de, mas sim apesar do ser humano que pressiona suas teclas.

Máquina de escrever x voz

"– A minha intimidade? Ela é máquina de escrever". As palavras são da última personagem de Clarice, Ângela, em *Um Sopro de Vida*. Com a máquina de escrever, "em princípio é possível inscrever mais coisas, de diferentes tipos, do que qualquer voz já tenha dito" (Kittler, 1990, p. 212). O autor aponta que "a voz continua sendo o outro das datilografias" (Kittler, 1999, p. 228). A questão da relação entre a intimidade, a datilografia e a voz é de extrema importância, pois significa a saída da cena do que Kittler se refere como a "Boca da Mãe": "a escrita, deixando de ser uma tradução da Boca da Mãe, tornou-se um meio irredutível entre outros meios, *tornou-se a máquina de escrever*" (idem, p. 199). Podemos voltar agora à imagem de Joana que descreve a máquina de escrever como boca velha se fechando. Na episteme de 1900, a Boca da Mãe se tornou a máquina de escrever, e a intimidade não é mais dada por uma voz interior, mas *produzida* pela máquina.

O que é essa "Boca da Mãe"? No campo discursivo de 1800, Kittler historiciza as reformas pedagógicas do sistema educacional no contexto da recente invenção da alfabetização fonética, baseada não mais na leitura da linguagem escrita, mas na oralização, transmitida pela "Boca da Mãe", treinada para pronunciar as letras: "com a textualidade do livro e o alfabeto, o método fonético [...] substituiu uma voz que não lê em voz alta nem imita, mas que cria espontaneamente os sons puros de um alto idioma ou língua materna" (Kittler, 1990, p. 53). É assim que a "Voz da Mãe" se torna um "sentido interior". Para Kittler, com a oralização ou naturalização do alfabeto, "toda a arbitrariedade acabou por desaparecer em um sentido interior chamado 'voz da mãe'" (idem, p. 29). Como consequência, na rede discursiva dos 1800, "a mulher é construída como fonte da linguagem poética" (idem, p. 25). Por esta razão, o capítulo "A Boca da Mãe", de *Discourse Networks 1800/1900*, começa por afirmar: "A Natureza, na rede discursiva dos 1800, é A Mulher. Sua função consiste em fazer as pessoas – isto é, os homens – falarem" (idem, p. 25). Por um lado, as mulheres continuam a ser "vozes sem escrita" (e só podem ocupar o lugar da autoria através de um pseudônimo masculino); por outro, os homens fazem poesia para homenagear as mulheres, a natureza e o amor. Cria-se, assim, um "sistema de diferença sexual polar" (idem, p. 63):

> A diferença entre os sexos, portanto, coincidiu de forma matemática e exata com a dicotomia entre a escrita e a autoria, por um lado, e entre a voz e a maternidade, por outro. A diferença deu à Mulher, como Boca da Mãe, todo direito de ser uma Voz, mas direito nenhum de ter uma Voz. (idem, p. 66)

Em contraste, o ato de "datilografar implica a dessexualização da escrita, o sacrifício de sua metafísica, então transformada em processamento de texto" (idem, p. 63). Se, na rede discursiva de 1800, a "Mulher" é apresentada como fonte da linguagem poética, na rede discursiva de 1900, por sua vez, as próprias mulheres se tornam produtoras. A segunda parte da análise de Kittler, dedicada à episteme de 1900, começa com o capítulo "Nietzsche: Incipit Tragoedia", que diz:

> Quando a Mãe única deu lugar a uma pluralidade de mulheres, quando a alfabetização-feita-carne deu lugar aos meios tecnológicos, e quando a filosofia deu lugar à decomposição psicofísica ou psicanalítica da linguagem, a Poesia também se desintegrou. (idem, p. 177-8)

O que nasce, então, é "o mundo da literatura ditada, datilografada – isto é, da literatura moderna" (Kittler, 1999, p. 214). A primeira expressão desse novo universo é anunciada por Nietzsche, escrevendo em Sils Maria por meio da persona de Zaratustra: "Sozinho, chorando em meio à natureza selvagem, Nietzsche descobriu a base material de toda obra literária e, em particular, da sua" (Kittler, 1990, p. 180). Kittler prossegue argumentando: "A rede clássico-romântica de discursos, dessa forma, terminou em megalomania e desespero. Um fragmento, não acidentalmente, coloca a assinatura da corte sob um autorretrato de desespero nu" (idem, p. 180). Reproduzo aqui o fragmento de Nietzsche, intitulado "Euphorion", de 1862, e assinado como "F W v Nietzky, homme étudié en lettres" ("F W v Nietzky, homem conhecedor das letras"):

> No meu quarto, um silêncio de morte – o único som é o da caneta que arranha o papel – pois adoro pensar enquanto escrevo, já que ainda não inventamos uma máquina capaz de reproduzir nossos pensamentos em algum tipo de material sem que eles

> tenham sido falados ou escritos. Diante de mim há um tinteiro no qual posso afogar as mágoas do meu coração negro, um par de tesouras para me acostumar à ideia de cortar minha garganta, manuscritos com os quais posso me limpar, e um penico. (*apud* Kittler, 1990, p. 181)

A rede de voz e Poesia desaparece, e "o arranhar da caneta expõe uma função que ainda não tinha sido descrita: a escrita em sua materialidade" (idem, p. 181-2):

> Se algo precede a sua materialidade, é apenas a materialidade do som em si. Uma observação isolada e precoce de Nietzsche registra o barulho ensurdecedor desta cena de escrita em meio à quietude: "O que eu temo não é a forma terrível por trás da minha cadeira, mas a sua voz: não as palavras, mas o tom assustadoramente inarticulado e inumano dessa forma. Se ao menos ela falasse como as pessoas falam!". (idem, p. 183)

O ruído branco, os murmúrios e o tom inarticulado adquirem centralidade no aparato de escrita:

> No domínio de todos os sons e palavras, de todos os organismos, surge o ruído branco, o fundo incessante e inarticulado de informação. Pois os próprios canais pelos quais a informação passa emitem ruído. (idem, p. 183)

Qual poderia ser a ligação entre essas observações e a obra de Clarice? Segundo Kittler, a formulação da episteme de 1800 tinha como característica central o "método fonético" de socialização da linguagem; e "o método fonético culminou com a descrição ou prescrição de um novo corpo". [...] Este corpo tem olhos e ouvidos apenas para se tornar uma boca grande" (idem, p. 33). É aqui que a "Boca da Mãe", de modo significativo, cede lugar aos ouvidos: "O tom assustador e inarticulado que Nietzsche ouviu por trás de si murmura nas próprias orelhas" (idem, p. 184). Em "Lamento de Ariadne", ditirambo de Nietzsche, Dionísio atua como "mito da máquina de escrever", de acordo com Kittler. Ao responder a Ariadne, "o deus fala, materializando assim a lógica da mídia" (idem, p. 196):

> Seja sábia, Ariadne!...
> Você tem orelhas pequenas, você tem as minhas orelhas:
> coloque nelas uma palavra sábia! –
> Não devemos primeiramente nos odiar, para depois podermos nos amar?
> *Eu sou seu labirinto...* (apud Kittler, 1990, p. 198)

Os pequenos ouvidos de Ariadne não receberão, como diz Kittler, a palavra sábia na forma de elegias, monólogos ou epifanias; mas sim na forma de ditado:

> Nietzsche, que se orgulhava de suas orelhas pequenas, assim como Mallarmé se orgulhava de suas orelhas de sátiro, escreveu assim o programa de seu programa. [...] é uma palavra ditada. Nietzsche como poeta lírico, ou 'Como Escrever Poesia com um Martelo'. (idem, p. 198)

Clarice, onomatopeia e silêncio

No caso de Clarice, a orelha cresce, de acordo com a imagem analisada no capítulo anterior. No nosso paradigma de leitura, a orelha "morta" de *Perto do Coração Selvagem* (e isso vale também para o restante da obra de Clarice) representa, por um lado, a perda da voz materna; e, por outro, aponta para a expansão da audição, pois mesmo que a orelha não tenha vida, ela ainda assim é capaz de ouvir. Por fim, a orelha morta representa o fim de uma voz e o início da escuta. A voz que finda é particular: a voz romântica entendida como expressão da Verdade, do Espírito e da Alma. O que finda é a voz como um ideal, transmissora de significados. O que sobra é a escuta do *tac-tac-tac* das teclas da máquina de escrever, o *tin-dlen* do relógio, o *zzzz* do silêncio que uma orelha à escuta capta. O que sobra é ainda a linguagem do "lalande", a inscrição onomatopaica, o registro de ruídos. É verdade que Clarice afirma mais de uma vez a importância da voz na escrita, mas essa voz não é mais a da expressão, é, ao invés disso, a voz da impressão. O que se inventa na nova episteme da máquina de escrever é a escrita automática e "cega", a escuta do inconsciente, o modo como as crianças falam, o ditado, a máquina de escrever embalada no colo da datilógrafa. O que nasce aqui é a mulher como autora, a mulher armada com a destreza adquirida na aula de piano. O que resta é a escrita órfã de autoridade.

É comum, aliás, entre os leitores de Clarice, a pergunta: como ela consegue escrever dessa maneira? Como ela consegue escrever um texto com tamanha liberdade? Um texto ao mesmo tempo profundamente pessoal e impessoal, biográfico e cosmogônico, feminista e animal, feminina e maquínica. Por isso, Hélène Cixous canta seu louvor por Clarice, desejando que todas as mulheres escrevam como ela, como se ela tivesse aberto um portal no Rio de Janeiro pelo qual todas as pessoas pudessem passar – com suas máquinas de escrever a tiracolo – e ter acesso ao "it", ao impessoal, ao gênero neutro. A palavra será para Clarice como isca para ouvir-dizer o não dito de animais, plantas e flores, por isso também bruxaria e magia.

Ao mesmo tempo em que Clarice atua na esfera da "natureza íntima das coisas", sua obra também produz uma vertiginosa proliferação de técnicas: "E esta é uma festa de palavras. Escrevo em signos que são mais um gesto que voz" (Lispector, 1998d, p. 24). Poucas linhas após esta afirmação, no entanto, a narradora de *Água Viva*, ao dizer que passou da pintura para a escrita, afirma o seguinte: "Tenho uma voz". Essa voz não é o que se poderia pensar; é a voz da respiração, a voz do significante e não do significado: "O mundo não tem ordem visível e eu só tenho a ordem da respiração. Deixo-me acontecer". A voz é agora a voz do mundo: "Eu me ultrapasso abdicando de mim e então sou o mundo: sigo a voz do mundo, eu mesma de súbito com voz única. O mundo: um emaranhado de fios teleféricos em eriçamento" (idem, p. 24). E assim, "o erotismo próprio do que é vivo está espalhado no ar, no mar, nas plantas, em nós, espalhado na veemência de minha voz, eu te escrevo com minha voz" (idem, p. 40). Clarice segue escrevendo:

> Há um som que de longe faz: psiu! psiu! [...] Nenhum homem da terra poderia ouvi-lo sem enlouquecer e começar a sorrir para sempre. [...] E o ser feminino estendido na praia não pensa.

> Um novo personagem atravessa a planície deserta e desaparece mancando. Ouve-se: psiu; psiu! E chama-se ninguém. (idem, p. 91-2)

O ouvido no Objeto Gritante

Na seguinte passagem de *Água Viva*, a escuta do canto pouco articulado murmurado pela doméstica relaciona a audição a um modo anônimo de composição sem autoria (ou autoridade), pois baseada unicamente na recepção do som:

> Ontem eu estava tomando café e ouvi a empregada na área de serviço a pendurar roupa na corda e a cantar uma melodia sem palavras. Espécie de cantilena extremamente plangente. Perguntei-lhe de quem era a canção e ela respondeu: é bobagem minha mesmo, não é de ninguém. Sim, o que te escrevo não é de ninguém. E essa liberdade de ninguém é muito perigosa. (idem, p. 83)

A comparação com o canto da doméstica, que não pertence a ninguém em particular e, no entanto, é totalmente dela – ou seja, que nasce como um canto sem uma intencionalidade autoral – revela que a escrita da narradora é também resultado de sua proximidade com os sons que vêm do fundo da casa, da área de serviço, e de sua relação pessoal com a doméstica. É também através delas, por extensão, que a narradora se conecta com os pobres e os despossuídos. A presença (ausente) da doméstica viria a ser absolutamente fundamental em *A Paixão Segundo G.H.*

(1964), e encontra uma elaboração ainda maior em Macabéa, a pobre imigrante nordestina que protagoniza *A Hora da Estrela* (1977). O canto da doméstica, ao mesmo tempo anônimo e pessoal, faz parte do fundo musical sonoro da música popular que acompanha a criação literária de Clarice no ambiente social brasileiro, e que se une em seus textos à música clássica, assim como às experiências com composições atonais e dodecafônicas.

Em sua escrita, encontram-se consistentemente referências diretas à composição auditiva e a uma recepção capaz de ouvir o texto. Assim, as palavras enunciadas pela narradora são escolhidas pela escuta do som, independente do significado semântico que elas veiculam: "Meu corpo incógnito te diz: dinossauros, ictiossauros e plessiossauros, com sentido apenas auditivo" (Lispector, 1998d, p. 12). É o sentido da audição que se encontra privilegiado e leva à criação de uma escrita onomatopaica, o mesmo sentido com que Clarice inicia sua carreira de escritora em 1943, e que se expressa talvez de forma mais clara em outra passagem de *Água Viva*:

> Entende-me: escrevo-te uma onomatopeia, convulsão da linguagem. Transmito-te não uma história mas apenas palavras que vivem do som. Digo-te assim:
>
> "Tronco luxurioso".
>
> E banho-me nele. Ele está ligado à raiz que penetra em nós na terra. Tudo o que te escrevo é tenso. Uso palavras soltas que são em si mesmas um dardo livre: "selvagens, bárbaros, nobres decadentes e marginais." Isto te diz alguma coisa? A mim fala. (idem, p. 27-8)

A linguagem em estado de convulsão é precisamente a definição de onomatopeia de Clarice: "palavras que vivem do som" e não da sua ligação referencial a uma história. "Tronco luxurioso" não só corresponde a um referente específico, mas também produz sentido por meio de sua vocalidade ideofônica. Sua técnica apela também para o uso de "palavras soltas", como nessa sequência de palavras que, ainda que aleatórias, revelam a proximidade de sua escrita com toda uma tradição de criadores "selvagens, bárbaros, nobres decadentes e marginais" (idem, p. 27-8).

É por isso que a maneira como se sente o silêncio assume tanta importância para a poética de Clarice, encontrando expressão em várias de suas fórmulas linguísticas: "Encarno-me nas frases voluptuosas e ininteligíveis que se enovelam para além das palavras. E um silêncio se evola sutil do entrechoque das frases" (idem, p. 21). Em outra ocasião, Clarice pede a seus leitores: "Ouve-me, ouve o silêncio. O que eu te falo nunca é o que te falo e sim outra coisa. Capta essa coisa que me escapa e no entanto vivo dela e estou à tona de brilhante escuridão" (idem, p. 14). E avisa: "E eu vivo de lado – lugar onde a luz central não me cresta. E falo bem baixo para que os ouvidos sejam obrigados a ficar atentos e a me ouvir" (idem, p. 70). Ela continua:

> Ouve apenas superficialmente o que digo e da falta de sentido nascerá um sentido como de mim nasce inexplicavelmente vida alta e leve. A densa selva de palavras envolve espessamente o que sinto e vivo, e transforma tudo o que sou em alguma coisa minha que fica fora de mim. A natureza é envolvente: ela me enovela toda e é sexualmente viva, apenas isto: viva. Também eu estou

truculentamente viva – e lambo o meu focinho como o tigre depois de ter devorado o veado. (idem, p. 25)

Indo ainda mais longe, ela solicita a audição atenta até mesmo de Deus:

Não vou morrer, ouviu, Deus? Não tenho coragem, ouviu? Não me mate, ouviu? Porque é uma infâmia nascer para morrer não se sabe quando nem onde. Vou ficar muito alegre, ouviu? Como resposta, como insulto. Uma coisa eu garanto: nós não somos culpados. E preciso entender enquanto estou viva, ouviu? porque depois será tarde demais. (idem, p. 94)

Se a escrita é uma entrada no "âmago da morte", e no abismo do silêncio para seus leitores, ela é, ao mesmo tempo, um "ilimitado campo mudo" no qual a escritora, como Ícaro, "desdobr[a] as asas; livre para viver", pois, nesse lugar, algo vibra: aquilo a que ela se refere como "it". A seguinte passagem esclarece este movimento:

Minha voz cai no abismo de teu silêncio. Tu me lês em silêncio. Mas nesse ilimitado campo mudo desdobro as asas, livre para viver. Então aceito o pior e entro no âmago da morte e para isto estou viva. O âmago sensível. E vibra-me esse it. (idem, p. 56)

Daqui se compreende melhor um dos títulos considerados para *Água Viva*: "Objeto Gritante". A conformidade com a morte da voz na escrita é o que faz Clarice procurar criar uma escrita de ouvido, ou seja, uma escrita elaborada como se fosse uma fala que ocorre aqui e agora, para ser ouvida na escrita, e em um livro que também clama, "escrevo por profundamente querer falar. Embora escrever só esteja me dando a grande medida do silêncio" (idem, p. 12-13). Ao contrário da ordem simbólica em que a fala determina o lugar da Lei, aqui a ordem simbólica da *typewriter* (como mulher e como máquina) é parceira do silêncio, para o qual a reverberação constante é mais importante que o som original, e o objeto do desejo é mais relevante que a Lei. A afirmação do silêncio na escrita de Clarice é paradoxalmente povoada de som, ou como ela diz em *Perto do Coração Selvagem*: "O silêncio, porque essa música seria a necessária, a única possível, projeção vibrante da matéria" (Lispector, 1998a, p. 83).

O ouvido é o que aproxima os humanos dos animais, porque é o que nos tira da linguagem humana articulada; o ouvido é um órgão de experimentação acústica, o órgão mais próximo de uma antena projetada para captar sinais. É onde somos mais outros, na medida em que deixamos de enunciar para receber o que nos vem de fora, em ecos e reverberações, e de dentro, como pulsações, como aponta Clarice em *Água Viva*: "Eu é que estou escutando o assobio no escuro. Eu que sou doente da condição humana. Eu me revolto: não quero mais ser gente" (Lispector, 1998d, p. 93). A orelha à escuta e a máquina de escrever valorizam assim um estado de receptividade que amplia e conecta a escrita (que permanece muda) ao mundo vegetal e animal, ao mundo dos objetos: "Só uma doçura me possui: a conivência com o mundo" (idem, p. 36). Ela continua:

> Às vezes eletrizo-me ao ver bicho. Estou agora ouvindo o grito ancestral dentro de mim: parece que não sei quem é mais a

> criatura, se eu ou o bicho. E confundo-me toda. Fico ao que parece com medo de encarar instintos abafados que diante do bicho sou obrigada a assumir. (idem, p. 49)

Assim, a orelha morta, mas que ainda assim escuta, e a máquina de escrever alegorizam conjuntamente a relação paradoxal entre som e silêncio na escrita de Clarice. O silêncio da escrita e as conexões entre a escrita e o silêncio, temas centrais na obra de Clarice, encontrariam assim uma espécie de figura alegórica e formativa naquela orelha "grande, cor-de-rosa e morta", juntamente à máquina de escrever.[7] Não se trata mais de uma voz "primeira" ou original, mas sim do eco de uma voz que ainda não foi escutada. A leitura chega assim finalmente ao eco, e a uma forma de escrita que instaura uma "ecopoética". Ao articular essa poética, Clarice argumenta o seguinte em *Água Viva*:

> Quero também te dizer que depois da liberdade do estado de graça também acontece a liberdade da imaginação. Agora mesmo estou livre.
>
> E acima da liberdade, acima de certo vazio crio ondas musicais calmíssimas e repetidas. A loucura do invento livre. Quer ver comigo? Paisagem onde se passa essa música? ar, talos verdes, o mar estendido, silêncio de domingo de manhã. Um homem fino de um pé só tem um grande olho transparente no meio da testa. Um ente feminino se aproxima engatinhando, diz com voz

7. Sobre a questão do silêncio na obra de Clarice, ver Nunes (1976), Waldman (1999), Fitz (2001) e Wasserman (2007).

que parece vir de outro espaço, *voz que soa não como a primeira voz mas em eco de uma voz primeira que não se ouviu*. (idem, p. 91, ênfase minha)

6. A ecopoética de G.H.

Escuta, diante da barata viva, a pior descoberta foi a de que o mundo não é humano, e de que não somos humanos.
Clarice Lispector, "A Paixão Segundo G.H."

Não há ser, tudo é mudança, ecos, revérberos, câmbios perpétuos...
Paulo Leminski, "Metamorfose"

Neste capítulo, proponho o termo *ecopoética* como um modo de conceituar as reverberações do som e do silêncio na obra magna de Clarice, *A Paixão Segundo G.H.* (publicada originalmente em 1964). De saída, isso implica uma abordagem detida da figura mítica de Eco, uma personificação (feminina) da reverberação sonora. Assim como em Ovídio a ninfa perde sua forma corporal e se transforma em pura ressonância e repetição, a narradora em primeira pessoa de *A Paixão*, de Clarice, perde sua "montagem humana" ao adentrar o quarto da ex-empregada (Lispector, 1998c, p. 4). Dentro desse quarto, que ela descreve como um "estômago vazio", a narradora ingere a matéria viva (de um inseto) e se transforma em um eco das vibrações silentes e selvagens que o preenchem. Ao invés da identidade narcisista (autocentrada, egoística e autoral – "Queimo no amor de mim", grita Narciso no texto de Ovídio), Eco apresenta uma repetição diferencial de uma não identidade auditiva, ressoante e responsiva, um sujeito-diapasão.[1]

Em termos literários, uma ecopoética demanda repensar a noção de locução, autoria, e, por extensão, autoridade e originalidade, pois aquele que ecoa sempre vem depois (em todos os sentidos do termo) daquele que primeiro enuncia. Vista desse modo, a autoria pelo eco pode ser corretamente tomada como uma contradição em termos, e é Clarice que nos permite ultrapassar esse impasse. Para dizê-lo de modo simples: a narradora G.H. deseja agir como alguém que só reproduz som. Contudo (e esse é o ponto chave da leitura que proponho), ao contrário de sua predecessora mítica, G.H. visa a reproduzir *sons mudos*, uma diferença que torna sua poética – sua escrita – ainda mais próxima ao ouvido, entendido como um órgão aberto à recepção de vibrações. Na repetição e reverberações de uma ecopoética (aqui, não podemos esquecer a reescritura de Platão), aquele que fala é um ouvinte; isto é, aquele que fala é sempre um Outro que ressoa. Eco é aquele/a que fala de uma posição receptiva antes que autoral, assim como Clarice escreve como alguém que ouve.

Em *Just Gaming*[2], transcrição de uma entrevista concedida a Jean-Loup Thébaud, Jean-François Lyotard diferencia três tipos de jogos com a linguagem: o primeiro, dominado pelo falante implícito na filosofia ocidental, é o que ele chama de "jogo de Parmênides"; o segundo, construído ao redor do ouvinte, seria

1. Em seus últimos ensaios, Jacques Derrida direciona sua atenção para a figura de Eco. "Resonances of Echo: A Derridean Allegory" (2009), de Pleshette DeArmitt, traz uma excelente síntese e discussão dessa abordagem de Derrida.
2. A edição estadunidense, de 1985, é uma tradução da edição original francesa, *Au juste*, publicada em 1979. [N.T.]

o "jogo de Moisés", e o terceiro, no qual a posição do emissor é ocupada pela do destinatário, que fala como quem ouve, é o "jogo Pagão" ("pagão" sendo um termo que Lyotard usa como sinônimo de pós-modernismo). No primeiro jogo, quem fala, enuncia, e geralmente apregoa o faz com uma voz de autoridade, e o saber é assim transmitido aos discípulos. No segundo, alguém ouve um enunciado e deve simplesmente obedecer, já que não há uma justificativa que possa explicar o que se deve fazer além do imperativo "seja justo". No terceiro jogo, fala-se a partir da escuta, de tal modo que a posição autoral permanece vazia, e o receptor fala através do que recebe, sem nunca assumir uma posição de autoridade ou se basear em prescrições anteriores. O segundo e o terceiro jogos aproximam-se pelo privilégio dado a escuta em ambos, mas se distinguem na medida em que aquele postula a presença de um Deus único, e este, a de um panteão divino. A resultante dessa diferença é uma forma de justiça universal(ista) no segundo jogo, e múltipla (sem redução à unidade), no terceiro. Se o segundo tipo de jogo de Lyotard vincula-se explicitamente ao judaísmo, o terceiro aproxima-se muito mais do pensamento e cultura ameríndios, como se percebe pelo exemplo das narrativas Kaxinawá, citadas por Lyotard.

Seguindo a formulação de Lyotard, pode-se dizer que a escrita de Clarice se situa em algum lugar entre o segundo e o terceiro jogos. O judaísmo do leste europeu, parte da cultura na qual Clarice cresceu, pode ser pensado pelo ouvido, sobretudo pela audição do iídiche na sua infância, e pelo vínculo com a voz materna (a trágica história de sua gestação com a morte subsequente da mãe), tal como constantemente referida em seus textos. Ao mesmo tempo, penso que é possível aproximar a poética do eco de Clarice da ecolalia e de noções de metamorfoses do mundo ameríndio. Desenvolver essas ideias exigiria outros livros; no entanto, vale a pena ao menos mencionar a poética da escuta e a ecopoética como sendo uma contribuição ao pensamento do Anti-Narciso, tal como formulado pelo antropólogo Eduardo Viveiros de Castro em *Metafísicas canibais*.

Assim, eu situaria, como disse, o ouvido de Clarice nos interstícios dos dois últimos jogos propostos por Lyotard: o do seu judaísmo calado (e, nesse sentido, ainda mais auditivo, porque mudo, manifestando-se apenas nas entrelinhas de sua obra, como a sua fortuna crítica frequentemente alude) e o de sua vida no Brasil. E o que o *Brasil* significa aqui? Sugiro entendermos o Brasil como um grande ouvido continental, no qual ressoam as sonoridades, oralidades e auralidades indígenas, caboclas e africanas que Clarice incorpora e cita em sua ficção. De importância especial são as línguas, ecolalias e metamorfoses indígenas, apesar de (ou talvez por isso mesmo) serem estes povos o alvo mais constante de assédio, repressão e políticas de extermínio no país em que Clarice viveu e trabalhou.

Voltando a Lyotard e Thébaud, vale a pena citar a passagem sobre o "jogo Pagão" pela importância que adquire para pensarmos o que seria uma ecopoética:

> Para nós, uma linguagem é em primeiro lugar e acima de tudo alguém falando. Mas há jogos de linguagem em que o mais importante é ouvir, nos quais as regras lidam com a audição. Tal jogo é o jogo do justo. E nesse jogo, fala-se apenas na medida em que se ouve; isto é, fala-se como um ouvinte, e não como

> um autor. Trata-se de um jogo sem autor. Do mesmo modo que o jogo especulativo do Ocidente é um jogo sem ouvinte, pois o ouvinte só é tolerado pelo filósofo especulativo como discípulo. E o que é um discípulo? Alguém que pode se tornar um autor, que será capaz de tomar o lugar do mestre [...] Uma das regras básicas [do jogo auditivo] é de fato que a posição do emissário deve permanecer vazia. Ninguém deve se colocar nessa posição; ninguém deve ser a autoridade. (Lyotard e Thébaud, 1985, p. 71-2)

O argumento de Lyotard é crucial para descrever o que poderia ser uma poética do eco, na medida em que a própria Eco representa a impossibilidade de ocupar a posição do locutor/autor, pois ela só é capaz de enviar de volta o que recebe, repetindo frações de locuções pelas quais, ao fim e ao cabo, não é responsável. Eco não pode ocupar a posição da autoria, e em minha leitura, G.H. é afetada de maneira semelhante. O que proponho neste capítulo é acompanhar e descrever as *figurações* da ecopoética de Clarice em *A Paixão*.[3] Início com algumas linhas referentes ao contexto de sua publicação e, em seguida, passo em revista brevemente o enredo da narrativa. Por fim, abordo as diversas configurações da audição e do eco no romance.

3. Uso o termo *figurações* seguindo a proposta de Carlos Mendes de Sousa (2012) em *Figurações da Escrita: Clarice Lispector*.

A Paixão Segundo G.H.

A Paixão é o quinto romance de Clarice Lispector. Foi publicado em 1964, e o abalo sísmico que provocou na literatura brasileira foi acompanhado por mudanças dramáticas nas esferas política e social. Embora tenha sido escrito no fim de 1963, seu lançamento se deu pouco depois do 1º de abril do ano seguinte, data do golpe militar que bloqueou a democracia brasileira por mais de duas décadas (embora a plenitude da força repressiva do novo regime só tenha sido sentida a partir de 1968). A destruição política e os incontáveis traumas pessoais desse período, os quais até hoje só foram muito mal elaborados, ainda retornam como fantasmas bem presentes a atormentar e rondar o país. Já o livro de Lispector, escrito para ser lido por "pessoas de alma já formada" (de acordo com a nota dirigida "A possíveis leitores", que antecede o romance), revela uma espécie de presciência no sentido de que responde às farsas e ficções da história (que os brasileiros conheceriam em primeira mão entre 1964 e 1985) com uma ficção de altíssima sofisticação e qualidade, reconhecida como umas das maiores obras literárias do século XX.

Uso propositalmente aqui os termos *farsa* e *ficção* porque ambos se situam, apesar de em polos opostos, no espectro do termo *fingere* (palavra latina que congrega os termos gregos *poeisis* e *mimesis*), e que será o cerne criativo da obra de Ovídio, *As Metamorfoses*, que nos servirá, pelo mito de Eco e Narciso, de pano de fundo para ler *A Paixão*. O primeiro sentido de *fingere* é o de "dar forma", ou "criar a partir do caos", como narrativa bíblica da criação. Derivando desse sentido mais amplo, ao mesmo tempo divino e diabólico, *fingere* também se refere ao conceito de imitação, de representação artística, incluindo o campo do engano e do fingimento.[4] A questão de G.H. como narradora será justamente: como *dar forma narrativa* a um acontecimento que se situa fora do alcance da linguagem semântico-referencial? Como um romance situado entre o texto místico e o filosófico, proponho ler a ficção de G.H. como filiada à tradição de *As Metamorfoses*, e sua importância para o romance moderno. Falando de Ovídio, diz Karlheinz Stierle: "Para a formação da consciência da ficção na literatura moderna, nenhuma obra tornou-se tão importante como *As Metamorfoses*, que são em si mesmas como a ficção das ficções" (Stierle, 2006, p. 12). A metamorfose em *A Paixão* não é, porém, como a de Gregor Samsa no livro de Kafka: se, em Praga, ocorre a transformação efetiva do homem em inseto, no Rio de Janeiro de Clarice a transformação é múltipla justamente porque incompleta, mera potencialidade. Nesse sentido, ela talvez esteja mais próxima da noção de "devir," no sentido que Deleuze e Guattari deram ao termo,[5] ou da noção de *intensidade*, tal como a empregada por Lyotard. Uso, porém, o termo *metamorfose* tanto para remeter às operações de "formas em morfose",[6] de modo a realçar o

4. Sigo aqui o estudo de Karleinz Stierle, que situa a obra de Ovídio como o *locus classicus* de uma reflexão sobre as expressões *fingere, fiction, fictus, figura.* In: *A Ficção.* Trad. Luiz Costa Lima. (Novos Caderno de Mestrado. Vol.1.). Rio de Janeiro: Caetés, 2006.

5. Para uma análise do "devir-animal" em *A Paixão Segundo G.H.*, ver o estudo de Irving Goh, "Blindness and Animality, or Learning How to Live Finally in Clarice Lispector's *The Passion According to G.H.*," differences 23(2): p. 113-135, 2012.

6. Tomo essa expressão do ensaio de Haroldo de Campos, "Sousândrade: Formas em Morfose". *ReVisão de Sousândrade.* São Paulo: Perspectiva, 2002, p. 517-30.

vínculo entre a *forma* da obra de Ovídio, no sentido de *fingere*, aludido acima, como para estar de acordo com as metáforas metamórficas presentes no próprio romance e no seu desenrolar. Em relação à *Metamorfose* de Kafka há ainda uma outra diferença: um dos traços de Samsa ao virar inseto é a perda da fala humana e a assunção da indecifrável voz de um animal.[7] Para G.H., como veremos, não é apenas a voz (humana ou não) que está em questão: sua proximidade com o animal, com o inseto e com o mundo é dada através da mudez e do silêncio, de tal modo que ela se torna "toda ouvidos", isto é, ativada pela faculdade da audição, o que nos leva diretamente ao espaço da escuta receptiva.

As metamorfoses em G.H.

A Paixão é uma narrativa que gira em torno de uma transformação, ou melhor, várias transformações, que são tanto espaço-temporais quanto formais em sua natureza. Trata-se de uma narrativa sobre uma metamorfose que ocorre após um encontro inesperado no quarto dos fundos do apartamento da narradora no Rio de Janeiro. Como G.H. a coloca: "É uma metamorfose em que perco tudo o que eu tinha, e o que eu tinha era eu – só tenho o que sou" (Lispector, 1998c, p. 67). É esse processo intenso que forma o material para a narrativa que G.H. decide compor no dia seguinte: "Ontem, no entanto, perdi durante horas e

7. Para uma análise da biopolítica em Clarice no contexto das literaturas latino-americanas, ver Giorgi (2014).

horas a minha montagem humana" (idem, p. 12). A mesma ideia se repete logo em seguida: "Fico tão assustada quando percebo que durante horas perdi minha formação humana" (idem, p. 14). A questão da *montagem* ou *formação* é chave para Clarice, e relaciona diretamente sua interrogação ontológica à questão da linguagem e da fala. Por ora, de modo a não permanecer sem contornos devido à experiência no quarto da ex-empregada, G.H. deve dar algum tipo de forma narrativa ao que lhe aconteceu. Mas como narrar pela linguagem a experiência de perder a humanidade quando a linguagem é precisamente aquilo que se perde quando se é separado de sua formação ou configuração humana? Todo o romance de Clarice gira em torno desse vai-e-volta entre dizer e não dizer, dado que as palavras não podem expressar adequadamente um modo de vida além ou aquém delas. Como G.H. mesmo situa seu (impossível) projeto de narrativa: "Será preciso coragem para fazer o que vou fazer: dizer. E me arriscar à enorme surpresa que sentirei com a pobreza da coisa dita. Mal a direi, e terei que acrescentar: não é isso, não é isso!" (idem, p. 20). Para G.H., as palavras não podem dar conta da experiência com a matéria viva: "Mas que abismo entre a palavra e o que ela tentava, que abismo entre a palavra amor e o amor que não tem sequer sentido humano – porque – porque amor é a matéria viva. Amor é a matéria viva?" (idem, p. 67). Ela precisa dar forma a sua experiência através de sua narração, apesar do fato de que, como ela admite, "viver não é relatável" (idem, p. 21). Para auxiliar em sua difícil tarefa, ela decide narrar sua experiência para um leitor imaginário, que está com ela e segura sua mão. Semelhante à imagem da orelha amputada em *Perto do Coração Selvagem*, aqui Clarice oferece a seu leitor uma mão amputada: "Por enquanto preciso segurar esta tua mão – mesmo que não consiga inventar teu rosto e teus olhos e tua boca. Mas embora decepada, esta mão não me assusta" (idem, p. 18).

O enredo segundo G.H.

O que aconteceu ontem? G.H. (costuma-se ler essas iniciais como "gênero humano", o que não deixa de ser irônico, pois é a saída da condição humana que está no núcleo de sua experiência) mora na cobertura de um edifício de treze andares no bairro de Copacabana, no Rio de Janeiro. Janair, sua empregada doméstica, foi embora no dia anterior, e G.H. decide limpar o seu quarto.[8] A caminhada no interior de seu apartamento em direção ao quarto da empregada, o deslocamento no espaço, é o momento inaugural de um processo de autoimersão:

> O prazer sempre interdito de arrumar uma casa me era tão grande que, ainda quando sentada à mesa, eu já começara a ter prazer no mero planejar. Olhara o apartamento: por onde começaria? E também para que depois, na sétima hora como no sétimo dia, ficasse livre para descansar e ter um resto de dia de calma. (Lispector, 1998c, p. 33-4)

8. Diz o texto: "No dia anterior a empregada se despedira" (Lispector, 1998c, p. 24). Aqui, o uso do pronome reflexivo *se* causa ambiguidade; a frase pode significar que a empregada simplesmente pediu demissão ou que ela disse adeus à G.H. depois de ter sido demitida.

O curto percurso que ela faz no interior do apartamento se torna uma espécie de metáfora para o mito da criação, na medida em que o sétimo dia ou a sétima hora representa um momento de descanso. No curto percurso que ela faz da sala de estar à área de serviço, passando pelo corredor, o apartamento assume a condição de um mundo ressignificado, recriado, o que, por sua vez, significará um processo de ressignificação e recriação de si mesma. Não apenas ela se metamorfoseia, mas todo o espaço do apartamento sofre um processo metamórfico tornando-se uma coisa, e depois outra, e depois outra.

O espaço do prédio se torna um espaço de desfiladeiros e ravinas, mas também uma montanha e um minarete: "O quarto parecia estar em nível incomparavelmente acima do próprio apartamento. Como um minarete. Começara então a minha primeira impressão de minarete, solto acima de uma extensão ilimitada" (idem, p. 38). Chegando no quarto, porém, a narradora se depara com contornos a carvão desenhados na parede branca; nos traços, ela reconhece os desenhos de um homem, de uma mulher e de um cão: "Na parede caiada, contígua à porta – e por isso eu ainda não o tinha visto – estava quase em tamanho natural o contorno a carvão de um homem nu, de uma mulher nua, e de um cão que era mais nu do que um cão" (idem, p. 38-9). Ao abrir a porta do guarda-roupas, ela vê uma velha e corpulenta barata tentando sair. Com um movimento rápido, bate a porta no inseto, esmagando-o, mas sem matá-lo completamente: "Mas deixara-a viva. Viva e olhando para mim. Desviei rapidamente os olhos, em repulsa violenta" (idem, p. 54). Ela, então, está prestes a bater a porta novamente, e é aí que vê o rosto da barata:

> Mas foi então que vi a cara da barata... Era uma cara sem contorno. As antenas saíam em bigodes dos lados da boca. A boca marrom era bem delineada. Os finos e longos bigodes mexiam-se lentos e secos. Seus olhos pretos facetados olhavam. Era uma barata tão velha como um peixe fossilizado. Era uma barata tão velha como salamandras e quimeras e grifos e leviatãs. Ela era antiga como uma lenda. Olhei a boca: lá estava a boca real. (Lispector, 1998c, p. 55)

A barata assume diversas formas, desde a do fóssil até a de criaturas lendárias. Ao observar a barata esmagada, tem início para G.H. um processo de identificação e uma simultânea perda e encontro de si mesma no outro: "É que eu olhara a barata viva e nela descobria a identidade de minha vida mais profunda" (idem, p. 57). Todo o romance vai girar em torno desse encontro, até que, já quase ao final do relato,[9] G.H. finalmente ingere um pouco da hemolinfa leitosa que escorre da barata moribunda. Antes, porém, ao pensar no ato que quer praticar, ela primeiro sente náusea, em seguida vomita, até conseguir comer do animal "impuro" ou "imundo".[10] Leve, G.H. sente-se como uma "menina", portanto, como uma criança, e comete então o ato pelo qual transgride seus limites: "Teria que ser assim, como

9. Apesar de não ter capítulos numerados, o livro compõe-se de trinta e seis segmentos. A ingestão da barata ocorre no 32º. Sobre a estrutura do livro, falaremos mais adiante.

10. Há uma referência direta à Bíblia nesta passagem: "Eu me sentia imunda como a Bíblia fala dos imundos. Por que foi que a Bíblia se ocupou tanto dos imundos, e fez uma lista dos animais imundos e proibidos? Por que se, como os outros, também eles haviam sido criados? E por que o imundo era proibido? Eu fizera o ato proibido de tocar no que é imundo" (Lispector, 1998c, p. 71).

uma menina que estava sem querer alegre, que eu ia comer a massa da barata" (idem, p. 165). Não por acaso, o capítulo em que a ingestão ocorre começa com a frase "É que não contei tudo" (idem, p. 163). E de fato a narradora não conta tudo, já que a cena da ingestão em si não é descrita. Somos informados apenas de que, logo após comer um pouco do fluido da barata, G.H. sofre um leve desmaio:

> Mas eu sabia, antes mesmo de pensar, que, enquanto me ausentara na vertigem, 'alguma coisa se tinha feito.'... E tinha medo de olhar para a barata – que agora devia ter menos massa branca sobre o dorso opaco... Eu tinha vergonha de me ter tornado vertiginosa e inconsciente para fazer aquilo que nunca mais eu ia saber como tinha feito. (Lispector, 1998c, p. 166)

O capítulo termina com a seguinte reflexão, que será desenvolvida nos três últimos capítulos do livro: "E, como quem volta de uma viagem, voltei a me sentar quieta na cama. Eu que pensara que a maior prova de transmutação de mim em mim mesma seria botar na boca a massa branca da barata. E que assim me aproximaria do...divino? do que é real? O divino para mim é o real" (idem, p. 167).

A vida se me é

O que significa a "transmutação de mim em mim mesma"? Vale a pena pensar que o espaço entre "mim" e "mim mesma" é precisamente o espaço do eco, uma repetição do mesmo que é sempre também uma diferença. Trata-se, para citar Nancy, do espaço de um "sujeito ressoante, espaçamento intensivo de um ressalto que não se consuma em nenhum retorno a si sem imediatamente relançar *em eco* um apelo a este mesmo si" (Nancy, 2014, p. 41, grifo meu). Em *A Paixão*, essa duplicação de pronomes, mim/mim mesma, vai ser repetida na frase-clímax do final do livro, quando o pronome pessoal na forma oblíqua, "me", une-se, de modo estranho e incomum, ao pronome reflexivo "se": "A vida se me é" (Lispector, 1998c, p. 189). O que essa frase parece apontar é que, tendo visto, ouvido e experimentado a barata, G.H. experiencia, por apenas um instante, como ela mesma enuncia, uma "vivificadora morte": "A fina morte que me fez manusear o proibido tecido da vida. É proibido dizer o nome da vida. E eu quase o disse. Quase não me pude desembaraçar de seu tecido, o que seria a destruição dentro de mim de minha época" (idem, p. 15). Talvez se possa entendê-la melhor como uma morte-vida, uma morte que ao mesmo tempo revigora e estabelece um modo transformativo ou metamórfico de ser que nunca termina, antes se manifestando como uma reverberação sem fim ou como um contínuo e incessante devir. A frase "A vida se me é" seria a tradução do sentido dessa experiência, o que nos leva à única cena de metamorfose explícita no livro: a cena da larva e da borboleta. Essa cena é fundamental para entendermos afinal de que metamorfose se trata quando G.H. diz que perdeu a forma humana.

Da pupa à larva

Uma das metamorfoses que Clarice menciona em *A Paixão* envolve a crisálida de uma borboleta. O que ela nos apresenta, contudo, é uma metamorfose invertida: a pupa no casulo não se transforma em uma borboleta, como era de se esperar; antes, ela retorna ao seu estágio larval anterior: "Eu assistia à minha transformação de crisálida em larva úmida, as asas aos poucos encolhiam-se crestadas. E um ventre todo novo e feito para o chão, um ventre novo renascia" (Lispector, 1998c, p. 75). O estágio de crisálida é de latência, situando-se entre o estágio larval inicial e o estágio adulto final da borboleta. Dentro de seu casulo protetor, o inseto passa por um período de espera, permanecendo imóvel e sem água ou alimento. Do modo como Clarice o apresenta, o estágio adulto subsequente é interrompido por um retorno ao estágio anterior, correspondendo a uma morte ou ao menos a um des-nascimento através de sua re-ocorrência. Pode-se, assim, pensar o que acontece a G.H. como uma de-e-volução, um retorno ao momento anterior da transformação inicial, como se fosse possível voltar à infância, ou mesmo ao útero, ao estágio antes do nascimento. A pupa que retorna ao seu estágio larval é uma criatura que ao mesmo tempo renasce e *re-morre*, para parafrasear um importante poema concreto escrito em 1958 por Haroldo de Campos, "nascemorre":

Lido aqui em paralelo à imagem entomológica de Clarice, e em ressonância com ela, poderíamos (quase) extrair da geometria visual do poema de Haroldo a forma das asas de uma borboleta. O poema faz uso de formas verbais relativas ao nascimento e morte de um modo combinatório que cria neologismos como

se
nasce
morre nasce
morre nasce morre
renasce remorre renasce
remorre renasce
remorre
re
re
desnasce
desmorre desnasce
desmorre desnasce desmorre
nascemorrenasce
morrenasce
morre
se

Figura 6.1
"nascemorre" (1958 e 1971), Haroldo de Campos.
Com a permissão do herdeiro de seu espólio, Ivan P. de Arruda Campos.

"remorre", mas também "desmorre" e "desnasce". Vale notar que a G.H. de Lispector usa expressões verbais semelhantes: *re-morrer* (Lispector, 1998c, p. 16) e *reviver* (idem, p. 21): "Para sabê-lo de novo, precisaria agora re-morrer. E saber será talvez "o assassinato de minha alma humana". De fato, o poema visual de Haroldo de Campos pode ser lido como uma espécie de tradução e interpretação lírica da metamorfose pela qual G.H. passa. Na medida em que levamos a sério a ideia de que suas iniciais representam o "genus humanum" (*gênero humano*), sua mutação se expande do micronível de seu apartamento para fora, em direção ao mundo mesmo, envolvendo todos os seres em um processo incessante de nascimento-e-morte-e-nascimento e assim por diante. Como argumenta Charles Perrone: "Por meio desses desdobramentos verbais, constitui-se o ciclo de nascimento-e-morte, não como uma progressão com marcas de começo e fim, mas como um processo contínuo e circular que envolve inflexões, reiterações (re-) e desvios (des-). O binômio semântico (nascimento-e-morte), portanto, não se trata de uma simples divisão, dicotomia ou oposição" (Perrone, 1996, p. 42). Além disso, vale mencionar que "se", no poema, tem uma dupla acepção, valendo tanto como conjunção condicional (se nasce, morre), quanto como o pronome reflexivo da terceira pessoa (nasce-se, morre-se), o mesmo que aparece na frase clariceana, "A vida se me é."

Como a pupa que retorna ao estágio larval, G.H. devolui e, com efeito, perde sua humanidade. Que tipo de texto G.H. pode criar para aproximar seu companheiro imaginário de um entendimento mais fino a respeito do que ela experienciou no dia anterior? Criar ou inventar não é mentir, em uma frase que se tornou famosa como uma defesa da arte da ficção: "Criar não é imaginação, é correr o grande risco de se ter a realidade" (Lispector, 1998c, p. 21). Qual é, então, a realidade que G.H. deve tentar apreender e apresentar ao seu leitor? Minha sensação é que seu texto, embora sem dúvida escrito com as letras do alfabeto e em uma língua, refere-se a, ou mais corretamente, *revela* os *ecos* daquilo que ela aprendeu a ouvir. G.H. (e Clarice com ela) precisa criar (e/ou descriar) um texto, uma estória, um relato que de algum modo vai se abeirar da muda porém vibrante "palavra natural" que ouviu no quarto da ex-empregada: "Quero saber o que mais, ao perder, eu ganhei. Por enquanto não sei: só ao me reviver é que vou viver. Mas como me reviver? Se não tenho uma palavra natural a dizer. Terei que fazer a palavra como se fosse criar o que me aconteceu?" (idem, p. 20).

Há um evidente paradoxo implícito nessa escrita que, de modo a ser fiel àquilo que tenta relatar, deve se transformar numa elocução "natural", em um dizer que tem lugar no nível da natureza e do mundo, anterior ou além das palavras e da significação, ou mesmo dos eventos. Dentre as muitas possíveis leituras de *A Paixão*, o que me interessa mais é como a ingestão da hemolinfa da barata por G.H. afeta sua capacidade de produzir linguagem e efetua uma de-evolução – de um humano falante a algo inumano, como um inseto com antenas sensíveis à vibração e ao silêncio. Se G.H. de fato perde sua "montagem humana", é o sentido da audição que então ocupa o centro de seu campo de percepção. Como a narradora diz: "Só minha parte auricular sentia" (idem, p. 82). Conforme veremos, essa parte auricular conecta G.H. à barata, à natureza, a Deus e à sua expansão para o mundo: "O mundo só não me amedrontaria se eu passasse a ser o mundo. Se eu for o mundo, não terei medo. Se a gente é o mundo, a gente é movida por um delicado radar que guia" (idem, p. 91).

Antenas autorais

Que tipo de narradora G.H. deve se tornar? Menos que uma autora, ela é de fato a tradutora ou a câmara de eco de uma linguagem que ela não compreende: "Precisarei com esforço traduzir sinais de telégrafo – traduzir o desconhecido para uma língua que desconheço, e sem sequer entender para que valem os sinais. Falarei nessa linguagem sonâmbula que se eu estivesse acordada não seria linguagem" (Lispector, 1998c, p. 21). Para fazer esse material falar, G.H. deve agir como uma transmissora de sinais e não como a origem da fala. Ela se torna seu receptor e seu eco: "Os sinais de telégrafo. O mundo eriçado de antenas, e eu captando o sinal. Só poderei fazer a transcrição fonética. Há três mil anos desvairei-me, e o que restaram foram fragmentos fonéticos de mim" (idem, p. 22). Sua escrita será assim um rabisco de sinais, uma série de pontos e travessões: "Até criar a verdade do que me aconteceu. Ah, será mais um grafismo que uma escrita, pois tento mais uma reprodução do que uma expressão" (idem, p. 21). Quem mais do que a Eco de Ovídio encarna a figura sem corpo cuja fala é a reprodução das locuções alheias? E, como Eco, G.H. é uma figura desmontada que captura e ecoa os sinais que ela ouve. Para resumir: o seu novo estatuto acarreta duas consequências para o seu modo de narrar. Primeiro, G.H. é compelida a agir mais como uma receptora do que como produtora de sinais; e, segundo, como ela é um agente receptor, sua fala – seu dizer ou contar – ecoa os sinais que ela recebe e se torna a expressão e a impressão da recepção de ressonâncias. Antes de seguir adiante, vale a pena retomar o texto mítico de Ovídio.

O mito de Eco

O mito de Eco aparece no Livro 3 (versos 339-510) das *Metamorfoses* de Ovídio.[11] Ovídio é o primeiro narrador do mito a reunir Eco com Narciso, e sua fonte para essa reunião é Lucrécio, que no livro quatro de seu *De rerum natura* descreve imagens espelhadas como *simulacros* e imagens acústicas como *reflexos* (ele usa o verbo latino *repulso* para falar do eco, unindo o som ao toque). Na medida em que os reflexos acústico e visual são do mesmo *genus*, a justaposição de Eco com Narciso proposta por Ovídio faz sentido tanto filosófica quanto narrativamente. Eco era uma ninfa dos bosques que falava muito e muito bem. Sua função principal, de acordo com Ovídio, era de distrair Juno (ou Satúrnia) na conversação, de modo a impedir que esta descobrisse ou interrompesse os namoricos de Júpiter com outras ninfas: "Eco sempre a retinha com longas conversas,/ para as ninfas fugirem". Quando Juno/ Satúrnia descobriu o que Eco estava realmente fazendo, decidiu puni-la, retirando sua fala: "Satúrnia entendeu/ e disse: 'a tua língua, que me iludiu tanto,/ pouco poder terá, no uso parvo da voz'./

11. Utilizamos aqui a tradução parcial das *Metamorfoses* de Raimundo Nonato Barbosa de Carvalho, que, no que se refere ao mito de Narciso, aproveita soluções de Haroldo de Campos [N.T.].

E a ameaça confirma: quando alguém diz algo, / Eco repete apenas o final das frases". Antes uma falante loquaz e dotada, Eco agora se encontra incapaz de iniciar um diálogo com quem quer que seja, e é capaz apenas de repetir as palavras finais pronunciadas por outros: "Sua natureza impede / que ela fale primeiro; mas a deixa apenas / acolher e ecoar as palavras que ouve". O castigo é duplo: de um lado, Eco perde a autonomia (e a autoridade) de fala, de outro, ela não pode ficar calada, pois é compelida à repetição das palavras alheias. É nesta condição, mas ainda com uma forma corpórea, que ela conhece e se apaixona por Narciso:

> Viu-o alçando as redes com os cervos trêmulos,
> ninfa loquaz, que ao ouvir não fica calada,
> nem fala antes de alguém, a ressoante Eco.
> Eco tinha, então, corpo, não só voz; porém,
> igual agora, a boca repetia, gárrula,
> entre tantas, somente as últimas palavras.

Com extrema destreza poética, Ovídio, porém, faz com que a repetição de Eco das palavras finais de Narciso pareça ser uma resposta a ele. Esse é o aspecto que interessou tanto a Jacques Derrida (2001), que o leu como alegoria de toda e qualquer apropriação de linguagem, já que, seguindo Lacan, e como Bruce Fink escreve (1997), nós não falamos, mas somos falados pela linguagem. No entanto, ao repetir, Eco dribla essa submissão que a linguagem nos impõe, pois o que ela repete, apesar de usar as mesmas palavras, difere do sentido do primeiro enunciado. Ou seja, o "nos juntemos" [*coemus*] de Narciso não significa a mesma coisa que o "*coemus*" de Eco, e o mesmo vale para o restante de sua troca verbal. Diz Narciso:

> Detém-se e, iludido por voz replicante,
> fala: "aqui nos juntemos!", e Eco, com volúpia
> nunca experimentada, devolveu: "juntemos!"
> Seguindo suas próprias palavras, da selva
> sai e vai abraçar-se ao pescoço do amado.
> Ele fugindo, diz: "tira as mãos, não me abraces,
> morrerei antes que tu possas me reter!"
> E ela, apenas: "Que tu possas me reter!"

O final do mito traz outras consequências. Inconsolável após ter sido rejeitada por Narciso, Eco chega a perder sua forma humana e se tornar apenas rocha e som, e nessa condição ela se espalha e se expande pelo mundo:

> Desdenhada, se esconde em selva e de vergonha
> e ramos cobre o rosto e vive em grutas ermas. [...]
> Restam só voz e ossos.
> A voz vive; viraram pedra os ossos, dizem.
> Assim, se esconde em selva e em monte nunca é vista.
> Todos ouvem-na; é som o que nela vive.

Vinculada às cavernas, às pedras, às montanhas e às florestas, Eco se espraia como um som que reverbera. Já Narciso, após enamorar-se de si, definha e também perde sua forma corporal até virar uma flor. O final desse amor impossível de Eco por Narciso e de Narciso por si próprio compõe um cântico de ecos:

E já não há nenhum rubor na branca tez,
nem ânimo ou vigor, que dava gosto ver,
nem subsiste o corpo que outrora amou Eco.
Quando ela o vê, ainda que bem ressentida,
dele se condói, e quantos "ai!" o triste moço
diz, tantos 'ai!' repete em ressoante voz.
[...]
Uma vez mais se vê na água e com voz extrema,
diz: 'Ai, rapaz amado em vão' e o sítio em torno
tudo repete; e diz 'Adeus', 'Adeus' diz Eco.

A estrutura em eco

Idra Novey, a mais recente tradutora de *A Paixão* para o inglês, argumentou que "o uso lírico da repetição é [...] essencial para fazer desse romance um livro tão hipnotizante" (Novey, 2012, p. 192). Primeiro, devemos dizer que Eco não é simplesmente uma metáfora para ler G.H.; antes, é parte da estrutura do livro, um dispositivo literário formal e formativo. De fato, *A Paixão* se organiza de acordo com a estrutura de um eco – as palavras finais de cada capítulo são as primeiras do segmento seguinte, criando um canal de transmissão, um eterno retorno. Para dar um exemplo, o primeiro capítulo do livro termina com "É que um mundo todo vivo tem a força de um inferno" (Lispector, 1998c, p. 22), e o capítulo imediatamente subsequente inicia com exatamente a mesma frase. Os capítulos posteriores dão seguimento ao mesmo padrão, repetindo a cada início o fim do capítulo precedente. Às vezes, como vemos na passagem do capítulo dois ao três, e em outros, o que se repete é apenas a parte final da sentença, como se isso tivesse sido pensado conscientemente como modo de reproduzir um eco ovidiano: "terei toda a aparência de quem falhou, e só eu saberei se foi a falha necessária" (idem, p. 32). E depois o próximo capítulo começa com: "Só eu saberei se foi a falha necessária" (idem, p. 33). Tudo ecoa de uma passagem de um capítulo a outro, e o efeito do eco compele o leitor a acompanhar cada passo do caminho da paixão de G.H.. Por fim, a última frase do livro se conecta à primeira, e ficamos com uma estrutura circular. A última sentença é: "A vida se me é, e eu não entendo o que digo. E então adoro — — — — — —" (idem, p. 179). Antes/depois disso, a primeira frase do romance responde ao pensamento aberto com o qual o livro "se fecha". Em termos concretos, ela dá seguimento aos travessões: "— — — — — — estou procurando, estou procurando. Estou tentando entender" (idem, p. 11). Como vemos, o que ecoa do fim para o começo são os travessões. O que ecoa é um traço, um ritmo, um respiro (um suspiro), um silêncio, um sinal captado pelas antenas do "inseto" e da autora: um texto silente reverberando na página.

A linguagem da mudez, ou voz e escuta

Nos três últimos capítulos, G.H. dirige-se expressamente aos leitores, através de seu interlocutor inventado, a quem pedira que lhe desse a mão, e explicita os sentidos de sua jornada. O que ela obteve com esse ato? Os termos que usa são "despersonalização", "deseroização" e "inumano". Após passar pelo inferno e seus horrores, G.H. alcança um estado próximo do abençoado. De certa maneira, podemos dizer que ela reconta a narrativa do Gênesis: a ingestão do "fruto proibido" conduz a narradora a um estado de plenitude, anterior ao humano, e de expansão da matéria viva. Nesse estado é precisamente a mudez e a audição que a unem aos demais viventes não humanos: "É exatamente através do malogro da voz que se vai pela primeira vez ouvir a própria mudez e a dos outros e a das coisas, e aceitá-la como a possível linguagem" (Lispector, 1998c, p. 175). Essa *linguagem da mudez* ajuda a explicar por que o livro começa e termina não com palavras, mas com traços, travessões, marcas mudas que também podem ser lidas como o caminho da paixão rumo a um silêncio vibrante. Vale a pena notar que esse texto mudo sinaliza visualmente a vibração, em algum lugar entre o verbal, o sonoro e o visual.

Ouvindo a escultura

Apresentada ao leitor apenas por suas iniciais, G.H. também é, ficamos sabendo, uma escultora. Detenho-me nesse aspecto que une a estética verbal de Clarice às artes plástica e escultórica, porque é nessa relação que a questão sonora aparece vinculada à escuta do silêncio. Como na escultura, a melhor expressão analítica dessa obra deveria ser desenvolvida em um ambiente tridimensional no qual poderíamos voltar atrás, interromper, associar, e recompor nossos sentidos e as imagens das muitas transformações que ali ocorrem. No caso de Clarice, porém, é preciso lidar com a tecnologia da impressão em papel, de modo a falar da imersão em um caos criativo constituído por espaços e temporalidades sem fim (mas não sem finalidade) que se sobrepõem. Em um afastamento dramático em relação a seu trabalho com a matéria sólida, G.H. tenta usar palavras para revelar – do mesmo modo que alguém revela uma forma a partir do bronze ou do alabastro – o evento transformador experienciado por ela um dia antes. Seu trabalho com a escultura é apresentado como um "pré-clímax" em relação ao que vivenciou no quarto da empregada. Mesmo ocasional e amador, o seu trabalho com argila e rocha teria, ao menos parcialmente, a preparado para recontar a experiência radicalmente transformadora do dia anterior. A escultura, diz G.H., teria desenvolvido nela "o uso de um certo tipo de atenção" (Lispector, 1998c, p. 26), assim como uma experiência de paciência e descoberta da obra que já existiria oculta na matéria bruta ("experiência de desgastar pacientemente a matéria até gradativamente encontrar sua escultura imanente"). Além disso, teria obrigado G.H. a sair de si mesma ("objetividade forçada de lidar com aquilo que já não era eu"). Para nossa investigação sobre a escuta na escrita, a escrita de ouvido, interessa sobretudo o fato de G.H. dizer ser uma escultora que conscientemente *ausculta* objetos: "Tudo isso me deu o leve tom de pré-clímax de quem sabe que, auscultando os objetos, algo desses objetos virá que me será dado e por sua vez dado de volta aos objetos" (idem, p. 26-27). O termo vem do latim, "*auscultare*", que vai dar, no português, em "escutar", e parece hibridizar (in)conscientemente *escutar* e *esculpir*. Porém, auscultar tem também um uso técnico específico, remetendo à audição de sons internos do corpo, sobretudo os do coração, do pulmão (a respiração) e do sistema gastrointestinal, no diagnóstico médico facilitado pela invenção do estetoscópio. Transferido para o campo da escultura, auscultar seria, então, essa atenção especial, esse ouvir a matéria a ser esculpida como se esta fosse um organismo vivo, que respira e palpita. É essa experiência de "auscultar" que atingirá o seu clímax no encontro de G.H. com a barata. É esse mesmo auscultar que está presente no modo de escrita da autora, e na leitura que ela solicita – uma leitura capaz de ouvir os sons internos do texto, sua respiração, e o constante apelo para que os leitores ouçam o seu silêncio e suas pulsações.

Essa confluência de artes aproxima G.H. de outra criação ficcional de Clarice, um de seus outros *alter egos*, a narradora-pintora de *Água Viva*, cujo nome não nos é dado conhecer. Lançado em 1973, nove anos depois de *A Paixão*, pode-se dizer que há, de fato, uma ligação íntima entre essas duas ficções, ligação que tento resumir agora. O processo experienciado por G.H. vai dar lugar a uma narrativa que dá forma ao caos do dia anterior. Como a escultora que do barro cria um objeto (forma inaugural do "fingere"), a narradora precisa dar forma ao que lhe aconteceu, como reitera diversas vezes no capítulo de abertura. Mesmo que não se trate de uma narrativa linear, até porque é uma narrativa metamórfica, que avança e retorna no tempo e alude a diversos espaços, há, ainda assim, um enredo. Já em *Água Viva*, a pintora que se transforma em narradora age como quem dá pinceladas soltas no papel de modo a criar uma escrita abstrata. Não há mais enredo, mas o voo livre do texto, que se assemelha mais a um diário, a uma improvisação jazzística, a uma coleção de fragmentos, ou a um livro de ensaios, de tal modo que *Água Viva* foge a qualquer enquadramento em gêneros literários, assim como pode ser lido a partir de qualquer página.

Encontramos então na literatura de Clarice essa confluência entre as artes: texto + pintura + escultura + música. Vale a pena indagar: o que as uniria em sua escrita? Que traço uniria as palavras escritas, a cor e o desenho da pintura, a matéria plástica na escultura, e as artes sonoras? Sugiro que o caminho mais produtivo para responder é partir de um elemento que aparece citado e analisado na maioria das leituras críticas sobre Clarice: o silêncio. A partir dessa recorrência, quase uma unanimidade crítica (apesar dos enfoques diversos sobre o seu significado), eu diria, retomando e avançando o que mencionei acima, que o que une todas essas artes na sua escrita é justamente o "auscultar", ou seja, o ouvir os sons até então silenciosos porque inaudíveis, a recepção auditiva dos sons internos e externos. Mas o que exatamente o *silêncio* significa para Clarice? Qual a sua relação com o ouvido e a noção de *auscultar* que define G.H. antes de sua transformação?

O quarto vibrante: uma câmara anecoica

Se olhamos mais de perto para o quarto em que G.H. encontra a barata, veremos que o "aposento limpo e vibrante" (Lispector, 1998c, p. 30) é também um lugar metamórfico no qual a ressonância e reverberações são acentuadas. Quando entra no quarto, G.H. se encontra em um ambiente que é perturbadoramente limpo: "Mas ao abrir a porta meus olhos se franziram em reverberação e desagrado físico. É que em vez da penumbra confusa que esperara, eu esbarrava na visão de um quarto que era um quadrilátero de branca luz; meus olhos se protegeram franzindo-se" (idem, p. 37). Trata-se de um espaço de total luminosidade, e como um quarto resplandecente, tudo nele vibra: "A vibração do calor era como a vibração de um oratório cantado. Só minha parte auricular sentia. Cântico de boca fechada, som vibrando surdo como o que está preso e contido, amém, amém" (idem, p. 82). É dentro desse quarto vibrante que G.H. maneja viajar através do tempo e do espaço: o quarto é um minarete, um laboratório no qual um experimento científico terá lugar, um sarcófago, o interior de um relógio. Como a Alice de Lewis Carroll, G.H. também cai dentro de um buraco, mas a sua queda é bizarramente horizontal.

Em 1951, John Cage passou algum tempo em uma câmara anecoica em Harvard. O que ocorreu ali é relembrado por Kim-Cohen, no seu estudo *Non-Cochlear Art*:

> No ambiente acústico morto da câmara, Cage teve uma epifania. Depois de um tempo, em contraposição ao silêncio do quarto, ele se apercebeu de dois sons, um em alta e outro em baixa frequência. Mais tarde, o técnico presente informou a ele que os sons que ouvira foram, respectivamente, seus sistemas nervoso e circulatório em ação. Cage contou essa história repetidamente pelo resto de sua vida. É o mito da criação de sua estética: uma estética resumida pela sua declaração "Deixar os sons serem eles mesmos". (Kim-Cohen, 2009, p. 164)

O experimento de Cage assemelha-se ao do auscultar clariceano. Em um espaço em que o silêncio domina, ele ouve os ruídos de seu sistema nervoso e de sua circulação sanguínea. Como Kim-Cohen descreve: "A ideia de Cage de deixar os sons serem eles mesmos, de não distinguir entre sons bons e maus, parece formar uma proposta igualitária, democrática" (Kim-Cohen, 2009, p. 164). Hélène Cixous realça esse aspecto do silêncio em Clarice, o que nos interessa especialmente, pois o silencio de que falamos aqui é um silêncio reverberante e ecoante. Ela diz: "Não existe silêncio. A música das coisas sempre ressoa" (Cixous, 1991, p. 71). Paradoxalmente, para provar que não existe o silêncio, é preciso estar em uma câmara anecoica, que impede o retorno do som, de modo a poder ouvir o que até então permanecia inaudível. Como diz Cohen: "Uma câmara anecoica é um aposento projetado para absorver toda e qualquer onda sonora, dispersar quaisquer ecos ou reverberação, fazendo dele o mais perto do silente (ou 'morto', no jargão dos engenheiros de som) possível" (Kim-Cohen, 2009, p. 160). O texto de *A Paixão*, assim como o quarto que G.H. adentra, é um tipo de câmara anecoica que torna o silêncio audível. O quarto se torna um espaço de sons inaudíveis, de mudez, mas no qual a vibração é sentida e ressoa: "Vagueei o olhar pelo quarto nu. Nenhum ruído, nenhum sinal: mas quantas? Nenhum ruído e no entanto eu bem sentia uma ressonância enfática, que era a do silêncio roçando o silêncio" (Lispector, 1998c, p. 48-9). E: "O som inaudível do quarto era como o de uma agulha rodando no disco quando a faixa de música já acabou. Um chiado neutro de coisa, era o que fazia a matéria de seu silêncio" (idem, p. 43). É nessa altura que a barata começa a emergir, e nos deparamos de novo com a união oximórica entre som e silêncio: "toda uma vida de atenção acuada reunia-se agora em mim e batia como um sino mudo cujas vibrações eu não precisava ouvir, eu as reconhecia. Como se pela primeira vez enfim eu estivesse ao nível da Natureza" (idem, p. 53). G.H. se encontra agora "ao nível da Natureza", em que nenhuma palavra pode existir: "A natureza, o que eu gostava na natureza, era o seu inexpressivo vibrante" (idem, p. 142). Quando G.H. vê a barata, sua primeira reação é um grito mudo (imagine-se a famosa pintura de Edvard Munch, mas situada em um espaço interior): "De encontro ao rosto que eu pusera dentro da abertura, bem próximo de meus olhos, na meia escuridão, movera-se a barata grossa. Meu grito foi tão abafado que só pelo silêncio contrastante percebi que não havia gritado. O grito ficara me batendo dentro do peito" (idem, p. 47).

Repetição e diferença

G.H. se define como a "minha própria fonte e repetição" (Lispector, 1998c, p. 22). No mito, a repetição está presente tanto na reduplicação da imagem de Narciso na água, como na voz da ninfa Eco, ou seja, a existência dos dois personagens está atrelada a uma forma que, para existir, precisa repetir-se. No entanto, a cada repetição uma diferença se instala. Quando Eco repete as últimas palavras de Narciso, o sentido do que ela diz difere (ou denega) o sentido das palavras pronunciadas na primeira vez. Eco tem de suportar o fato de a voz inaugural não ser a sua, pois necessita da voz do outro para que possa falar. Neste contexto, o único lugar que simula a identidade está na repetição ou reverberação da voz do outro. A compulsão de repetir (anadiplose) instala-se no interior de uma fissura na qual ouvir, ouvir-se e ser ouvido não coincidem. Desta fissura, em que a voz é e não é sua ao mesmo tempo, emerge uma corporeidade sem sujeito, própria da natureza. Assim, diz G.H.: "Parece que vou ter que desistir de tudo o que deixo atrás dos portões. E sei, eu sabia, que se atravessasse os portões que estão sempre abertos, entraria no seio da natureza" (idem, p. 81). Eco descorporifica-se em uma cena de *despossessão originária*, ou de *alienação originária*, definida por Derrida como uma *"alienação sem alienação"* (Derrida, 2001, p. 85).

A metamorfose acontece por meio da transformação do eco da voz em voz do eco. Enquanto a voz tem origem num sujeito enunciador (ainda presente na ninfa loquaz), o eco é pura câmara de ressonância, precisa do outro para existir, em sua existência ecográfica. Se Eco tem sido lida sobretudo como voz, que de fato é, nosso interesse aqui é outro: trata-se de realçar que na posição do eco é a escuta (o ouvido) que fala, ou a fala que só se torna possível a partir e pela escuta. Sendo assim, insistimos que tanto a escrita quanto a leitura de Clarice habitam este espaço-tempo do eco, nunca como linearidade que emana de um sujeito enunciador (seja Clarice ou a narradora). Como podemos perceber redundantemente em G.H., trata-se de um espaço-tempo de uma câmara de reverberações. Quanto mais a narradora protagonista de *A Paixão* regride de sua humanidade, mais o eco vai se transformando em pura reverberação no interior de uma mudez generalizada, mais em latência no e do silêncio do que em sonoridades.

Temos aqui uma radicalização definitiva do esvaziamento de um sujeito enunciador (o dono da voz), e da própria voz do eco como pura expressão sonora. A consciência de si não é possível no interior desta latência muda repleta da ausência de um "eu". É neste sentido que a involução presente na metamorfose retroativa coloca a narradora a caminho de uma origem--magma de larvas, o que só poderia acontecer num mundo mudo e vibrante, num mundo no qual o inverso da vida não é a morte, mas um último e primeiro estágio da vida, posto no encontro com a quase ausência da vida, ou na experimentação, num átimo, de uma "vivificadora morte". Quase morte e quase vida são equivalentes, assim como a reverberação expõe o quase som pelo silêncio:

> Ah, falar comigo e contigo está sendo mudo. Falar com o Deus é o que de mais mudo existe. Falar com as coisas, é mudo. Eu sei que isso te soa triste, e a mim também, pois ainda estou viciada pelo condimento da palavra. E é por isso que a mudez está me doendo como uma destituição. (Lispector, 1998c, p. 161)

Por outro lado, nesse estado de contato total, G.H. pode ouvir as palavras de Deus, palavras que não são senão um eco:

> Mas agora eu entendia que não... vendera [a minha alma] ao demônio, mas muito mais perigosamente: a Deus. Que me deixara ver. Pois Ele sabia que eu não saberia ver o que visse: a explicação de um enigma é a repetição do enigma. O que És? e a resposta é: És. O que existes? e a resposta é: o que existes. (idem, p. 134)

Metaformoses

Voltando à noção de uma ecopoética que podemos extrair do livro de Clarice, eu gostaria de comparar seu texto ao poema "Metamorfose", de Paulo Leminski. Em um ensaio poético-ficcional sobre as *Metamorfoses* de Ovídio, escrito entre 1986 e 1987, e publicado postumamente em 1994, Leminski reconta e condensa em poucas páginas as centenas de transformações que ocorrem nos quinze livros do livro de Ovídio. O texto em prosa é escrito sob o ponto de vista de Narciso. Ao mirar-se na água, os mitos vão tomando forma e sendo vistos, revistos e recontados – e ficam ecoando nas águas em que Narciso se olha. Nesse ensaio Leminski lembra a ninfa Eco, e diz que um eco é essencialmente "a transformação de uma voz em pedra, no eternamente idêntico a si mesmo, como fazem as letras do alfabeto (...)" (Leminski, 1994, p. 31). Quando Eco se transforma em pedra, ela efetivamente se transforma em letras, ele diz – ou seja, em um texto marcado numa base fixa, em uma inscrição. O ponto de partida para o que proponho como ecopoética se situa precisamente na relação entre eco (voz, reverberação, ressonância, vibração) e textos, especialmente a prosa ficcional. No entanto, contrário à ideia de que uma pedra ou uma letra seriam "eternamente idêntico[s] a si mesmo[s]", o poema do próprio Leminski mostra que todas as coisas estão constantemente sendo transformadas em outras. O poema se assemelha à pedra filosofal, ou mesmo a uma pedra funerária, na medida em que ele dá forma a uma poética que tanto se origina *da* quanto se destina *à* metamorfose.

materesmofo
temaserfomo
termosfameo
tremesfooma
metrofasemo
mortemesafo
amorfotemes
emarometesf
eramosfetem
fetomormesa
mesamorfeto
efatormesom
maefortosem
saotemorfem
termosefoma
faseortomem
motormefase
matermofeso
metaformose

Figura 6.2
"Metamorfose" (1994), Paulo Leminski.
Com a permissão da herdeira de seu espólio, Alice Ruiz.

Lembro ainda que o poema de Leminski foi publicado na *Invenção*, revista dos poetas concretos, em 4 de dezembro de 1964, pouco depois de *A Paixão* ser lançado.

O eco do sujeito

"The Echo of the Subject" (1998), de Phillipe Lacoue-Labarthe, é um longo ensaio que aborda especialmente a importância da escuta em psicanálise. Como corolário deste foco mais amplo, Lacoue-Labarthe também examina a relação entre autobiografia e "obsessão musical", pela qual um analisando pode dar alguma forma de expressão ao inconsciente pela escuta.[12] Vale notar que o ensaio de Bugios-labareda começa com uma epígrafe de Paul Valéry, em que lemos: "Deve-se admitir que o si-mesmo não é senão um eco" (Lacoue-Labarthe, 1998, p. 139). O texto se encerra com um poema de Wallace Stevens, "The Woman That Had More Babies Than That," no qual o eco é o tema central:

12. Em sua rica análise da noção de "terceiro ouvido", de Theodor Reik, e da escuta psicanalítica, Lacoue-Labarthe (1998) diz: "tal faculdade da escuta deve, no nível mais primitivo, regular a simples percepção do outro como uma percepção inconsciente, capaz de proporcionar um material infinitamente maior, segundo Reik, do que o que nos é dado pela percepção consciente". Ele continua: "Toda forma de percepção no fundo está à escuta. Em outras palavras, ouvir é o paradigma (não a metáfora) da percepção em geral. O inconsciente *fala*. E a voz, isto é, a léxis, é aquela pela qual ele fala - o que pressupõe, de uma maneira bastante clássica, que a linguagem pode ser compreendida basicamente como uma linguagem do gesto, uma *imitação*".

The self is a cloister full of remembered sounds
And of sounds so far forgotten, like her voice,
That they return unrecognized. The self
Detects the sound of a voice that doubles its own,
In the images of desire.[13]
(Stevens, 1988, p. 192)

Uma voz que duplica a si mesma é um eco. Adriana Cavarero (2005) analisa a figura mítica de Eco, lembrando-nos de sua ausência na teoria, e de sua subordinação a Narciso; e ela também relaciona o efeito do eco à fala das mães (ou quem quer que ocupe a posição materna) para seus bebês, em que o que importa é a reverberação da voz e não o sentido do que é dito, como o "murmúrio" e o "lullaby" de que Stevens fala. O que está em jogo nessa passagem é, de fato, o que Lacoue-Labarthe pergunta em sua leitura do trabalho de Theodor Reik voltado ao "terceiro ouvido" e o ouvido analítico em psicanálise:

> Para remetermos à nossa mitologia – quero dizer, a psicanálise –, eu gostaria de saber (se é que isso pode ser *sabido*) o que acontece quando se retorna de Narciso para Eco. Eu perguntaria, então, essa simples questão: "O que é uma reverberação ou uma ressonância? O que é um fenômeno 'catacústico'?" (Lacoue-Labarthe, 1998, p. 139)

13. "O eu é um claustro cheio de sons rememorados / E de sons, como a voz dela, esquecidos há tanto/ Que retornam irreconhecíveis. O eu /Detecta o som de uma voz que duplica a si mesma,/Nas imagens do desejo". [N.T.]

A *catacústica*, de acordo com Lacoue-Labarthe, "se aparenta de fato à percepção de uma espécie de eco interior e é comparável [...] a todos os fenômenos de reminiscência, musical ou não" (Lacoue-Labarthe, 1998, p. 150-51). Uma "interpretação catacústica" é, assim, "uma escuta por eco" (idem, p. 164). Em minha leitura, é isso que temos em *A Paixão*: "uma escuta por eco".

Junto às contribuições muito importantes de Cavarero e Lacoue-Labarthe, muito rapidamente abordadas acima, é em Peter Sloterdijk (2011) que encontro o que talvez seja a direção mais promissora para desenvolver uma poética do eco e a questão da escrita de ouvido. Digo isso porque, enquanto outros iniciam sua investigação por um sujeito *a priori* formado por sua relação com o objeto, Sloterdijk desenvolve sua teoria das bolhas a partir da relação do feto com o ambiente amniótico. Aqui, de acordo com ele, encontramos um lugar em relação ao qual a psicanálise não conseguiu formar um engajamento efetivo: a experiência do nascituro, anterior a conceitos tais como narcisismo, que pressupõem a relação sujeito-objeto. Como Sloterdijk coloca:

> Os confusos conceitos da psicanálise sobre o narcisismo são acima de tudo uma expressão de sua natureza conceitual enviesada e do modo como ela foi desviada pelos conceitos de objeto e imago. As verdadeiras questões do mundo primário fetal e perinatal – sangue, líquido amniótico, voz, bolhas de som e respiração – são meios de um universo pré-óptico para os quais as ideias de espelhamento e suas conotações libidinosas não têm lugar. Os primeiros *autoerotismos* da criança fundam-se *eo ipso* em jogos de ressonância e não em autorreflexos especulares de si. (Sloterdijk, 2011, p. 320)

Aqui, a experiência acústica precede a separação do eu e do outro. Seguindo essa ideia, pode-se dizer que, para teorizar a escuta, é preciso se colocar antes da divisão sujeito-objeto, na medida em que fala e sons não são coisas, mas, antes, *vibração*: "A fisiologia do ouvir como o estado de um ser em covibração simpatética deixa evidente que as experiências acústicas são fenômenos mediais impossíveis de representar na linguagem das relações objetuais" (Sloterdijk, 2011, p. 296). Sloterdijk usa o termo "nobjeto" para se referir a esse estágio de flutuação: "o ser flutuante nas águas amnióticas habita um espaço de eventos acústico no qual seu ouvido está exposto a uma estimulação contínua" (idem, p. 318). Apenas a experiência mística é capaz de reviver a posição do nascituro, um modo de ser para o qual não é efetivamente possível qualquer descrição verbal, dado que se funda somente na audição. A possibilidade de pensar através desse estado impensável sem passar pela experiência mística é o que Sloterdijk propõe como uma "ginecologia negativa". Trata-se, segundo ele, de uma questão de estimular a presença de um feto capaz de descrever sua experiência, uma experiência que R. D. Laing (1976) descreve como vibrações simpatéticas. Sloterdijk apresenta a proposta geral do primeiro volume de sua trilogia sobre as esferas do seguinte modo:

> O foco de nossa investigação não consiste no propósito de produzir experiência mística aqui e agora, mas antes, no projeto de avançar uma teoria da intimidade diádica a tal ponto que a teoria falante naturalmente se torne teoria silente [...]. Esse *arrangement* implica conceder à tradição mística que aquele que está dentro irá, de fato, inevitavelmente repetir a verdade

> insuperável da caverna: a de que aqui, o Um é tudo. (Laing, 1976, p. 285-86)

A possibilidade de pensar através desse estado impensável é o que Lispector nos oferece em *A Paixão*.

Barata/Aborto

G.H., portanto, e aqui aponto duas possíveis consequências inesperadas, perde sua montagem humana, e vira (ou re-vira) feto, quando, justamente, o único sentido que lhe resta é a audição. Como lembra David Toop: "Este é o primeiro dos nossos sentidos a funcionar: a audição domina a vida amniótica e, contudo, após o nascimento sua importância é ultrapassada pela visão" (Toop, 2010, p. ix). Mas a cena também pode ser lida ao reverso, pela perspectiva da barata: o inseto, imundo e abjeto, de infernal passa a ser como uma hóstia, divino, tornando-se ele próprio, ao ser ingerido, parte do corpo de G.H., fertilizando-a. Seria esse retorno ao estágio fetal, ou o retorno do feto, uma das cenas inconscientes que orientam a experiência da sua metamorfose inversa? Nesse estudo, não podemos deixar de fazer a seguinte pergunta: qual a relação da *barata* com o *aborto* praticado por G.H., e que é narrado no capítulo iniciado com a frase "Neutro artesanato de vida"? De saída, percebe-se a grande proximidade entre os vocábulos "barata" e "aborto", que ressoam um ao outro. Parece que esse retorno do feto ou retorno à condição de feto seria uma repetição invertida da cena do aborto: ao invés de expelir o outro, G.H. o traz para dentro, e é alterada por isso que volta. Daí também a associação da barata com a figura da mãe, na impressionante prece que G.H. lhe faz: "De dentro do invólucro está saindo um coração grosso e branco e vivo com pus, mãe, bendita sois entre as baratas, agora e na hora desta tua minha morte, barata e joia" (Lispector, 1998c, p. 94).

Janair/Janaína

Um estudo fundamental para a compreensão desse romance e da obra de Clarice é o ensaio "Xeque-mate: o rei, o cavalo e a barata, em *A Paixão segundo G.H.*", de Berta Waldman. A autora mostra que a figuração da maternidade no texto aparece vinculada à empregada Janair, à barata, e à Virgem Maria. Diz ela:

> [...] chamo a atenção para a sobreposição de Janair/barata/Virgem Maria num mesmo eixo semântico que configura a maternidade. A cadeia Janair/Janaína/Iemenjá, através da última, é representada como figura de matrona de seios volumosos, símbolo de maternidade fecunda; a barata é apresentada como espécie de mãe ancestral, cujo sangue é branco como o leite, e a Virgem Maria – arquétipo da maternidade – é trazida ao texto em forma de prece truncada (Ave Maria) interposta com o inseto, e com a própria narradora, mãe abortada. (Waldman, 1999, p. 161)

Em relação ao nome da empregada, Waldman também chama a atenção para o eco, dado o fato de que o nome Janair "ressoa em Janaína, outra denominação de Iemanjá, orixá que provém de uma nação iorubá e, no Brasil, é sincretizada com

Nossa Senhora da Imaculada Conceição. Por ser a Mãe das Águas, é representada frequentemente sob a forma latinizada de uma sereia, com longos cabelos soltos ao vento" (idem, p. 159). A autora relembra também o eco das religiões afro-brasileiras, como o candomblé, no acontecimento crucial da narrativa:

> É curioso o uso que Clarice Lispector faz das diferentes religiões na organização de seu texto, juntando o cristianismo, religião oficial e hegemônica do país, ao judaísmo, tradição em que se formou, às religiões afro-brasileiras, cujo teor popular e mágico dissemina formas que vão se enlaçar às outras, num conjunto onde ressoam ecos e a memória de sua diferença. (idem, p. 150-51)

Podemos assim também entender por que os cavalos reaparecem no texto, ecoando. Diz G.H. a certa altura:

> Nunca mais repousarei: roubei o cavalo de caçada do rei do sabath. Se adormeço um instante, o eco de um relincho me desperta. E é inútil não ir... Sei que o primeiro tambor na montanha fará a noite, sei que o terceiro já me terá envolvido na sua trovoada.
>
> E ao quinto tambor já estarei inconsciente na minha cobiça. Até que de madrugada, aos últimos tambores levíssimos, me encontrarei sem saber como junto a um regato, sem jamais saber o que fiz, ao lado da enorme e cansada cabeça do cavalo. (Lispector, 1998c, p. 127-28)

Waldman relaciona essa presença do cavalo aos rituais dos cultos de matriz africana no Brasil, como uma alusão possível a que o texto de G.H. também remeteria, ecoando:

> Por outro lado, os cavalos também têm papel importante no ritual afro-brasileiro. Eles representam aqueles que têm o privilégio de ser 'montados' (por isso, cavalos) pelo orixá, tornando-se o veículo que permite à divindade voltar à terra para conceder graças, resolver desavenças e dar remédio e consolo para doentes e desafortunados. (Waldman, 1999, p. 163)

Vemos então que a metamorfose da crisálida em larva, do feto em ventre, da mulher em cavalo, da barata em mãe, de Janair em Janaína, da Janair em barata, da barata em G.H., de G.H. em cavalo, vemos, enfim, que essa sucessão de metamorfoses faz de Clarice não uma escritora essencialista, mas metamórfica, pois as coisas não são ditas por sua fixidez, mas através de sua mutabilidade. Leio a questão feminista na sua obra por esse viés, o metamórfico: uma coisa pode devir outra. "A vida se me é" nesse sentido: o de criar/gerar outras vidas que *se re-criam* ou *incriam*. A gravidez nesses casos não seria apenas um atributo do corpo feminino, mas a própria possibilidade de engendrar a mudança perpétua, como se o eu engravidasse a cada vez que se transformasse em outra coisa, modo de se *in-criar* e *re-criar*, por isso também eco.

O Anti-Narciso

G.H. segue o caminho de uma antirrepresentação – uma representação que retroage profundamente, da escrita para o grafismo, da fala para a audição, do eco para a pulsação. Por isso, é possível uma leitura das transformações que ocorrem em

A Paixão inspirada na obra de Viveiros de Castro (2009), em particular sua ideia de um anti-Narciso, alinhada com a noção de uma antiescrita ou de *ante-escrita* definidas pela audição. Afinal, no romance, a narradora é orientada pelo ouvido e não pela escrita autoral. Não um ouvido que escuta sonoridades por puro reflexo, transmitindo-as como impulsos nervosos ao cérebro para que esse possa decodificar as mensagens recebidas do tímpano. Ao contrário, um ouvido que transforma a escuta em um labirinto e o silêncio na única forma de compreensão possível. Daí a narradora de *A Paixão* metamorfosear-se no inverso da linguagem verbal, pois, mais que refletir sobre, vivencia de fato a condição contraditória de ter que falar por meio de uma ecolalia ("Só minha parte auricular sentia"), uma forma de escrita que insistentemente se transforma em um eco que, de modo inevitável, esvazia o humano em prol da construção de um mundo no qual o humano é apenas mais uma das referências. Não se trata mais de reconfigurar o humano, mas o mundo, somando o humano ao não humano; e para que isso seja possível, o único caminho é a metamorfose da escrita em escuta e do Narciso em um anti-Narciso que se instala por meio da desconstrução do eco. O outro não deve ser visto mais "como nós", mas como um esvaziamento do "como nós" que adquire forma pela escuta e pelo silêncio. Algo que pode ser ao menos parcialmente expresso pela máxima de que "sou onde não penso" (a barata) e, portanto, que "só posso pensar justamente onde não sou". Trata-se do descaminho de uma desautorização da subjetividade autorial, de uma escrita que, pelo ouvido, destrona a palavra pelo labirinto auricular.

A poética do eco corresponde ao que Rosalind Krauss (1979) chamou de "campo expandido".[14] Em um primeiro nível, temos o texto ecoando dos autores nos leitores, e, dos leitores, expandindo-se mundo afora. No sentido contrário, o mundo exterior ecoa no texto, ou, para usar uma das imagens preferidas de Clarice, o pulsar do coração e das veias ecoa na superfície da página ("Em cada palavra pulsa um coração. Escrever é tal procura de íntima veracidade de vida", lemos em *Um Sopro de Vida*). Em uma poética do eco, tudo está ligado a tudo, e chamando por uma interatividade fundamental. De outro lado, para além ou aquém do corpo humano, Eco se expande no mundo: ela vive nas florestas, nas pedras, nas árvores e nas cavernas, como reverberação, ressonância, voz e vibração.

14. Krauss, baseada nas esculturas sonoras criadas por Robert Morris, teoriza a escultura como um "campo expandido". Para estabelecermos uma relação dessa ideia com Clarice, consideremos o modo como Kim-Cohen fala do "campo expandido" proposto por Krauss: "Dentre os aspectos comuns nessas evoluções, talvez o aspecto mais importante seja passagem do entendimento do eu para além de uma forma de experiência autoidêntica, autoconfirmatória, para um sentido mais amplo de si, baseado na conexão com outros sujeitos" (Kim-Cohen, 2009, p. 83). Ou como diz a própria Krauss: "A revelação disso afasta qualquer noção de consciência unificada em si mesma. Pois o eu é entendido como completo somente depois de surgir no mundo – e a própria existência e significado do 'eu' depende, portanto, de sua manifestação em relação ao outro" (Krauss, 1979, p. 49).

7. Coda: ouvindo cavalos

I'm a new soul, I came to this strange world
Hoping I could learn a bit 'bout how to give and take
But since I came here, felt the joy and the fear
Finding myself making every possible mistake.
Yael Naïm, "New soul"

Ela devia cantar, essa "nova alma" – e não falar!
Nietzsche, "O nascimento da tragédia"

Era uma noite de quinta-feira, e o jovem pesquisador alemão já havia iniciado sua fala.[1] Cheguei um pouco atrasada, mas consegui encontrar uma cadeira e comecei a ouvir. Ele falava sobre Nietzsche e – cavalos ("horses", ele dizia, pois a apresentação era em inglês). Cavalos? Por que não? Nietzsche e cavalos; cavalos e Nietzsche, pode fazer sentido, logo pensei. Mas quando ouvi do pesquisador que o cavalo em questão tinha dito ou

1. Refiro-me a uma das sessões do *Philosophical Reading Group*, conhecido como PRG, coordenado por Hans Ulrich Gumbrecht e Robert Pogue Harrison. Foi também durante uma dessas sessões que o tema das nuances (inspirado na leitura de *O homem revoltado*, de Albert Camus) se mostrou inspirador para minhas reflexões sobre a cultura e a literatura brasileiras, posteriormente desenvolvidas em uma conversa de rádio que tive com Robert Harrison (Librandi e Harrison, 2009) e em um ensaio sobre latência e nuance na ficção de João Guimarães Rosa (Librandi, 2011a e 2011b).

escrito algo, desconsiderei imediatamente a ideia. Apurei meus ouvidos, e finalmente entendi: o "cavalo" [*horse*] mencionado era na verdade o grande orador e poeta romano do primeiro século a.C., Horácio [*Horace*], que definiu a poesia como o mais frágil e também o mais durável dos objetos, como um monumento permanente de beleza feito de palavras, mas mais forte que o bronze: "Exegi monumentum aere perennius" ("Criei um monumento mais durável que o bronze") (Horácio, 1997, p. 254-5). Não seria nenhum exagero afirmar (como faço agora) que este livro foi concebido precisamente naquele momento. Eu havia chegado há pouco tempo do Brasil para viver na Califórnia, e esta situação equívoca me confirmou mais uma vez que o principal sentido e órgão de sobrevivência e composição fora do meu idioma-casa era sobretudo meu ouvido.

O erro de percepção sonora que me fez confundir entre *horse* e *Horace* (que depois me fez lembrar de uma esquete dos irmãos Marx que girava em torno de uma confusão entre *dollars*/*taxes e* Dallas, Texas – nela, Chico Marx faz o papel do imigrante latino de escuta estrangeira) pode nos levar a uma articulação de infinitos experimentos em uma escrita que é orientada pelo ouvido. Essa breve cena sobre Horácio [e "horse"] me permite mostrar, por fim, como a "escrita de ouvido" opera por meio de uma série de encontros casuais guiados pelo fluxo de sonoridades, quando conexões inconscientes emergem na página. Como veremos, para além de questões relacionadas à biografia de Nietzsche, aquele *cavalo* e *Horácio* não estão tão distantes assim.

Ars Poetica

Quintus Horatius Flaccus, mais conhecido como Horácio, talvez seja mais lembrado como autor de uma carta do primeiro século d.C. endereçada à família Pisos (*Epistola ad Pisones*) que se tornou, junto da *Poética*, de Aristóteles, um dos mais influentes tratados ocidentais sobre poesia e literatura. No começo da carta, Horácio fala de cavalos, ou pelo menos de partes de cavalos:

> Se um pintor desejasse unir um pescoço equino
> a uma cabeça humana e revestir de variadas penas
> membros reunidos de várias partes, de tal modo
> que uma mulher formosa de rosto termine em um peixe
> horrendamente negro, vendo tal quadro, seguraríeis o riso,
> [amigos?
> Crede, Pisões, muito semelhante a esse quadro há de ser
> o livro do qual, como sonhos de um doente, vãs imagens
> serão criadas, de modo tal que nem o pé nem a cabeça
> se harmonizem numa única forma. "A pintores e poetas
> sempre existiu igual poder de ousar no que queiram".
> Isso sabemos, e, por sua vez, procuramos e damos essa permissão,
> mas não para que coisas selvagens se unam a plácidas,
> não para que se juntem serpentes a aves, cordeiros a tigres.
> (Horácio, 2013, p. 12)[2]

Em consonância com seu princípio *ut pictura poesis* ("a poesia é como uma pintura"), Horácio estabelece uma espécie

2. Horácio. *Epistula ad Pisones*. FALE/UFMG: Belo Horizonte, 2013.

de máxima mimética e estética sobre o que *não* se deve fazer num poema, isto é, combinar elementos de tipos discursivos diferentes em um único texto. Para Horácio, tal mistura de estilos ameaça o decoro e gera nada além de incoerência. Caso o/a poeta desenhe tal composição, produzirá, segundo a visão de Horácio, apenas um monstro ridículo, uma criação tão risível e feia quanto a pintura de uma figura com a cabeça de uma mulher, o pescoço de um cavalo, o peito de uma ave e a cauda de um peixe. Como R.M. Rosado Fernandes pontua na edição portuguesa da obra de Horácio,

> Com este início, no qual se descreve um ser de hibridismo impressionante, pretende Horácio defender, tal como o fizera a escola aristotélica, a preferência pelo verossímil, o que poderá parecer contraditório visto que sabemos que se criaram, na antiga mitologia, seres fabulosos e híbridos como os Centauros, as Sereias, as Quimeras etc. Estes seres podem, no entanto, existir no mito, mas a obra poética não se lhes deve assemelhar na sua estrutura. Pelo contrário, a obra de poesia deve ser *simples* e *una*, formando um *todo*. (Rosado *apud* Horácio, 1984, p. 50-1)

Assim, segundo Horácio, há liberdade na invenção, mas esta não deve chegar ao ponto de combinar partes tão diferentes que o resultado seja um texto no qual "nem o pé nem a cabeça se harmonizem numa única forma". O livro bem trabalhado deve ser coerente, articulado e seguir as convenções da verossimilhança. Como já se sabe, tais preceitos, que costumamos chamar de "clássicos", são base da poética que orientará a produção literária erudita até pelo menos o final do século XVIII, e que só começa a perder fôlego a partir do Romantismo Europeu.

Acontece que uma escrita baseada na audição extrai energia e vida de um processo que é exatamente o oposto daquele proposto por Horácio. Pode-se até dizer que uma escrita de ouvido está mais próxima de uma espécie de esquizografia, ou seja, a escuta de vozes no papel, e acompanha mais de perto as proximidades inconscientes e os jogos sonoros do que aqueles que são controlados apenas pela razão. Nesse sentido, a escrita de ouvido é anti-horaciana – isso porque segue orientações auditivas, desvios e erros, além de atos falhos; mas também porque seu modelo é muito mais ovidiano: emerge de processos poéticos e da recontagem de transformações, e deriva em textos plurivocais, formas em fluxo e toda uma gama de monstros – alguns mitológicos, como centauros e sereias, outros entrelaçados em cenários fictícios de justaposição e copresença, como o meu *Horace-horse*.

A mulher e o cavalo

Lembro-me de mim de pé com a mesma altivez do cavalo e a passar a mão pelo seu pelo nu. Pela sua crina agreste. Eu me sentia assim: a mulher e o cavalo.
Clarice Lispector, "Água Viva"

A figura retratada (e negada) por Horácio poderia ser uma alegoria das imagens dos textos de Clarice: metade mulher, metade cavalo, como um Centauro, mas também como pássaro e como sereia. Podemos ainda tomar como uma espécie de provocação final a seguinte passagem de seu terceiro romance, *A Cidade Sitiada*: "Nela e num cavalo a impressão era a expressão" (Lispector, 1998b, p. 19). Essa frase aparece logo no início do livro como parte de uma longa descrição sobre Lucrécia, personagem que, como se descobrirá, se metamorfoseia em cavalo. Posteriormente, em uma carta pessoal publicada como crônica, Clarice tentaria explicar essa frase, afirmando que ela se refere a um modo de vida que aspira

> a essa espécie de integridade espiritual de um cavalo, que não "reparte" o que vê, que não tem uma "visão vocabular" ou mental das coisas, que não sente a necessidade de completar a impressão com a expressão – cavalo em que há o milagre de a impressão ser total – tal [sic] real – que nele a impressão já é a expressão. (Lispector, 1999b, p. 273)

A conexão imediata entre impressão e expressão pode ser lida como parte de uma poética que deseja superar a lacuna entre linguagem e percepção, que também faz parte de um materialismo dionisíaco, como veremos em breve. A maneira de ser de um cavalo é, portanto, para Clarice, o estado ideal a ser alcançado.

O português brasileiro: uma língua-cavalo

O uso de Clarice de imagens equinas não deveria nos causar surpresa. Afinal, em dado momento ela afirmou que gostaria de ter nascido cavalo, e até usa a imagem de um cavalo (como um receptor ativo de signos e sinais) para descrever sua relação com a língua portuguesa – ou, mais precisamente, com a língua brasileira, que ela sempre considerou uma língua em processo de formação, uma língua a ser trabalhada pelo pensamento a fim de gerar sutilezas; uma língua-animal a ser domada:

> Esta é uma confissão de amor: amo a língua portuguesa. Ela não é fácil. Não é maleável. E, como não foi profundamente trabalhada pelo pensamento, a sua tendência é a de não ter sutilezas e de reagir às vezes com um verdadeiro pontapé contra os que temerariamente ousam transformá-la numa linguagem de sentimento e de alerteza. E de amor. A língua portuguesa é um verdadeiro desafio para quem escreve. Sobretudo para quem escreve tirando das coisas e das pessoas a primeira capa de superficialismo. Às vezes ela reage diante de um pensamento mais complicado. Às vezes se assusta com o imprevisível de uma frase. Eu gosto de manejá-la – como gostava de estar montada num cavalo e guiá-lo pelas rédeas, às vezes lentamente, às vezes a galope. (Lispector, 1999b, p. 100-101)

Clarice combina sua confissão de amor com uma afirmação de coragem artística: o português é para ela uma criatura viva a ser conduzida, controlada e curvada à sua vontade. Não muito distante da analogia com o cavalo elaborada por Clarice, no entanto, encontra-se o perigo do enigma do cavalo (parafraseando Maurice Blanchot) – a resistência do animal a qualquer tentativa de manipulação e a possibilidade muito real de que, a qualquer momento, ele derrube quem o monta. A relação que Clarice sugere, na verdade, não é tanto a de controle (o português não é uma máquina a ser conduzida metodicamente), mas de cooperação e contágio – um vai e vem entre o montador/escritor e o cavalo, uma *escuta* formada por uma recepção ou atenção simultânea e ação deliberada.

Lucrécia e o cavalo

A simbologia do cavalo aparece em praticamente todos os romances de Clarice, mas é em *A Cidade Sitiada* que ela se manifesta com mais força. O livro foi escrito entre 1946 e 1948, enquanto a autora vivia em Berna, na Suíça. Em uma entrevista de 1971, Clarice admite que este romance foi o mais difícil de conceber e afirma que o reescreveu cerca de vinte vezes. Escrito entre o mundo animal e o contexto urbano desenvolvido, o livro é sobre uma moça/cavalo e a forma como ela vê e escuta tanto a cidade quanto o campo ao seu redor. O texto opera assim na ampla intersecção entre o surreal e o tecnológico, entre os modos selvagens do cavalo e a domesticidade do ambiente urbano, com personagens com nomes da mitologia grega, como Perseu e Ifigênia. Dentro da própria narrativa, a temporalidade do cavalo não coincide com a da cidade em expansão, com seus carros, linhas de rádio, trens e a usina afastando os cavalos do horizonte.

De fato, *A Cidade Sitiada* é um livro de transformações, que passa "de uma natureza a outra" (Lispector, 1998b, p. 101). É de suma importância, portanto, que seu evento central seja a transformação de uma mulher provinciana em um cavalo ao modo de Ocyrhoe. Como diz Ovídio, Ocyrhoe é filha do centauro Quíron, e, de acordo com a profecia, ela será transformada em égua. Como observado por mais de um de seus estudiosos, trata-se uma "história peculiar" sobre os "detalhes notáveis da transformação física da ninfa profética em cavalo silencioso" (Heath, 1994, p. 340). Lucrécia também se transforma em cavalo e só consegue enxergar lateralmente. As relações derivadas de uma "poética da visão" (Pontieri, 1999) neste livro foram analisadas principalmente no que diz respeito à pintura (Sousa, 2013). Continuando com o modo de associação entre Clarice e o cavalo que já comecei a estabelecer, meu principal interesse nesta coda é analisar a ligação entre esse enfoque visual e a fotografia. Também é de grande interesse (e importância) a ideia de forma e de movimento na escrita de ouvido e seu potencial para forjar a noção de uma literatura que, num sentindo mais ou menos radical, é necessariamente híbrida.

Fotografias de um cavalo

Desde a publicação de seu primeiro romance, Clarice tenta unir forma e movimento, buscando superar o tradicional binômio de forma e conteúdo. Contra a imobilidade do texto escrito, seu objetivo principal (e mesmo obsessivo) era criar textos capazes de capturar o instante do tempo em movimento. Aqui sugiro uma analogia com o que Eadweard Muybridge conseguiu fazer no final do século XIX por meio do uso da fotografia em *stop-motion*. O ouvido na escrita tem tanto uma relação com o mundo não humano, com as tecnologias modernas de som e imagem, quanto (e principalmente) com a forma como a atenção focada nesses dois elementos moldou a produção da prosa ficcional moderna.

As fotografias que Eadweard Muybridge tirou de um cavalo em movimento e do homem que o monta, datadas da década de 1870, são, de fato, a gênese do cinema. Por isso, as imagens também estabelecem uma nova relação entre forma e movimento. É exatamente assim que Rebecca Solnit conta essa história: "Tudo começou com as fotografias de um cavalo na Califórnia" (Solnit, 2003, p. 4). Exemplar da raça Standardbred, o cavalo, chamado Occident, foi um dos mais velozes de sua categoria nos Estados Unidos. Muybridge o fotografou em 1872, no local que hoje é o campus da Universidade de Stanford. Tempos depois, o autor das imagens fez uma série de outras fotografias e realizou experimentos para testar sua hipótese, que finalmente se comprovou: ao galopar, o cavalo mantinha seus quatro cascos no ar simultaneamente. Naquele momento, era como se voasse, mesmo que o movimento fosse rápido e breve demais para ser capturado a olho nu. A velocidade do animal exigia a invenção de uma tecnologia que fosse tão rápida quanto ou até mais rápida que o movimento de seus cascos, e que fosse capaz de capturar esse movimento como se ele estivesse congelado no tempo. A ideia era fazer o cavalo correr novamente, colocando as imagens em uma sequência cronológica. Muybridge foi assim a primeira pessoa a produzir fotografias em alta velocidade de obturação, capturando em frações de segundo o movimento de um animal extremamente rápido: "Foi a primeira vez que as fotografias dissecaram e reanimaram um movimento real, o que lançou as bases do cinema, que surgiu ainda hesitante em 1889, e a pleno vapor na França e nos Estados Unidos, em 1895. Os filmes cinematográficos propriamente ditos foram inventados por outras pessoas, mas não importa de que forma a genealogia dessa mídia seja traçada, ela remonta diretamente a Muybridge" (Solnit, 2003, p. 4). Solnit explicita os três elementos necessários para a invenção de Muybridge: "O primeiro foi a conquista de um processo fotográfico rápido o suficiente para capturar corpos em movimento. O segundo, a criação de imagens sucessivas que, ao serem combinadas, reconstituíam um ciclo de movimento completo, ao invés de isolar um único momento. E o terceiro foi o modo como foram reanimadas como imagem em movimento" (idem, p. 185).

Se as fotografias que Muybridge fez de Occident são a gênese do cinema, seu efeito sobre os pintores foi imediato. Diz Solnit:

> Muybridge fez com que os pintores realistas se deparassem com uma crise na representação: eles sempre haviam insistido que representavam seus temas com máxima precisão, mas essa precisão sempre foi baseada no que o olho era capaz de observar [...]. Apenas artistas como Claude Monet, cujas imagens sobre o mesmo tema eram transformadas pelo horário de cada dia ou pelas estações do ano, o que o aproximava dos estudos de movimento, não ficaram desconfortáveis com as revelações de Muybridge. Edgar Degas fez uma série de desenhos baseados nas fotografias equestres. Manifestou-se um conflito entre o que uma fotografia capturada em alta velocidade mostrava e o que era visto pelo olho, mas o que a câmera evidenciava era incontestável para aqueles que haviam se dedicado ao realismo. (Solnit, 2003, p. 197)

A seguinte passagem do texto "Seco estudo de cavalos", sob o intertítulo "Na rua seca de sol", pode ser lida como um comentário sobre as experiências que Muybridge realizou na Califórnia em 1872:

> Mas de repente – no silêncio do sol de duas horas da tarde e quase ninguém nas ruas do subúrbio – uma parelha de cavalos desembocou de uma esquina. Por um momento imobilizou-se de patas. [...] Ali, como estátuas. [...] Passara o instante de vislumbramento. Instante imobilizado como por uma máquina fotográfica que tivesse captado alguma coisa que jamais as palavras dirão. (Lispector, 2016, p. 472-3)

Aquilo que as palavras não conseguem expressar será mostrado pela primeira vez através da tecnologia fotográfica. O cavalo em movimento, registrado por Muybridge em frente a um fundo branco (e não com qualquer outro cenário atrás), é para Clarice como um texto escrito em uma página em branco, mas que deve ser lido como forma em movimento, e não como forma e conteúdo fixos e estáticos.

Forma e movimento

Em *Perto do Coração Selvagem*, Clarice anuncia, através de seu alter ego Joana, uma revelação estática que a acompanhará até o fim: "Então Joana compreendia subitamente que na sucessão encontrava-se o máximo de beleza, que o movimento explicava a forma – era tão alto e puro gritar: o movimento explica a forma!" (Lispector, 1998a, p. 44). A importância desta revelação é confirmada pela repetição da mesma frase em outro momento do livro, quando Joana sente a vida em sua plenitude: "São raros os instantes. Quando ontem, na aula, repentinamente pensei, quase sem antecedentes, quase sem ligação com as coisas: o movimento explica a forma. A clara noção do perfeito, a liberdade súbita que senti" (idem, p. 70-1).

Se o movimento explica a forma, como inscrevê-lo na escrita? A dificuldade está em expressar por meio das palavras algo que nasce como uma sensação. O ponto, como se vê nesta discussão, não é uma questão de forma e conteúdo, mas de conteúdo e movimento, como na música e no cinema. Por meio dessa revelação, a poética de Clarice é instituída como formas em movimento, formas em transição, formas sob constante metamorfose. Uma das respostas que Clarice dará ao desafio de articular movimento e texto é uma aproximação estreita com a música:

> Certos momentos da música. A música era da categoria do pensamento, ambos vibravam no mesmo movimento e espécie. Da mesma qualidade do pensamento tão íntimo que ao ouvi-la, este se revelava. Do pensamento tão íntimo que ouvindo alguém repetir as ligeiras nuances dos sons, Joana se surpreendia como se fora invadida e espalhada. (idem, p. 44-5)

Além da música, há a magia da fotografia e do cinema, que capturam o incapturável momento de constante movimento e alteração. Em *Um Sopro de Vida*, Ângela afirma:

> Ângela. – De súbito a estranheza. Estranho-me como se uma câmera de cinema estivesse filmando meus passos e parasse de súbito, deixando-me imóvel no meio de um gesto: presa em flagrante. Eu? Eu sou aquela que sou? Mas isto é um doido faltar de sentido. Parte de mim é mecânica e automática – é neurovegetativa, é o equilíbrio entre não querer e o querer, do não poder e de poder, tudo isso deslizando em plena rotina do mecanicismo. A câmera fotográfica singularizou o instante. E eis que automaticamente saí de mim para captar tonta de meu enigma, diante de mim, que é insólito e estarrecedor por ser extremamente verdadeiro, profundamente *vida nua amalgamada na minha identidade*. E esse encontro da vida com a minha identidade forma um minúsculo diamante inquebrável e radioso indivisível, um único átomo [...]. (Lispector, 1999a, p. 74; grifo meu)

O que Clarice quer fazer com a escrita é alcançar isso: "O que me importa são instantâneos fotográficos das sensações – pensadas" (idem, p. 25). Portanto, trata-se também de uma escrita subconsciente: "E que estou na vida fotografando o sonho" (idem, p. 73). Ao capturar o movimento, a câmera se apodera do eterno que reside no instante que passa e o imobiliza de tal forma que através da câmera temos acesso à "vida nua" – a "vida nua" que o cavalo também anuncia, como Clarice articula quando escreve "O cavalo é nu", em "Seco estudo de cavalos" (Lispector, 2016a, p. 473).

Nietzsche e cavalo

Em *A Câmara Clara*, Roland Barthes escreve:

> No amor despertado pela Fotografia (por certas fotografias), outra música se fazia ouvir, de nome estranhamente fora de moda: a Piedade. Eu reunia em um último pensamento as imagens que me haviam "pungido" (já que essa é a ação do *punctum*), como a da negra de colar pequeno, de sapatos de presilhas. Através de cada uma delas, inevitavelmente, eu passava para além da irrealidade da coisa representada, entrava loucamente no espetáculo, na imagem, envolvendo com os meus braços o que está morto, o que vai morrer, tal como fez Nietzsche, quando a 3 de janeiro de 1889 lançou-se a chorar ao pescoço de um cavalo martirizado: enlouquecido por causa da Piedade. (Barthes, 1984, p. 171)

A fotografia que "abraça" a vida por meio do retrato de uma "natureza morta" é exatamente a mesma ideia que Clarice coloca na boca do autor ficcional de *Um Sopro de Vida*:

> Autor. – Ângela tem medo de viajar por receio de perder o seu eu numa viagem. Ela precisa de pelo menos por um minuto para pegar a si mesma em flagrante. Pegar o vivo e tirar o seu imóvel retrato e olhar-se no retrato e pensar que o flagrante deixou uma prova, a desse retrato já morto. (Lispector, 1999a, p. 68)

Em sua passagem, Barthes faz referência à famosa (e talvez apócrifa) cena do cavalo que Nietzsche viu ser espancado em Turim. Como detalhado por um dos biógrafos de Nietzsche:

> Em 3 de janeiro de 1889, logo depois de sair de seu apartamento, Nietzsche avistou um cocheiro batendo em seu cavalo na Piazza Carlo Alberto. Chorando, Nietzsche se atirou ao pescoço do cavalo para protegê-lo. Desmaiou de compaixão pelo cavalo. Alguns dias depois, Franz Overbeck foi buscar o amigo mentalmente perturbado. Nietzsche viveu por mais uma década. A história filosófica de Nietzsche acabou em janeiro de 1889. Depois teve início outra história, a história de sua influência e das ressonâncias que o sucederam. (Safranski, 2002, p. 316)[3]

O que ocorre nesse momento é o colapso da vida de Nietzsche antes de sua internação – ele viveu seus últimos onze anos em um asilo, imerso na loucura até sua morte, em 25 de agosto de 1900. Um episódio enigmático no destino do filósofo, a cena final de sua vida ou a cena inicial de sua entrada na loucura; trata-se enfim de um encontro fundamental o que Nietzsche teve com o cavalo, como lembra Jacques Derrida em *O animal que logo sou*: "como vocês o sabem, ele foi suficientemente louco para chorar junto de um animal, sob o olhar ou contra a face de um cavalo. Por vezes, creio vê-lo tomar esse cavalo por testemunha, e sobretudo, para tomá-lo como testemunha de sua compaixão, pegar sua cabeça entre as mãos" (Derrida, 2002, p. 67).

Portanto, quando ouvi Nietzsche e *horse* (e não *Horace*), o erro estava certo, e o acerto estava no próprio erro, confirmando um modo de ação oblíquo – porque inconsciente – de uma escrita (ou de uma leitura) de ouvido. Por fim, gostaria de

3. Também sobre o episódio do cavalo, ver Chamberlain (1999).

analisar a seguir as consequências deste episódio na literatura moderna através de uma analogia entre Clarice e Nietzsche. Peter Sloterdijk fala do episódio como "performance de despedida dionisíaca" de Nietzsche (Sloterdijk, 1986, p. 96), e une explicitamente o corpo do filósofo ao corpo do cavalo como se fossem apenas um: "O que ele não teria dado pela chance de suspirar de alívio [...] e não ter mais seu corpo violado, o miserável cavalo de carruagem" (idem, p. 96). Como o ato de automutilação de Van Gogh, segundo a leitura de Georges Bataille, Sloterdijk explicita o sentido coletivo da loucura em Nietzsche, e o sacrifício feito por ele antes da possibilidade de pôr fim ao teatro da metafísica:

> Ninguém que tenha olhado, mesmo que brevemente, atrás das cortinas da razão ocidental, pode ainda fingir que o declínio de Nietzsche em direção à loucura foi uma questão meramente privada. Esse declínio foi, ao contrário, a síntese individual de toda uma civilização: um sacrifício exemplar que, junto da morte de Sócrates e do massacre de Jesus, representa um terceiro modelo inesquecível da relação entre o discurso autoritário e a manifestação da vida na cultura ocidental. (Sloterdijk, 1986, p. 72)

A escrita centaura

Para Clarice, como vimos, o cavalo também é, de longe, a figura mais importante do seu extenso bestiário. Silviano Santiago, em seu ensaio "Bestiário", faz uma análise intensa dos animais na obra de Clarice, e enfatiza especialmente o significante *cavalo*

(Santiago, 2006, p. 167-8). Seu texto começa com a análise de uma carta que Clarice enviou em 1941 ao escritor Lúcio Cardoso, e prossegue examinando uma série de obras e cartas da autora, identificando nelas dois movimentos: a *automodelagem* do humano como animal e a transformação do animal humano em selvagem. Santiago estabelece assim um modo de leitura da obra de Clarice, o qual sigo de perto neste livro: "Com o correr dos anos, a metamorfose irá adquirindo tonalidades simbólicas e alegóricas, dignas das mais altas literaturas produzidas no Brasil". Compete ao leitor perseguir metamorfoses e tonalidades, explicitá-las, diferenciá-las, analisá-las e interpretá-las" (idem, p. 158-9). A metamorfose, diz ele, pode indicar tanto o apaziguamento e a felicidade quanto apontar para o conflito e o drama. Nos dois casos, o que se encontra é uma "reflexão dramática sobre os percalços da vida vivida intensamente e do risco apavorante da morte" (idem, p. 160).

Clarice Lispector nasceu em 10 de dezembro de 1920, e morreu em 9 de dezembro de 1977. Nasceu e morreu sob o signo de Sagitário, representado pela imagem de um centauro:

> Eu vou morrer: há uma tensão como a de um arco prestes a disparar a flecha. Lembro-me do signo Sagitário: metade homem e metade animal. A parte humana em rigidez clássica segura a flecha. O arco pode disparar a qualquer instante e atingir o alvo. Sei que vou atingir o alvo. (Lispector, 1998d, p. 48)

Para mim, o mais importante é apresentar o trabalho de Clarice como o de uma escritora, romancista e filósofa centaura, muito semelhante ao próprio Nietzsche, que, numa carta a

Erwin Rodhe, escreveu: "A ciência, a arte e a filosofia crescem juntas dentro de mim de tal forma que um dia serei obrigado a dar à luz a centauros" (citado em Sloterdijk, 1986, p. 10). Por esta razão, vou seguir de perto a leitura que Sloterdijk faz de Nietzsche, pois ele associa a incontestável originalidade de *O Nascimento da Tragédia* ao surgimento de uma forma de "pensamento centauro", um pensamento de dupla enunciação, o pensamento como uma forma de escrita que transcende os limites disciplinares, constituindo um hibridismo sólido – o mesmo hibridismo que Horácio havia criticado: "A característica mais profética de Nietzsche era sua incapacidade de ser especialista em apenas uma disciplina" (Sloterdijk, 1986, p. 6). Não se trata, diz Sloterdijk, de ter múltiplos talentos, um ao lado do outro, mas do fato de que "ele não se dedicava primeiro a uma disciplina, depois a outra, mas se dedicava a uma *ao* se dedicar a outra" (idem). É o surgimento dessa dupla ou múltipla elocução que Nietzsche revela: "Qualquer que fosse a composição proveniente dessas fontes e modelos, o elemento central que a definiu foi o nascimento do centauro, isto é, a liberação de uma eloquência tanto artística quanto filosófica, de consequências inesgotáveis, na qual os impulsos de Nietzsche foram combinados com êxito pela primeira vez" (idem, p. 10). A partir desse ponto, com Nietzsche ocupando uma posição de "artista *enquanto* pesquisador-cientista e de pesquisador-cientista *enquanto* artista", testemunha-se o estabelecimento do que Sloterdijk define como "tendências literárias centauras" (idem).

A originalidade de Nietzsche, segundo Sloterdijk, "manifesta-se no fato de que ele desenvolveu um processo de encenação literária" (idem, p. 7). Este processo consiste em expressar através da escrita aquilo que não necessariamente diz respeito à escrita, algo muito semelhante à sinestesia produzida por Wagner em sua obra operística. Nesse sentido, Nietzsche teve que "comprimir, no meio estreito da atividade literária, o espectro amplo de seus impulsos" (idem), usando-a para um projeto que não era apenas literário. A obra literária de Clarice também pode ser vinculada a essa definição: fazer a escrita operar segundo a lógica de outros modos e formas, como uma coisa outra, seja pintura, escultura, fotografia, rádio e/ou cinema.

O pensamento centauro, para Sloterdijk, é a definição do campo da literatura a partir deste momento "encenado não de modo narrativo, mas de modo teatral" (idem, p. 20). Este campo envolve uma correlação íntima, e até então única, entre existência e linguagem. As duas passagens que cito abaixo são fundamentais para uma compreensão adequada do projeto literário de Clarice: "Talvez a literatura seja, no sentido mais amplo, o elemento universal do fenômeno centauro. Nesse caso, ela seria a *lingua franca* dos espíritos livres, daqueles que cruzam fronteiras e defendem as conexões. Há tempos podem ser observados indícios suficientes nesse sentido" (idem). Pode-se acrescentar também:

> Sempre que há autores que evocam uma dupla perspectiva por conta de sua capacidade polilinguística, entra em jogo toda a eloquência literária das mentes inteligentes, as quais não parecem reconhecer outro valor nos limites que não seja sua capacidade de nos estimular à transgressão. De E.T.A. Hoffmann a Sigmund Freud, de Søren Kierkegaard a Theodor W. Adorno, de Novalis a Robert Musil, de Heinrich Heine a Alexander Kluge, de Paul

> Valéry a Octavio Paz, de Bertolt Brecht a Michel Foucault, e de Walter Benjamin a Roland Barthes – em todo caso, as mentes mais comunicativas têm se apresentado como temperamentos e variações do gênio centauro. (Sloterdijk, 1986, p. 13)

A obra de Clarice, como demonstrei, é também uma *variação do gênio centauro*, uma definição por excelência do tipo de texto (híbrido) que ela produziu. Conforme observou a maioria de seus críticos, poucos escritores serão capazes de alcançar, tal como ela, uma correspondência tão significativa entre existência e linguagem. A resposta que Clarice oferece à pergunta "Por que temos que morrer?" será semelhante ao que Sloterdijk afirma acerca de Nietzsche: "a dinâmica entre buscar o eu e tentar se libertar dele" (idem, p. 21). O que está em jogo aqui é a criação de uma literatura que propõe dar uma resposta à morte do "eu" através de sua expansão para o não eu, o animal, e o universal. Por esta razão, a metamorfose, como modo simultâneo de encarnar, dar vida e fazer renascer, é de fundamental importância. Como diz Sloterdijk, Nietzsche pôde "representar o papel daquele que de novo dá à luz. Tomado pelo ardor de sua anunciação, ele se torna a um só tempo a mãe grávida, a ginecologista e a criatura divina" (idem, p. 20). É este o materialismo dionisíaco do qual fala Sloterdijk, a passagem de um corpo individual a um universal, planetário, e de seu caráter extático: "A questão fundamental para as psicologias modernas, que os dionisíacos de um materialismo ativo têm que manter viva, é a seguinte: como os indivíduos marcados pela regionalidade, pela finitude e pelo medo da morte podem de alguma forma suportar estar afiliados a um *faktum* universal?" (idem, p. 84-5).

Nesse texto centauro, todo e qualquer pensamento pode ser "meio para uma universalidade singular, extraordinária e dramática; um pensamento que se sabe inserido em um magnetismo planetário de abertura corporal ao mundo" (idem, p. 84). Diante disso, Sloterdijk considera que depois de Nietzsche desenvolveu-se o que viria a ser, na virada do século XXI, "um novo tipo de ecologia da expressão" (idem, p. 85), que poderia unir "as três revoluções decisivas do século XIX: a politização do proletariado, a recuperação da palavra por parte das mulheres no âmbito cultural e a descoberta do inconsciente" (idem, p. 84-5).

O trabalho de Clarice se mantém contemporâneo e renasce hoje em vários estudos e traduções, assim como a "ecologia da expressão" para a qual este estudo tentou contribuir por meio da ênfase na escuta e no sentido auditivo, assim como pelo que denominei *ecopoética*. Essa ecopoética implica uma tal abertura a ponto de desaparecerem os limites da psique, da linguagem e do corpo individual, como no mito da ninfa Eco:

> No fenômeno do materialismo dionisíaco, é preciso que a psique individual seja confrontada com a chegada de um contexto cada vez mais poderoso e sutil do que constitui o "mundo" [...]; ela deve, portanto, aprender a aceitar em si mesma o impacto do excessivo que "chega" do exterior, a fim de corresponder à abertura externa dos mundos por meio de um aumento da abertura interior ao mundo. (Sloterdijk, 1986, p. 85)

Eco, como mostrei, é nada mais do que a expansão do "eu" no mundo. Por esta razão, mais uma vez, a metamorfose regressiva é o que mais importa em qualquer tentativa de se chegar a uma expressão do magnetismo do universal:

> O inconsciente é o nome dado a essas fontes originárias, às quais remontam as metamorfoses regressivas modernas (ou seja, pós-religiosas) da subjetividade e do que é mais antigo que elas. O corpo e o drama constituem a base material dessa nova consciência das metamorfoses regressivas; é neles que percebemos o modo como a estreiteza do sujeito irrompe quando se expõe *nolens volens* ao contexto universal, do qual faz parte inconscientemente há muito tempo e do qual nunca lhe será permitido escapar. Toda interioridade se entrelaça profunda e somaticamente ao magnetismo do universal. (idem, p. 84-5)

A teoria da vontade de poder, neste caso, deve ser repensada como pressuposto não de uma força, mas sim de uma fragilidade estimulante: "No entanto, nada em Nietzsche pode prolongar tanto sua influência como a sua própria refutação da sua teoria da vontade de poder. Toda a sua vida contradiz essa teoria, assim como revela uma fragilidade estimulante que se volta para nós como o interior apenas mascarado de uma verdade terrível" (idem, p. 91). O texto a seguir pode ser transposto para pensar a obra de Clarice sem necessidade de alterar sequer uma frase do que Sloterdijk diz sobre Nietzsche:

> Já não há semântica, apenas gestos; já não há ideias, apenas figuras retóricas de energia; já não há sentido superior, apenas excitação terrena; já não há *logos*, apenas oralidade; já não há nada sagrado, apenas batimentos cardíacos; já não há espírito, só inspiração; já

não há Deus, apenas movimentos da boca [...] É a linguagem do ser humano pós-metafísico – talvez também apenas um tipo de linguagem infantil: o retorno de uma oralidade jovial nas altas cúpulas da cultura. (idem, p. 69)

Finalmente, há a questão da escuta como fonte dessa abertura – na direção do outro:

A linguagem falada não é, certamente, minha, ou pelo menos não é *completamente* minha; são sempre os outros que me fazem falar e escutar uma linguagem. *A fala ocorre sempre em conformidade com um "escutar" – sobretudo, com um "ter escutado"*. Nessas emoções verbalmente inspiradas [*Wortergriffenheiten*] ocorre esse efeito, tão estranho quanto compreensível, no qual o Outro, através do falante, começa, por assim dizer, a falar. Nós chamamos de "inspiração" esses estranhos episódios da vida linguística, nos quais as designações e inscrições que o logos deixou no indivíduo começam a soar na caixa de ressonância do corpo como se fossem de nossa propriedade. (idem, p. 69)

A fala ocorre sempre em conformidade com um "escutar" – sobretudo, com ter "sido escutado". "E a pergunta é: como escrevo? Verifico que escrevo de ouvido assim como aprendi inglês e francês de ouvido". Como leitores, aprendemos com Clarice que é possível ouvir a felicidade dentro de nós e plasmá-la por escrito, "para não esquecer":[4]

4. *Para Não Esquecer* é o título do livro de Clarice publicado postumamente, em 1978. Trata-se de um volume de crônicas, antes publicadas em *A Legião Estrangeira* e em *A Descoberta do Mundo*.

O cavalo de onde eu caíra esperava-me junto ao rio. Montei-o e voei pelas encostas que a sombra já invadia e refrescava. Freei as rédeas, passei a mão pelo pescoço latejante e quente do animal. Continuei a passo lento, escutando dentro de mim a felicidade, alta e pura como um céu de verão. Alisei meus braços, onde ainda escorria a água. Sentia o cavalo vivo perto de mim, uma continuação do meu corpo. Ambos respirávamos palpitantes e novos. Uma cor maciamente sombria deitara-se sobre as campinas mornas do último sol e a brisa leve voava devagar. É preciso que eu não esqueça, pensei, que fui feliz, que estou sendo feliz mais do que se pode ser. Mas esqueci, sempre esqueci. (Lispector, 1998a, p. 201-2)

Referências

Textos primários

LISPECTOR, Clarice. *Perto do Coração Selvagem*. Rio de Janeiro: Rocco, 1998a [1943].

_____. *A Cidade Sitiada*. Rio de Janeiro: Rocco, 1998b [1949].

_____. *A Paixão Segundo G.H.* Rio de Janeiro: Rocco, 1998c [1964].

_____. *Água Viva*. Rio de Janeiro: Rocco, 1998d [1973].

_____. *A Hora da Estrela*. Rio de Janeiro: Rocco, 1998e [1977].

_____. *Um Sopro de Vida: Pulsações*. Rio de Janeiro: Rocco, 1999a [1978].

_____. *A Descoberta do Mundo*. Rio de Janeiro: Rocco, 1999b.

_____. *Todos os contos*. Org. Benjamin Moser. Rio de Janeiro: Rocco, 2016.

Textos secundários

ABDALA JÚNIOR, Benjamin. Biografia de Clarice, por Benjamin Moser: Coincidências e equívocos. *Revista Estudos Avançados*, v. 24, v. 70, p. 285–292, 2010. https://doi.org/10.1590/S0103-40142010000300020.

ALONSO, Cláudia Pazos, and Claire Williams (org.). *Closer to the Wild Heart: Essays on Clarice Lispector*. Oxford: Legenda, 2002.

ANDRADE, Oswald de. "Mensagem ao antropófago desconhecido". In: *Estética e Política*. São Paulo: Editora Globo, 1990. p. 285–286.

_____. *Telefonema*. Organização de Vera Maria Chalmers. São Paulo: DELL-Unicamp, 1993.

_____. *Serafim Ponte Grande*. São Paulo: Editora Globo, 2007.

_____. "Manifesto antropófago". In: *A utopia antropofágica*. São Paulo: Editora Globo, 2011. p. 67–74.

_____. "Anthropophagic Manifesto". In: *The Forest and the School*, org. Pedro Neves Marques, trad. Pedro Neves Marques. Berlin, Koln: Archive Books/Akademie der Künste der Welt, 2014. p. 99–107.

ASSIS, Joaquim Maria Machado de. "Notícia da atual literatura brasileira: Instinto de nacionalidade". In: *Obra completa de Machado de Assis*. Rio de Janeiro: Nova Aguilar, 1994.

BAIRON, Sérgio. *Texturas sonoras*. São Paulo: Editora Hacker, 2005.

BAKHTIN, Mikhail M. *Speech Genres and Other Later Essays*. Org. Caryl Emerson and Michael Holquist. Trad. Vern W. Mccgee. Austin: University of Texas Press, 1986.

_____. *Questões de literatura e de estética: A teoria do romance*. Trad. Aurora Bernardine. São Paulo: Unesp/Hucitec, 1990.

BAPTISTA, Abel Barros. *Autobibliografia: A solicitação do livro na ficção de Machado de Assis*. Campinas: Editora da Unicamp, 2003.

_____. "Ideia de literatura brasileira com propósito cosmopolita". *Revista Brasileira de Literatura Comparada*, v. 11, n. 15, p. 61–87. 2009.

BARTHES, Roland. *A câmara clara: nota sobre a fotografia*. Rio de Janeiro: Nova Fronteira, 1984.

_____. *The Responsibility of Forms: Critical Essays on Music, Art, and Representation*. Trad. Richard Howard. New York: Hill and Wang, 1985.

BATAILLE, Georges. "Sacrificial Mutilation and the Severed Ear of Vincent van Gogh". In *Visions of Excess: Selected Writings, 1927–1939*, org. e trad. Allan Stoekl. Minneapolis: University of Minnesota Press, 1985. p. 61-72.

_____. "Van Gogh as Prometheus". Trad. Annette Michelson. October 36 (Spring), 1986. p. 58-60.

BERNSTEIN, Charles. *Close Listening: Poetry and the Performed Word.* New York: Oxford University Press, 1998. https://doi.org/10.1093/acprof:oso/9780195109924.001.0001.

BESSA, Antonio S. "Sound as Subject: Augusto de Campos' poetamenos". In: *The Sound of Poetry/The Poetry of Sound*, org. Marjorie Perloff e Craig Dworkin. Chicago: University of Chicago Press, 2009. p. 219-236. https://doi.org/10.7208/chicago/9780226657448.003.0018.

_____. Introduction to Galáxias. *Ubuweb Ethnopoetics*, 2016. Acesso em 1 de outubro de 2016. Disponível em: http://www.ubu.com/ethno/poems/decampos_galaxias.html.

BORELLI, Olga. *Clarice Lispector: Esboço para um possível retrato.* Rio de Janeiro: Nova Fronteira, 1981.

_____. Clarice Lispector segundo Olga Borelli. *Suplemento Literário Minas Gerais*, Belo Horizonte, n. 1.091, p. 8-9, 19 dez 1987. Entrevista concedida a Arnaldo Franco Júnior.

BOSI, Alfredo. "The Multiple Dimensions of Guimarães Rosa". In: *Studies in the Literary Achievement of João Guimarães Rosa, the Foremost Brazilian Writer of the Twentieth Century*, Org. Ligia Chiappini, David Treece, and Marcel Vejmelka, i–v. New York: Edwin Mellen Press, 2012.

BOSSHARD, Marco Thomas. "Sobre heróis índios, arautos modernos e a performatividade das manchetes: a auralidade de O Guesa, de Sousândrade, ou a epopeia como meio de comunicação". *Intercom: Revista Brasileira de Ciências da Comunicação*, v. 35, n. 1, p. 19-34, 2012.

CALLADO, Antonio. *Os mortos de sobrecasaca: Obras, autores e problemas da literatura brasileira*. Rio de Janeiro: Editora Civilização Brasileira, 1963.

CAMPOS, Augusto de. *Despoesia (1979–1983)*. São Paulo: Perspectiva, 1994.

_____. *VIVA VAIA. Poesia, 1949–1979*. Cotia: Ateliê Editorial, 2001.

_____. "E uma entrevista". In *Quase Borges: 20 Transpoemas e uma entrevista*. São Paulo: Terracota, 2013. p. 75–91.

CAMPOS, Haroldo de. "nascemorre". In: *Concrete Poetry: A Worldview*. Org. Mary Ellen Solt. Bloomington: Indiana University Press, 1971.

_____. Da razão antropofágica: A Europa sob o signo da devoração. Colóquio/ Letras, v. 62, p. 10–25, July 1981.

_____. Arte pobre, tempo de pobreza, poesia menos. *Revista Novos Estudos: Cebrap*, *v.* 1, n. 3, p. 63–7, 1982.

_____. *Novas: Selected Writings*. Org. Antonio Sergio Bessa e Odile Cisneros. Evanston: Northwestern University Press, 2007a.

_____. "Serafim: A Great Un-Book (Selections)". Trad. Odile Cisneros. In: *Novas: Selected Writings*. Org. e trad. Antonio Sergio Bessa e Odile Cisneros. Evanston: Northwestern University Press, 2007b. p. 209–213.

CASTRO, Eduardo Viveiros de. *Cannibal Metaphysics: For a Post-Structural Anthropology*. Trad. Peter Skafish. Minneapolis: Univocal, 2009.

_____. "Que temos nós com isso? Prefácio". In: *Antropofagia palimpsesto selvagem*. Org. Beatriz Azevedo. São Paulo: Cosac Naify, 2016. p. 11–20.

CAVARERO, Adriana. *For More Than One Voice: Toward a Philosophy of Vocal Expression*. Trad. Paul A. Kottman. Stanford: Stanford University Press, 2005.

CHAMBERLAIN, Lesley. *Nietzsche in Turin: An Intimate Biography*. New York: Saint Martin's Press, 1999.

CIXOUS, Hélène. *Coming to Writing and Other Essays*. Org. e trad. Deborah Jenson. Cambridge, MA: Harvard University Press, 1991a.

_____. "Writing and the Law: Blanchot, Joyce, Kafka, and Lispector". In: *Readings: The Poetics of Blanchot, Joyce, Kafka, Kleist, Lispector, and Tsvetayeva*. Org. e trad. Verena Andermatt Conley. Minneapolis: University of Minnesota Press, 1991b. p. 1-27.

CLIFFORD, James. Returns: Becoming Indigenous in the 21st Century. Cambridge, MA: Harvard University Press, 2013. https://doi.org/10.4159/9780674726222.

COSTA, Ana Luiza Martins. Mundo escutado. *Revista Scripta*, v. 9, n. 17, p. 47–60, 2005.

COSTA LIMA, Luiz. "Da existência precária: O sistema intelectual no Brasil". In: *Dispersa demanda: Ensaios sobre literatura e teoria*. Rio de Janeiro: Francisco Alves, 1981. p. 3–29.

_____. "Machado: Mestre de Capoeira". In: *Intervenções*. São Paulo: Edusp, 2002. p. 327–339.

COUTO, Mia e HEBMÜLLER, Paulo. Escutas de Mia Couto. *Revista Brasileiros*, November 8 2014. Acesso em 1 de outubro de 2016. http://www.paginab.com.br/mundo/escutas-de-mia--couto#.Wf3T8BNSw1h.

DAHRER, Andrea. *A oralidade perdida: Ensaios de história das práticas letradas*. Rio de Janeiro: Civilização Brasileira, 2012.

DANIELS, Chris, e Kent Johnson. My Motto Is: 'Translation Fights Cultural Narcissism.' *Jacket*, v. 29, April 2006. Acesso em 3 de junho de 2016. http://jacketmagazine.com/29/kent--iv-daniels.html

DeARMITT, Pleshette. "Resonances of Echo: A Derridean Allegory". *Mosaic*, v. 42, n. 2, p. 89–100, 2009.

DELEUZE, Gilles. *Crítica e clínica.* Trad. Peter Pál Pelbart. São Paulo: Editora 34, 1997.

DERRIDA, Jacques. *Margins of Philosophy.* Trad. Alan Bass. Brighton: Harvester Press, 1982.

_____. La langue n'appartient pas. *Europe*, v. 79, n. 61–62, p. 81–91, 2001.

_____. *O animal que logo sou.* São Paulo: UNESP, 2002.

DIMOCK, Wai Chee. "A Theory of Resonance". *PMLA* 112 (5): 1060–71, 1997. https://doi.org/10.2307/463483.

DODSON, Katrina. "Translator's Note". In: *The Complete Stories: Clarice Lispector*. New York: New Directions, 2015. p. 629–635.

DuPLESSIS, Rachel Blau. *Writing beyond the Ending: Narrative Strategies of Twentieth-Century Women Writers.* Bloomington: Indiana University Press, 1985.

DWORKIN, Craig. "The Fate of Echo". In: *Against Expression: An Anthology of Conceptual Writing.* Org. Craig Dworkin e Kenneth Goldsmith. Evanston: Northwestern University Press, 2011. p. XXIII–LIV.

FINK, Bruce. *The Lacanian Subject*. Princeton: Princeton University Press, 1997.

FITZ, Earl E. *Sexuality and Being in the Poststructuralist Universe of Clarice Lispector: The Différance of Desire*. Austin: University of Texas Press, 2001.

FOGLE, Douglas. "Marepe". In: *How Latitudes Become Forms: Art in a Global Age*. Org. Walker Art Center. Minneapolis: Walker Art Center, 2003.

GALVÃO, Walnice Nogueira. *As formas do falso: Um estudo sobre a ambiguidade no Grande sertão: Veredas*. São Paulo: Perspectiva, 1972.

GIORGI, Gabriel. *Formas comunes: Animalidad, cultura, biopolítica*. Buenos Aires: Eterna Cadencia, 2014.

GOH, Irving. "Blindness and Animality, or Learning How to Live Finally in Clarice Lispector's The Passion According to G.H." *Differences: A Journal of Feminist Cultural Studies*, v. 23, n. 2, p. 113–135, 2012. https://doi.org/10.1215/10407391162983o.

GOPNIK, Adam. Van Gogh's Ear: The Christmas Eve That Changed Modern Art. *New Yorker*, January 4, 2010.

GOTLIB, Nádia Batella. *Clarice: Uma vida que se conta*. São Paulo: Ática, 1995.

_____. "Readers of Clarice, Who are You?" In: *Closer to the Wild Heart: Essays on Clarice Lispector*. Org. Cláudia Pazos Alonso and Claire Williams. Oxford: Legenda, European Humanities Research Centre, University of Oxford, 2002. p. 182–197.

_____. *Clarice fotobiografia*. São Paulo: Edusp/Imprensa Oficial, 2007.

GREENE, Roland. From Dante to the Post-Concrete: An Interview with Augusto de Campos. *Harvard Library Bulletin*, v. 3, n. 2, Summer, p. 25–7, 1992.

_____. *Unrequited Conquests: Love and Empire in the Colonial Americas*. Chicago: University of Chicago Press. 1999.

GUARIZO, Adriana Monteiro Piromali. Uma poética do escrever e da escrita em Água Viva, de Clarice Lispector. São Paulo: Universidade Estadual Paulista São José do Rio Preto, 2013. Último acesso em 3 de junho de 2016. Disponível em: http://bit.ly/2uD77F8

GULLAR, Ferreira e PEREGRINO, Júlia (orgs). *Clarice Lispector: A hora da estrela. Catálogo da exposição*. Rio de Janeiro: Centro Cultural Banco do Brasil, 2008.

GURGEL, Gabriela Lírio. *A procura da palavra no escuro: Uma análise da criação de uma linguagem na obra de Clarice Lispector*. Rio de Janeiro: 7Letras, 2001.

HANSEN, João Adolfo. Estrela de mil pontas. *Língua e literatura*, v. 17, p. 107–122, 1989.

HEATH, John. Prophetic Horses, Bridled Nymphs: Ovid's Metamorphosis of Ocyroe. *Latomus*, v. 53, p. 340–353, 1994.

HEINICH, Nathalie. *The Glory of Van Gogh: An Anthropology of Admiration*. Trad. Paul Leduc Browne. Princeton: Princeton University Press, 1996.

HELENA, Lúcia. *Nem musa, nem medusa: itinerários da escrita em Clarice Lispector*. Niteroi: EDUFF, 1997.

HOMEM, Maria. *No limiar do silêncio e da letra: Traços da autoria em Clarice Lispector*. São Paulo: Boitempo, 2012.

HORÁCIO. *Horácio: Arte Poética*. Tradução, introdução e comentários de R.M. Rosado Fernandes. Lisboa: Inquérito, 1984.

_____. "Ars Poetica". In: *Horace for Students of Literature: The Ars Poetica and Its Tradition*. Org. Leon Golden, trad. Leon Golden. Gainesville: University Press of Florida, 1994. p. 7-22.

_____. *The Odes of Horace*. Trad. David Ferry. New York: Farrar, Straus and Giroux, 1997.

_____. *Epistula ad Pisones*. FALE/UFMG: Belo Horizonte, 2013.

IANNACE, Ricardo. *Retratos em Clarice Lispector: Literatura, pintura e fotografia*. Belo Horizonte: Editora UFMG, 2009.

JACKSON, Kenneth David. "Transcriação/Transcreation: The Brazilian Concrete Poets and Translation". In: *The Translator as Mediator of Cultures*. Org. Humphrey Tonkin and Maria Esposito Frank. Amsterdam, Philadelphia: Johns Benjamins Publishing, 2010. p. 139–160. https://doi.org/10.1075/wlp.3.13jac.

JANUS, Adrienne. Listening: Jean-Luc Nancy and the Anti-Ocular Turn in Continental Philosophy and Critical Theory. *Comparative Literature*, v. 63, n. 2, p. 182–202, 2011. https://doi.org/10.1215/00104124-1265474.

JOYCE, James. *A Portrait of the Artist as a Young Man*. New York: Huebsch, 1916.

KANAAN, Dany Al-Behy. *À escuta de Clarice Lispector*. São Paulo: Limiar, 2003.

KIM-COHEN, Seth. *In the Blink of an Ear: Towards a Non-Cochlear Sonic Art*. New York: Continuum, 2009.

KITTLER, Friedrich. *Discourse Networks 1800/1900*. Trad. Michael Metteer and Chris Gullens. Stanford: Stanford University Press, 1990.

_____. *Gramophone, Film, Typewriter.* Trad. Geoffrey Winthrop-Young and Michael Wutz. Stanford: Stanford University Press, 1999.

KLOBUCKA, Anna. Hélène Cixous and the Hour of Clarice Lispector. *SubStance*, v. 23, n. 1, p. 41–62, 1994. https://doi.org/10.2307/3684792.

KRAUSS, Rosalind. Sculpture in the Expanded Field. October, v. 8, p. 30–44, Spring 1979. https://doi.org/10.2307/778224.

LACOUE-LABARTHE, Philippe. *Typography: Mimesis, Philosophy, Politics.* Trad. Christopher Fynsk. Stanford: Stanford University Press, 1998.

LAING, R.D. *The Facts of Life.* New York: Pantheon Books, 1976.

LEMINSKI, Paulo. *Metaformose: Uma viagem pelo imaginário grego*. São Paulo: Iluminuras, 1994.

LERNER, Julio. A última entrevista de Clarice Lispector. *Shalom*, p. 62–69, jun.-ago. 1992.

LIBRANDI, Marília. Todas as odisséias de Clarice Lispector. *Jornal da Tarde*. 9 Outubro, 1999.

_____. "Unsichtbare Wolken. Eine Poetik der Latenz und Nuance". In: "Latenz": Blinde Passagiere in den Geisteswissenschaften. Org. H.U. Gumbrecht and Florian Klinger. Trad. Felix Kurz. Göttingen: Vandenhoeck & Ruprecht, 2011a. p. 135–147.

_____. "Nuvens invisíveis: uma poética da latência e da nuance no conto 'Nenhum, Nenhuma,' de João Guimarães Rosa. *Ellipsis (Journal of the American Portuguese Studies Association)*, v. 9, p. 93–108, 2011b.

_____. 'Writing by Ear': Clarice Lispector, Machado de Assis, Guimarães Rosa and the Mimesis of Improvisation. *Critical Studies in Improvisation/Études critiques en improvisation*, v.

7.1, special issue: "Brazilian Improvisations", org. Alessandra Santos e Jason Stanyek. University of Guelph, p. 1–10, 2011c.

_____. "Machado de Assis e o eco fonográfico". *Revista de Estudos Literários* 6, special issue: "Eça de Queirós e Machado de Assis: Diálogos Transatlânticos". org. Kathryn Bishop-Sanchez, Luciana Namorato e Estela Vieira. Centro de Literatura Portuguesa da Universidade de Coimbra, 2016. p. 263–285.

_____. *Maranhão-Manhattan: Ensaios de literatura brasileira*. Rio de Janeiro: 7letras, 2009.

LIBRANDI, Marília e Robert Pogue Harrison. "On Nuance and Brazil". *Entitled Opinions,* 2009. Entrevista de rádio. http://french-italian.stanford.edu/opinions/rocha.html.

LIENHARD, Martin. *La voz y su huella: Escritura y conflicto étnico-social en América Latina 1492–1988*. Hannover: Ediciones del Norte, 1991.

LINDSTROM, Naomi. Seraphim Grosse Pointe by Oswald de Andrade. *Latin American Literary Review*, v. 9, n. 17, p. 79–81, 1980.

LUCRETIUS. *On the Nature of Things*. Trad. Frank O. Copley. London: Norton, 2011.

LYOTARD, Jean-François e THÉBAUD, Jean-Loup. *Just Gaming*. Trad. Wlad Godzich. Minneapolis: University of Minnesota Press, 1985.

MANSFIELD, Katherine. *The Collected Letters of KM*, Vol. 4. Org. Vincent O'Sullivan e Margaret Scott. Oxford: Oxford University Press, 1996.

MARTING, Diane E. *Clarice Lispector: A Bio-Bibliography*. Westport, CT: Greenwood Press, 1993.

MCLUHAN, Marshall. *Media Research: Technology, Art and Communication.* Org. Michael A. Moos. Amsterdam: OPA, 1997.

MICHAUD, Eric. Van Gogh, or The Insufficiency of Sacrifice. *October*, v. 49, p. 25-39, Summer 1989.

MILLAY, Amy Nauss. *Voices from the Fuente Viva: The Effect of Orality in Twentieth- Century Spanish-American Narrative.* Lewisburg: Bucknell University Press, 2005.

MONTERO, Teresa. "The Early Dissemination of Clarice Lispector's Literary Works in the United States". In: ALONSO, Cláudia, Pazos e WILLIAMS, Claire. (orgs.). *Closer to the Wild Heart: Essays on Clarice Lispector.* Oxford: Legenda, European Humanities Research Centre, University of Oxford, 2002. p. 165–182.

MOOS, Michael A. "McLuhan's Language for Awareness under Electronic Conditions". In: MOOS, Michael A. (org.) *Media Research: Technology, Art and Communication.* Amsterdam: OPA, 1997. p. 140–166.

MOREIRA, Marcello. "O rumor de uma língua quase selvagem em diálogos catequéticos na América portuguesa". In: DIOS, Ángel Marcos de. (org.). *Aula bilingüe II: Uso del castellano y competencias plurilingües en el sistema literario peninsular.* Salamanca: Luso-Española de Ediciones, 2013. p. 161–176.

MORGAN, Jody. The Aural in 'Beloved'. *Osprey Journal of Ideas and Inquiry*, v. 8, 2008. http://digitalcommons.unf.edu/ojii_volumes/12.

MORRISON, Toni. *Beloved.* New York: Knopf, 1987.

MORRISON, Toni e DAVIS, Christina. "An Interview with Toni Morrison". In: TAYLOR-GUTHRIE, Danielle (org.).

Conversations with Toni Morrison. Jackson: University Press of Mississippi, 1994. p. 223–233.

MOSER, Benjamin. *Why This World: A Biography of Clarice Lispector.* New York: Oxford University Press, 2009.

_____. *Clarice, uma biografia.* Trad. José Geraldo Couto. São Paulo: Companhia das Letras, 2017.

NAIFEH, Steven e SMITH, Gregory White. *Van Gogh: The Life*. New York: Random House, 2011.

NANCY, Jean-Luc. *À escuta*. Trad. Fernanda Bernardo. Belo Horizonte: Edições Chão da Feira, 2014.

NASCIMENTO, Evando. *Clarice Lispector: uma literatura pensante.* Rio de Janeiro: Civilização Brasileira, 2012.

NOVEY, Idra. "Translator's Note". In: *The Passion According to G.H*, trad. Idra Novey. New York: New Directions, 2012. p. 191–193.

NUNES, Benedito. *O dorso do tigre*. São Paulo: Perspectiva, 1976.

_____. Clarice Lispector ou o naufrágio da introspecção. *Remate de males*, v. 9, p. 63–70, 1989.

OCHOA, Ana María Gautier. *Aurality: Listening and Knowledge in Nineteenth Century Colombia*. Durham, NC: Duke University Press, 2014.

OITICICA, Hélio. Objeto-instâncias do problema do objeto. *Revista GAM*, v. 15, p. 97–98, 1968.

_____. "Anthropophagous Manifesto: Trad. Hélio Oiticica", 1972. Acesso em 1 de outubro de 2016. Disponível em: http://bit.ly/2tHJsk9

OLIVEIRA, Solange Ribeiro de. *A barata e a crisálida: o romance de Clarice Lispector.* Rio de Janeiro, José Olympio, 1985.

OVID. "Narcissus and Echo". In: *The Metamorphoses of Ovid. Book III*, trad. Allen Mandelbaum. London: Harcourt, 1993. p. 90–97.

PACHECO, Carlos. *La comarca oral.* Caracas: Casa de Bello, 1992.

PALEY, Grace. "Introduction". In: *Soulstorm: Stories by Clarice Lispector*. New York: New Directions, 1989. p. IX–XI.

PÉCORA, Alcir. O bom selvagem e o boçal. *Revista lusófona de ciências das religiões*, v. 7, n. 13/14, p. 65–76, 2008.

PEIXOTO, Marta. *Passionate Fictions: Gender, Narrative, and Violence in Clarice Lispector*. Minneapolis: University of Minnesota Press, 1994.

PELLEGRINO, Hélio. *Perto de Clarice. Catálogo da exposição.* Rio de Janeiro: Casa de Cultura Laura Alvim, 1987.

PERETZ, Eyal. *Becoming Visionary: Brian De Palma's Cinematic Education of the Senses.* Stanford: Stanford University Press, 2008.

PERLOFF, Marjorie e CAMPOS, Haroldo de. Concrete Prose in the Nineties: Haroldo de Campos' Galaxias and After. *Contemporary Literature*, v. 42, n. 2, p. 270–293, 2001. https://doi.org/10.2307/1209123.

PERLOFF, Marjorie e Craig Dworkin, eds. *The Sound of Poetry/The Poetry of Sound.* Chicago: University of Chicago Press, 2009. https://doi.org/10.7208/ chicago/9780226657448.001.0001.

PERRONE, Charles. *Masters of Contemporary Brazilian Song: MPB 1965–1985*. Austin: University of Texas Press, 1989.

_____. *Seven Faces: Brazilian Poetry since Modernism*. Durham, NC: Duke University Press, 1996.

_____. 'Inestante,' 'Second Squad,' 'Limit,' and 'Pulsar' by Augusto de Campos. *Review. Latin American Literature and Arts*, v. 73, p. 245–248, 2006.

_____. *Brazil, Lyric, and the Americas*. Gainesville: University Press of Florida, 2010.

PESSANHA, José Américo Motta. Clarice Lispector: O itinerário da paixão. *Remate de males*, v. 9, p. 181–198, 1989.

PESSOA, Fernando. *Correspondência 1923–1935*. Org. Manuela Parreira da Silva. Lisboa: Assírio & Alvim, 1999.

POLAR, Antonio Cornejo. *Escribir en el aire: Ensayo sobre la heterogeneidad socio- cultural en las literaturas andinas*. Lima: Editorial Horizonte, 1994.

PONTIERI, Regina Lúcia. *Clarice Lispector: Uma poética do olhar.* São Paulo: Ateliê Editorial, 1999.

PRADO, Plínio W., Jr. O impronunciável: Notas sobre um fracasso sublime. *Remate de males*, v. 9, p. 21–29, 1989.

PRATT, Mary Louise. *Imperial Eyes: Travel Writing and Transculturation*. London: Routledge, 1992.

RAMA, Ángel. *Transculturación narrativa em América Latina*. México City: Siglo XXI, 1982.

_____. *La ciudad letrada*. Montevideo: Arca, 1998.

RHODES, Margaret. Here's a Living Clone of Van Gogh's Ear. *Wired*. 12 de Junho, 2014. Último acesso em 1 de Outubro de 2016. Disponível em: https://www.wired.com/2014/06/heres-a-living-clone-of-van-goghs-ear/

ROBERT, Marthe. *Roman des origins et origins du roman*. Paris: Grasset, 1972.

ROBINSON, Dylan. *Hungry Listening. Resonant Theory for Indigenous Sound Studies.* Minneapolis: University of Minnesota Press, 2020.

RONCADOR, Sonia. *Poéticas do empobrecimento: A escrita derradeira de Clarice.* São Paulo: Annablume, 2002.

RÖNNBÄCK, Fredrik. The Other Sun: Non-Sacrificial Mutilation and the Severed Ear of Georges Bataille. October, v. 154, 111–26, Fall 2015. https://doi.org/10.1162/OCTO_a_00239.

ROSA, João Guimarães. *Grande Sertão: Veredas.* São Paulo: Nova Aguilar, 1994.

_____. Tutaméia. *Terceiras Estórias.* Rio de Janeiro: José Olympio, 1979.

ROSA, João Guimarães, e Günter Lorenz. "Diálogo com Guimarães Rosa". In: COUTINHO, Eduardo (org.). *Guimarães Rosa: Fortuna Crítica.* Rio de Janeiro: Civilização Brasileira, 1983. p. 62–97.

ROSENBAUM, Yudith. *As metamorfoses do mal.* São Paulo: EDUSP; FAPESP, 1999.

SÁ, Lúcia. A Hora da Estrela e o mal estar das elites. *Estudos de Literatura Brasileira Contemporânea*, v. 23, p. 49–65, 2004.

SÁ, Olga de. *A Escritura de Clarice Lispector.* Petrópolis: Editora Vozes, 1979.

SAFRANSKI, Rüdiger. *Nietzsche: A Philosophical Biography.* Trad. Shelley Frish. London: Granta Books, 2002.

SANTIAGO, Silviano. *Ora (direis) puxar conversa!: ensaios literários.* Belo Horizonte: Ed. UFMG, 2006.

SARLO, Beatriz. *Borges: A Writer on the Edge.* Org. John King. London: Verso, 1993.

SCHWARTZ, Roberto. *A Master on the Periphery of Capitalism: Machado de Assis*. Trad. John Gledson. Durham, NC: Duke University Press, 2001.

SCLIAR, Moacyr. *A orelha de Van Gogh*. São Paulo: Companhia das Letras, 1989.

SLOTERDIJK, Peter. *Thinker on Stage: Nietzsche's Materialism*. Trad. Jamie Owen Daniel. Minneapolis: University of Minnesota Press, 1986.

_____. *Bubbles: Spheres Volume I: Microspherology*. Trad. Wieland Hoban. Los Angeles: Semiotext(e), 2011.

SOLNIT, Rebecca. *River of Shadows: Eadweard Muybridge and the Technological Wild West*. New York: Viking, 2003.

SOUSA, Carlos Mendes de. "Mother, Body, Writing: The Origins and Identity of Literature in Clarice Lispector". In *Closer to the Wild Heart: Essays on Clarice Lispector*, org. Claudia Pazos Alonso and Claire Williams. Oxford: Legenda, 2002. p. 9–27.

_____. *Figurações da escrita: Clarice Lispector*. São Paulo: Instituto Moreira Salles, 2012.

_____. *Clarice Lispector: Pinturas*. Rio de Janeiro: Rocco, 2013.

STERNE, Jonathan. *The Audible Past: Cultural Origins of Sound Reproduction*. Durham, NC: Duke University Press, 2003. https://doi.org/10.1215/9780822384250.

STEVENS, Wallace. *The Poetry of Wallace Stevens*. New York: Macmillan, 1988.

STEWART, Garret. *Reading Voices: Literature and the Phonotext*. Berkeley: University of California Press, 1990.

STIERLE, Karlheinz. *A ficção*. Trad. Luiz Costa Lima. Rio de Janeiro: Caetés, 2006.

STIGGER, Veronica. *O útero do mundo. Exhibition Catalogue*. São Paulo: Museu de Arte Moderna de São Paulo, 2016.

TATIT, Luiz. *O século da canção*. São Paulo: Ateliê, 2004.

TÓIBÍN, Colm. "A Passion for the Void". Introduction. In: *The Hour of the Star*, trad. Benjamin Moser. New York: New Directions, 2011. p. VII–XII.

TOOP, David. *Sinister Resonance: The Mediumship of the Listener*. New York: Continuum, 2010.

VAN GOGH, Vincent. *The Letters: The Complete Illustrated and Annotated Edition*. Org. Leo Jansen, Hans Luijten e Nienke Bakker. London: Thames & Hudson, 2009.

VARIN, Claire. *Línguas de fogo: Ensaio sobre Clarice Lispector*. Trad. Lúcia Peixoto Cherem. São Paulo: Limiar, 2002.

VELOSO, Caetano. "Sampa". *Muito. Dentro da estrela azulada*. Compact disc. Polygram, 1978.

VIEIRA, Antônio. "Sermão do espírito santo". In: PÉCORA, Alcir (org.). *Sermões*. São Paulo: Hedra, 2000. p. 428–429.

VIEIRA, Nelson. A expressão judaica na obra de Clarice Lispector. *Remate de males*, v. 9, p. 207–209, 1989.

VILLARES, Lucia. *Examining Whiteness: Reading Clarice Lispector through Bessie Head and Toni Morrison*. Oxford: Legenda, 2011.

WAGNER, Roy. *A invenção da cultura*. São Paulo: Cosac Naify, 2010.

WALDMAN, Berta. Xeque mate: O rei, o cavalo, e a barata em A Paixão Segundo G.H. *Travessia*, v. 39, p. 149–165, 1999.

WASSERMAN, Renata R. Mautner. "Identity, Language, Silence". In: *Central at the Margins: Five Brazilian Women Writers*. Lewisburg: Bucknell University Press, 2007. p. 103–130.

WEIDENBAUM, Marc. Goin' Back to Tropicalia. *Disquiet*. 17 de janeiro, 2010. Acesso em 3 de junho, 2016. http://bit.ly/2h7KiEI

WELLBERY, David E. "Foreword". In: *Discourse Networks 1800/1900*, by Friedrich Kittler. Stanford: Stanford University Press, 1990.

WILLIAMS, Claire. *Encounter between Opposites in the Works of Clarice Lispector.* Bristol: HiPLAM, 2006.

WINTHROP-YOUNG, Geoffrey and WUTZ, Michael. "Translators' introduction". In: *Gramophone, Film, Typewriter*, by Friedrich Kittler. Stanford: Stanford University Press, 1999.

WISNIK, José Miguel. "Iluminações profanas, profetas, drogados". In: *O olhar.* Org. Adauto Novaes. São Paulo: Companhia das Letras, 1988.

_____. *O som e o sentido: uma outra história das músicas*. São Paulo: Companhia das Letras, 1989.

_____. *Sem receita: ensaios e canções*. São Paulo: Publifolha, 2004.

_____. *Machado maxixe: O caso pestana*. São Paulo: Publifolha, 2008.

SOBRE A AUTORA

Marília Librandi é escritora e professora de literatura brasileira. Atualmente é Leitora na Universidade de Princeton, e professora colaboradora do núcleo Diversitas da USP. Lecionou na Universidade de Stanford, e na Universidade Estadual do Sudoeste da Bahia. Autora de *Maranhão-Manhattan. Ensaios de Literatura Brasileira* (7Letras, 2009), é co-editora de *Transpoetic Exchange* (Bucknell, 2020). Coordena o podcast "Clarice 100 Ears" (clarice.princeton.edu). Professora palestrante em diversas universidades no mundo e autora de artigos e ensaios sobre literatura e perspectivismo Ameríndio. É mãe de Alice e de Gabriel Arthur, e avó de Eloise Flor.

Dados internacionais de Catalogação na Publicação (cip)

L697e

Librandi, Marília

Escrever de ouvido: Clarice Lispector e os romances da escuta / Marília Librandi ; traduzido por Jamille Pinheiro Dias, Sheyla Miranda. - Belo Horizonte, MG : Relicário, 2020.

304 p. : il. ; 14cm x 21cm.

Tradução de: Writing by Ear: Clarice Lispector and the Aural Novel
Inclui bibliografia.
ISBN: 978-65-86279-20-7

1. Teoria e crítica literária. 2. Clarice Lispector. I. Dias, Jamille Pinheiro. II. Miranda, Sheyla. III. Título.

CDD 809
2020-3184 CDU 82.09

COORDENAÇÃO EDITORIAL Maíra Nassif Passos
CAPA Rodrigo Sommer
DIAGRAMAÇÃO Ana C. Bahia
TRADUÇÃO Jamille Pinheiro Dias e Sheyla Miranda
REVISÃO Laura Torres

RELICÁRIO EDIÇÕES
Rua Machado, 155, casa 1, Colégio Batista | Belo Horizonte, MG, 31110-080
contato@relicarioedicoes.com | www.relicarioedicoes.com
@relicarioedicoes /relicario.edicoes

1ª EDIÇÃO [2020]

Esta obra foi composta em Adobe Garamond Pro
e ATF Frankin Gothic sobre papel Pólen soft 80 g/m²
para a Relicário Edições.